김남주 평전

김남주 평전

—

1판 1쇄 인쇄 2016년 1월 15일
1판 1쇄 펴냄 2016년 1월 25일

지은이 김삼웅
펴낸이 한종호
디자인 임현주
인 쇄 영림인쇄

펴낸곳 꽃자리
출판등록 2012년 12월 13일
주소 서울시 강서구 등촌로 197
전자우편 amabi@daum.net
블로그 http://fzari.com

—

ISBN 979-11-86910-02-3 03800
값 18,000원

김남주 평전

산이라면
넘어주고
강이라면
건너주고

김삼웅 지음

목차

—

다시 그를 불러내는 사회

사슬로 이렇게 나를 묶어놓고
자유로울 사람은 아무도 없다 이 세상에
벽으로 이렇게 나를 가둬놓고
주먹밥으로 이렇게 나를 목메이게 해놓고
배부를 사람은 아무도 없다 이 세상에

아무도 없다 이 세상에
사람을 이렇게 해놓고 개처럼 묶어놓고
사람을 이렇게 해놓고 짐승처럼 가둬놓고
사람을 이렇게 해놓고 주먹밥으로 목메이게 해놓고
잠자리에서 편할 수 있는 사람은 아무도 없다

그럴 수 있는 사람이 있다면
천에 하나라도 만에 하나라도
세상에
그럴 수 있는 사람이 있다면 어디 한번 나와봐라

나와서 이 사람을 보아라

이 사람 앞에서 묶인 팔다리 앞에서

나는 자유다라고 어디 한번 활보해봐라

이 사람 앞에서 주먹밥을 쥐고 있는 이 사람 앞에서

나는 배부르다라고 어디 한번 외쳐봐라

이 사람 앞에서 등을 돌리고

이 사람 앞에서 얼굴을 돌리고

잠자리에서 편할 수 있는 사람이 있으면 어디 한번 있어봐라

남의 자유 억누르고 자유로울 사람은 아무도 없다 이 세상에

남의 밥 앗아 먹고 배부를 사람은 아무도 없다 이 세상에

압제자 말고 부자들 말고는

〈이 세상에〉라는 시입니다. 그가 살다 간 세상입니다. 그때나 지금이나 사방 어디를 둘러봐도 온통 절망뿐입니다. 그가 그토록 염원하던 민주주의는 능멸당하고, 사람의 생명이 생으로 수장을 당해도 기껏 조롱의 수단으로 치부되는 말도 안 되는 패륜의 시대입니다.

사람들이 다시 그의 시를 읽고 그의 이름을 부릅니다. 세상살이의 헛헛함을 그의 시가 메워줄 수 있으랴만 메마른 입술을 적시듯, 허기진 배를 찬물로 채우기라도 하려는 듯 그의

시를 읽습니다.

그가 세상을 떠났을 때 자연의 순리가 그렇듯 그가 바라던 세상도 언젠가는 오지 않겠느냐고 사람들은 서로 위로했습니다.

한 해, 한 해, 정월마다 찬바람 부는 언덕바지 그의 무덤가에 모여 수로왕을 기다리는 가락국의 부족민처럼 새 세상을 염원하는 마음으로 모여 두런두런 그를 추모하였습니다. 5·18 광주 묘역 근처, 행랑채 문간방 곁방살이 신세처럼 망월동 민족민주열사 묘역에 누운 그도 여전히 새 세상을 기다리고 있겠지요.

기다림 속에 아이는 커갔고 젊은이는 늙어갔습니다. 그렇게 속수무책으로 20년이라는 세월을 흘려보내고 말았습니다.

그리고 이제 다시, 세상이 거꾸로 돌아가고 있는 것을 우리는 지켜보고 있습니다. 죽기 살기로 버둥거려야만 살 수 있는 세상입니다. 누구를 미워하거나 원망할 기력도 없이 망연자실 넋을 놓을 뿐입니다. 악다구니를 부려야만 하는 세상에서 오랜만에 그의 시집을 펼쳐놓고 찬찬히 살펴봅니다. 그의 시의 첫 번째 독자로서 얼굴도 모르는 누군가로부터, 혹은 감옥에서 나온 또 누군가로부터 시를 전달받고, 시를 전달해 주던 날들이 오래되고 낡은 영사기의 필름처럼 끊임없이 스쳐 흐릅니다.

30년도 넘은 과거의 일들이 새삼 현재형으로 다가옵니다. 원고를 받았을 때의 떨림과 공포, 거리 모퉁이마다 늘어선 전투경찰들과, 회칼 같은 눈매로 행인들의 행색과 가방을 훑어보는 이들 곁을 지날 때마다 움츠러들던 어깨 죽지⋯ 그런 느낌이 지금 시집을 읽는 순간에 다시 살아납니다.

　몽둥이로 다스려지는 세상이 다시 돌아온 탓인가 봅니다. 제가 사는 곳이 북방 근처 강화도이기에 더욱 그런 것도 같습니다. 서북청년단이 재건되었다고 하면서, 게거품을 물며 사람들에게 색깔을 입히느라 정신없는 종편 방송을 들으며 시들을 읽노라니 80년대의 으스스한 공포가 실감나게 다가옵니다.

　　　세상이 몽둥이로 다스려질 때
　　　시인은 행복하다

　　　세상이 법으로 다스려질 때
　　　시인은 그래도 행복하다

　　　세상이 법 없이도 다스려질 때
　　　시인은 필요 없다

법이 없으면 시도 없다

　이 역설, 〈시인〉이라는 시에서 그는 육신이 결박된 순간에 시를 쓸 수 있어서 '행복'하다고 했습니다. 감옥에 간 청년들이 하나같이 시인이 되던 시대가 있었습니다. 70년대, 80년대의 대한민국은 세계에서 유례를 찾아볼 수 없는 시의 나라였습니다. 시집이 서점마다 넘쳐나고 시인이 거리마다 넘쳐나고, 시집이 수십 만 권의 판매부수를 올리며, 시인이 수십만 명의 독자를 거느리는 나라는 세계 어디에도 없는 현상이라고 합니다. 일본이나 미국 등 외국의 내노라 하는 시인들도 대한민국의 시인들을 부러워했다고 합니다. 그들은 경이와 존경의 눈으로 한국의 시인들을 바라보았습니다. 심지어 그들은 감옥에 갇힌 시인들을 부러워하기까지 했다고 합니다. 그때는 그랬습니다.

　대한민국은 거대한 감옥이었습니다. 거대한 대학이자 시인 양성소, 사상과 예술의 인큐베이터가 바로 감옥이었습니다. 감옥에 갔다 온 이들은 너나없이 시인이 되고 예술가가 되었습니다. 그 시인들의 시를 읽고 사람들은 민주시민으로 다시 태어나거나 화가가 되고 영화인이 되고 음악가가 되었습니다. 오늘날 한류의 토대를 만들었다고 여길만한 대목입니다.

그는 감옥에서 누에가 실을 뽑듯 쉼 없이 시를 썼습니다. 그를 묶어놓고 있는 사슬과 부자유는 마그마처럼 그를 끓어 넘치게 했습니다. 그의 시는 폭발력 강한 불, 그 자체였습니다. 그의 온 몸은 시로 타올랐고, 표현할 수 있는 극한까지 밀어 올렸습니다.

신문과 방송이 침묵을 강요당하고, 잡지들이 폐간되고, 학자들이 강단에서 쫓겨났을 때 그는 시를 무기 삼아 저항했습니다. 절망과 공포가 밀어낸 힘의 한 축을 시가 감당하던 때였습니다. 그는 죽기 살기로 시를 썼습니다.

밤 12시
도시는 벌집처럼 쑤셔놓은 심장이었다
밤 12시
거리는 용암처럼 흐르는 피의 강이었다
밤 12시
바람은 살해된 처녀의 피 묻은 머리카락을 날리고
밤 12시
밤은 총알처럼 튀어나온 아이의 눈동자를 파먹고
밤 12시
학살자들은 끊임없이 어디론가 시체의 산을 옮기고 있었다
아 얼마나 끔찍한 밤 12시였던가

아 얼마나 조직적인 학살의 밤 12시였던가

_〈학살 1〉 중에서

　광주의 학살을 보지도 못한 그는 이런 시들을 감옥 안에서 썼습니다. 현장을 지킨 이들보다 더 생생하게 형상화된 '학살'입니다. 학살은 풍문이 아니었습니다. 시의 언어로 그려진 '학살'을 들으며 사람들은 전율했습니다. 응축된 시의 힘이 사람들을 고양시키며 마음을 단련시켰습니다. 시는 마치 백만 볼트의 전기가 흐르는 전선줄처럼 뜨겁게 독자들을 감전시켰습니다. 어떻게 그런 일들이 가능했을까? 그때는 이 나라 전체가 미쳤던 것 같습니다. 군홧발로 짓뭉개는 자들이 미쳐 날뛰면 날뛸수록 그에 저항하는 이들 또한 미친 듯이 달려들어 저항했습니다. 미치지 않고는 얻을 수 없는 게 자유니까요. 불가능한 일이었으니까요.

　감옥을 빠져나온 시를 전달받아 출판사와 독자들에게 전달해야 하는 일은 그야말로 작두날을 타는 것처럼 오금저리는 일이었습니다. 공포가 일상화된 탓에 누가 감시자가 되고 고발자가 될지 몰라 두려웠습니다. 가족은 물론 직장 동료도 안심할 수 없었습니다. 친구들과의 수다도 편안할 수가 없었습니다. 그때는 그랬습니다.

그래도 시는 여전히 손에서 손으로 건네져 더 많은 사람에게 읽혔습니다. 몰래 읽히던 시들은 이제 노래가 되었습니다. 집회장과 광장에서 어깨를 걸고 부르는 그 노래는 사람들을 묶는 하나의 끈이 되었습니다. 우리는 함께 노래를 부르다가 거리를 행진했습니다.

시의 전성기이자 민중가요의 전성기였습니다. 노래의 힘, 광장의 힘은 기세등등하던 군홧발을 밀쳐냈습니다. 자유의 함성에 독재자는 무릎을 꿇었습니다. 시의 힘, 노래의 힘이 군홧발을 이겼습니다. 시가 그를 자유케 했습니다.

2014년, 그의 타계 20주년을 기리며 시전집이 출간되었습니다. '실천문학'의 젊은 후배들은 심포지엄을 개최하여 김남주 시의 의미를 되새겼으며, 시전집을 출간한 '창비'는 그를 회고하고 그리는 추억의 자리를 마련하였습니다. 해남 고향에선 다채로운 프로그램의 문학제를 열어 그를 기리는 시간을 가졌습니다.

80년대에 쓰인 시들을 다시 찬찬히 봅니다. 돌이켜 생각해보면 '시인'으로서 가장 행복했던 때도 '그때'가 아니었을까 합니다. 꼬박 9년을 감옥에서 보낸 80년대였지만 말입니다. 비록 육신은 갇혀있었지만 시 정신을 한껏 태울 수 있었던 시기가 그때였습니다. 어떻게, 무엇을 쓸까, 하는 것을 고민할

김남주 평전

겨를 없이 시는 꾸역꾸역 겨워져 나왔습니다.

술술 토해진 핏덩이 같은 낱말들은 그대로 시가 되었습니다. 몸통을 가득 채웠던 것들이 모두 토해져 나왔을 때, 그는 세상 밖으로 나왔습니다. 그의 머리엔 재 같은 하얀 백발이 얹혀 있었습니다.

80년대의 광주 교도소는 시를 쓸 수 있는 최상의 조건을 갖추어 놓고 '시인'을 기다렸다고나 할까? 어쨌든 광주가 아니었다면 80년대의 김남주는 없었을 거라는 생각이 듭니다. 그와 한때 몸을 부비며 젊은 시절을 보냈던 친구와 후배, 선배들이 마치 학교 대강당에 모인 것처럼 감옥에 갇혀 있었습니다. 1980년 9월, 광주 교도소는 교도관들조차 민주투사처럼 보였습니다. 그들조차 싸움의 선봉에 선 민주투사처럼 격앙돼 있었습니다.

그들은 김남주 시인이 시를 쓸 수 있도록 최대한 조력했습니다. 고맙게도, 그들은 아니 사명감을 가지고 그가 시를 쓰게끔 망을 봐 주고, 시를 쓸 종이와 펜을 가져다주었습니다. 세상 소식을 물어다 주는 것도 그들이었고, 다 쓴 시들을 밖으로 배달하는 일도 마다하지 않았지요. (당시 광주 교도소에 있었던 두 분 교도관님께 무한한 감사를 드립니다.)

곁에는 평론가도 있었고, 시 공부가 덜된 그를 위해 책을 구해 넣어주는 불문학을 전공한 후배도 있었습니다. 감옥 생활중에 시의 영역의 폭이 넓어지고 깊어진 것은 바로 이들의 수고 때문입니다.

광주는 외면할 수도, 거부할 수도 없는 천형의 땅이었습니다. 고향으로 돌아온 그는 불 사르듯 자신을 태워 시를 써나갔습니다.

그의 시에 누군가의 시를 닮은 듯한 시풍이 보인다는 지적을 받은 저는 이번 기회에 그의 시를 꼼꼼히 읽었습니다. 이제야 밝히지만 어릴 적부터 서양시를 주로 읽어온(물론 번역시이지만) 저 역시 그런 느낌을 내내 갖고 있었습니다. 그러나 굳이 변명을 하자면 워낙 긴박하고 공포스러운 환경 속에서 쓴 그 시에 대해 왈가왈부하며 흠을 잡을 수가 없었습니다.

그의 시에는 간간이 네루다(칠레의 저항시인)적인, 가르시아 로르카(스페인 내전 당시 학살당한 시인)적인 시행이 보이고, 엘류아르(프랑스의 저항시인)풍의 시가 보이기도 합니다. 아마도 수없이 읽고 또 읽었던 하이네, 브레히트, 마야코프스키 등의 시적 경향도 만날 수 있겠지요.

새삼 누군가의 영향이 눈에 띠였다고 해서(물론 눈 밝은 이들은 진즉 알아채기도 했겠지만) 80년대의 숨 막히던 팽팽한 긴장감이 사그라진다거나 시적 성취가 빛을 바랬을 거라고는 생각지 않습니다. 극한까지 밀어올린 치열하고 뜨거웠던 숨결은 35

김남주 평전

년이 지난 지금도 여전합니다.

아들은 쇠파이프에 머리가 깨진 채
피바람 오월 타고 저세상으로 가고

아버지는 아들의 죽음에 저항하다
쇠고랑 차고 감옥으로 가고

어머니는 감옥에 저세상에 남편과 자식을 빼앗기고
가슴에 멍이 들어 병원으로 가고

옷가지 챙겨들고 아버지 보러 감옥에 가랴
밥 반찬 보자기에 싸들고 어머니 보러 병원에 가랴

누나는 세상 사람들에게 눈물 보일 겨를도 없다면서
꽃 한송이 사들고 내일은 동생 보러 무덤 찾겠다네

_〈이 좋은 세상에〉 전문

30년도 훨씬 전에 쓴 그의 시입니다. 죽음의 사신이 어느 길모퉁이 어느 순간에 덮칠지 몰라 전전긍긍하던 시대였습니다. 폭력과 굶주림, 끝없는 죽음의 행렬…. 이처럼 폭력과 공포가 일상화된 20세기도 지났습니다. 이제 21세기 대명천지입니다. 그런데 수십 년 전 이미 사망선고를 받은 악령들이 돌아와 활개를 치는 어처구니없는 일이 벌어지고 있습니다. 그가 염원하던 평화롭고 아름다운 날들은 아득한 과거가 되었습니다. 목숨 걸고 싸우며 일궈놓았던 것들이 하나하나 망가지고 허물어지는 것을 보며 시인이 살았던 70, 80년대가 차라리 낭만적이었다는 생각조차 들 정도입니다.

　젊은이들은 일자리가 없어 거리를 헤맵니다. 직장인은 언제 쫓겨날지 몰라 최소한의 권리조차 주장하지 못하는 파리 목숨입니다. 단 몇 퍼센트의 부자들이 부의 90퍼센트를 차지하는 세상이 됐습니다. 방송은 범죄자와 자살자 얘기로 날을 지샙니다. 배가 가라앉아도, 수백 명의 학생들이 몰살을 당해도 아무도 책임지지 않는 나라입니다. 불안을 마케팅하며 정권을 독점하고, 부와 명예, 모든 기득권을 싹 쓸어 가려는 자들이 벌이는 음모로 세상은 아수라장입니다.

　반짝반짝 하늘이 눈을 뜨기 시작하는 초저녁
　나는 자식 놈을 데불고 고향의 들길을 걷고 있었다

　아빠 아빠 우리는 고추로 쉬하는데 여자들은 엉뎅이로 하지?

　　　　　　　　　　　　　　　　　　　　　　　　김남주 평전

이제 갓 네 살 먹은 아이가 하는 말을 어이없이 듣고 나서
나는 야릇한 예감이 들어 주위를 한번 쓰윽 훑어 보았다
저만큼 고추밭에서
아낙 셋이 하얗게 엉덩이를 까놓고 천연스럽게 뒤를
보고 있었다

무슨 생각이 들어서 그랬는지
산마루에 걸린 초승달이 입이 귀밑까지 째지도록 웃고 있었다

김남주 시인이 마지막으로 쓴 〈추석 무렵〉이라는 시입니
다. 그는 이렇게 살고 싶어 했습니다. 아들의 손목을 잡고 들
판을 걷고 싶은 꿈… 그는 꿈결인 듯 고향 길을 걸었습니다.
그 길이 아들 손목을 잡고 걸어본 처음이자 마지막 길이었습
니다. 이 그림은 아들의 가슴에 새겨진 처음이자 마지막 풍
경화입니다. 네 살짜리 아들과 나누는 대화를 엿듣고는 입이
째지도록 웃고 있는 초승달이 있는 풍경을 다시 보고 싶습
니다.

그의 시를 여전히 사랑해 주시고 그를 기억해 주셔서 고맙
습니다. 어려운 시대를 함께 겪으며 힘을 주시고 사랑을 보내
주셨던 많은 분들께 감사드립니다.

다음 세대가 읽을 수 있도록 자료를 모아 활기찬 필체로 평전을 엮어주신 김삼웅 선생님의 노고에 깊이 감사드립니다.

_그를 그리워하며 아내 박광숙

김남주 선생의 500송이 시화(詩花)

―

해방 70년의 현대사에서 시인으로서 가장 긴 옥살이를 하고, 토속성 짙은 서정시와 칼날 같은 저항시 500여 수를 남긴 채 홀연히 우리 곁을 떠난 김남주 선생의 21주기를 맞는다.

박정희, 전두환의 살육적인 유신과 5공화국 시기에 많은 문인과 작가들이 침묵하거나 더러는 독재자들을 지지, 성원할 때 김남주 선생은 시와 행동으로써 저들과 대결하였다. 보복이 따랐고, 강산도 변한다는 10여 년의 세월을 선생은 0.75평의 차디찬 감방에서 보내며 그의 청춘을 불살랐다. 혹독한 고문과 유혹에도 그의 서정과 저항정신은 시들거나 굽히지 않았다. 때문에 국경일 특사에서도 그는 늘 제외되곤 했다.

김남주 시인은 감옥에 있을 때는 주로 저항시를 쓰고 밖으로 나왔을 때는 서정시를 많이 쓴 보기 드문 시인이고 투사였다. '투사시인'이었다. 전봉준의 혼(魂)을 닮고, 브레히트의 백(魄)을 닮고자 한 시인이었다. 그가 닮고자 했던 그들의 운명이 어찌되었는지 따위는 계산하지 않았다.

감옥에서 쓴 시는 밖으로 흘러나와 봄이 와도 움츠리고 있는 자들의 채찍이 되었고, 겁 많은 자들에게는 용기를 주었다. 시위대의 노랫말이 되기도 하고, 대학가의 '불온유인물'이 되기도 했다. 일제강점기에 독립운동가가 없었으면 우리 민족은 혼백이 없는 백성이 되었을 것이고, 군사독재 시대에 김남주 선생 등의 저항자들이 없었다면 우리는 의기가 없는 국민으로 낙인되었을 것이다.

고려 무인정권기나 일제강점기 그리고 해방 후 독재정권기에도 연면한 저항문인들이 있었기에, 우리는 민족사의 혼을 지키고 그 얼을 이어올 수 있었다. 그때마다 어용, 변절자들이 훨씬 많았지만, 그래도 역사의 정통은 그들의 몫이 아니었다.

국토가 짓밟히고 국맥이 끊길 때에도 방관하는 자는 작가의 자격이 없는 글쟁이일 뿐이다. 민주주의가 역류하고 이웃들이 고통을 겪는데도 음풍농월이나 일삼는 식자는 인문(人文)을 모르는 '유식한 무식쟁이'다.

근대 중국의 혁명적 문인이자 사상가인 량치차오(梁啓超)는 '방관자를 꾸짖는다'는 글에서 "방관자보다 보기 싫고 저주스러우며 비열한 인간은 이 세상에 없다. 방관자라는 것은 동쪽 강가에 서서 맞은편의 붉게 타오르는 불꽃을 보고 히히거리고, 이쪽 배를 타고서 저쪽 배가 침몰하는 것을 관망하면

김남주 평전

서, 물에 빠져 허우적대는 사람을 보고 기꺼워하는 자와 같다"고 썼다.

불의를 보고도 침묵하고 악을 보고도 외면한 채 '지적유희'를 일삼는 지식인은 단식 중인 세월호 유족들 곁에서 폭식 이벤트를 즐기는 파충류들과 크게 다르지 않다. 지성을 갉아먹는 문인, 언론인, 법조인들과 같은 식자층에 의해 우리 사회는 급속히 유신시대로 회귀하고 있다.

역사학자 마르크 블로크는 조국 프랑스가 나치 독일의 침략을 받자 50이 넘은 나이에도 지원하여 전선에 섰다. 정부가 항복하자 레지스탕스 대장이 된 그는 프랑스 청년들도 많이 가담한 독일군에 쫓기면서 옆의 동료가 중얼거리는 소리를 들었다. "역사가 우리를 배반하는 것 아닌가?" 결국 블로크는 붙잡혀 조국 해방을 두 달 앞두고 처형되면서 이 말을 되씹었다. "역사가 우리를 배반한 것이 아닌가?" 하지만 마침내 프랑스는 해방되어 레지스탕스들이 주역이 되고 비시 정권의 반역자들은 처벌당하였다.

프랑스의 역사는 결코 의로운 저항자들을 배반하지 않았다. 그러나 우리는 어떤가. 친일에 기반 하는 세력이 권력을 잡고 유신, 5공 때에 민주인사들을 탄압했던 자들이 다시 행세하는 세상이 되었다. 보수언론은 '기레기'가 되고, 6월 항쟁의 산물인 헌법재판소는 정당을 해산하고, 검·경은 권력의 '호위무사'가 되고 있다. 300여 명의 젊은 넋들이 구천에서 호곡하는 데도 세월호의 진상규명은 당리당략으로 시간만 축내고 있다. 그런가 하면 100조에 달한다는 이명박 정권의 이른바 '자원외교' 비리에 관한 수사는 부지하세월이다.

김남주 선생, 그는 왜 그리도 빨리 갔을까. 윤동주 시인, 조영래 변호사, 노무현 대통령, 김근태 의장은 왜? 독재자와 그 아류들, 빛바래지는 시인이나 작가들도 그리 장수하는데, 당신들은 다시 오지 못하는 그 길을 왜 그리도 빨리 가버렸는가?

김남주 선생은 특히, 신화와도 같고 전설과도 닮은 사연을 남기고 떠났다. 부인 박광숙 여사와 아들 토일 군 얘기다. 시인의 표현대로 손목 한 번 잡아보지 않았던 조직의 동지가 15년을 선고받은 장기수 남자의 연인이 되어 옥바라지를 자원하고, 출옥한 후에는 결혼하여 아들을 낳아 이 땅의 노동자들도 금·토·일요일에는 쉴 수 있는 세상을 꿈꾸며 이름을 토일(土日)이라 지었다는 이야기, 그리고 한 점 혈육을 아내에게 맡긴 채 감옥에서 나온 지 5년 만에 저 세상으로 가버린 가슴 아픈 이야기. 김남주 선생과 박광숙 여사가 남긴 이야기는 21세기로 이어진 20세기 한국판 순애보라 하겠다. 앙드레 지드

김남주 평전

의 말이 떠오른다.

"아프리카 열대지방의 꽃들은 꽃이 아니다. 겨울의 혹독한 추위를 견디고 꽃을 피울 때 비로소 그것은 꽃이다."

김남주 시인이 떠난 지 22주기를 맞아 펴낸 불비한 평전이, 치열한 싸움터에서 피워낸 500송이 시화(詩花)가 되어, 언 땅과 가슴을 녹이고 방관자들에게도 일깨움의 작은 씨앗이 되기를 희망한다.

'시대의 양심'으로 활동하시는 한종호 대표의 꽃자리 출판사와, 쉽지 않았을 추천사를 써주신 박광숙 여사께 감사 드린다.

새 희망의 불을 지피며

2016년 저자

1장

저항과 서정의 합주곡

그대 시인인가?

이태백이 화산(華山)현 지방을 이리 저리 다니며 방황하고 있을 때였다. 그 지방의 성주가 관청 문을 열어놓고 집무를 보고 있는데 마침 나귀를 탄 이태백이 관청 앞을 지나갔다. 성주는 그렇지 않아도 심심하던 차에 나귀를 타고 거만하게 지나가는 나그네가 영 심기에 거슬렸다. 성주는 즉시 그를 붙잡아 오라고 명령했다. 이태백의 얼굴을 알 리 없는 성주가 물었다.

"너는 어떤 놈인데 무례하게도 감히 나귀를 타고 관청 앞을 지나가느냐?"

"나는 일찍이 용건(龍巾)으로 내가 구토해 놓은 것을 훔친 적이 있고, 역사(力士)도 나를 보고 맨발로 도망치게 했으며, 양귀비의 손에 내 벼루를 들고 있게 했고, 천자(天子)의 궁궐을 내 마음대로 드나드는 사람이다. 그러할진대 이까짓 화산현에 와서 왜 나귀를 못 탄단 말이냐?"

이태백은 끝내 자신의 이름을 밝히지 않았다.

"시인이란 알려지지 않은 세계의 입법자다"(P. B. 셸리).

"시인은 사회(국가)의 양심의 상태가 무엇인지 알 수 있는 지침이며 지진계다"(H. 헤세).

"시인은 나라의 넋이다"(G. 그린).

그렇다. 진정한 시인은 모든 압제와 권위(주의)를 거부하는 아나키스트다.

민족이 외적에 짓밟힐 때나 압제에 민중이 신음할 때, 한 편의 저항시도 쓰지 않고 음풍농월이나 읊조리고 있다면 그 이는 참 시인이랄 수 없다. 환자를 치료하지 않은 의사는 의사가 아니듯이 말이다. 민족이 고난을 겪을 때, 민중의 고통을 읊어주는 시인이 있다는 것은 시대의 축복이다.

우리의 역사를 보면 일제강점기에도 한용운, 김창숙, 이육사, 윤동주, 심훈, 정인보, 이병기와 같은 민족 시인이나 시조 시인들이 있어 민중과 함께 아픔을 나눴다. 그들이 민중의 고통과 함께 하고, 그 아픔을 위무해 주었기에 가느다랗지만 면면한 민족의 혈맥이 흐를 수 있었다. 해방 후에도 40년대의 임화, 50년대의 조지훈, 60년대의 신동엽과 김수영, 70년대의 고은과 문익환, 김지하 그리고 80년대의 박노해와 김남주가 있어 앞서간 시인들의 뒤를 이을 수 있었다.

이들 시인은 민중의 신음소리를 직설언어로 쓰거나 시적 언어를 통해 표현한 시를 발표하면서 온갖 압제에 맞서 저항하였다. 그 때문에 시인들은 감옥에 가고 생체해부의 대상이 되었으며 칠성판에 묶여 고문을 당해야 했다. 그로 인해 그들의 육신은 망가지고 생계가 거덜 나고 그들의 가정은 깨져버리기도 했다. 그 과정 중에 영혼을 판 사람도 있었지만 끝까지 지절(志節)을 지켜 낸 시인은 많았다. 물론 권력에 빌붙고, 금력에 매수되고, 대중의 인기에 영합하여 말초신경이나 자극하는 시인은 훨씬 더 많았다.

로터스(LOTUS) 상을 수상한 남아프리카의 시인 알렉스 라구마(Alex La Guma)는 시인에 대해 이렇게 노래했다.

> 그대 시인인가?
> 그렇다면 오 시인이여
> 그대는 연꽃에 가까이 다가갈 뿐 아니라
> 그 꽃송어리를 만지작거릴 뿐만 아니라
> 그것이 꽃핀 흙탕물에 들어가
> 그 더러움에 몸을 담가야 하나니

유신과 5공화국 시대에 걸쳐 가장 치열하고 가장 격렬했던 그래서 가장 순수했던 시인. 뜨거운 심장과 연꽃처럼 맑은 영혼을 지닌 시인. 시대에 편승하기보다 부조리한 시대에 불화하고 역류하면서 무사기(無邪氣)를 지녔던 시인 김남주. 우리는 다시 시인 김남주를 불러 본다.

김남주는 〈대단한 나라〉란 시에서 군사독재 시절의 부끄러운 모습을 이렇게 그려냈다.

아침이면
예수의 제자들이 들고일어나
새로 탄생한 국왕의 만수무강을 위해
조찬기도회를 갖고

오전 아홉시쯤이면
나라의 모든 관리들이 그 한사람의 사노가 되고

낮 열두시쯤이면
나라의 모든 병사들이 그 한사람의 사병이 되고

오후 서너시쯤이면
나라의 모든 재산이 그 한사람의 사재가 되고

저녁 일곱시쯤이면
나라의 모든 명사들이 초대되어

그 한사람의 너털웃음을 위해
샴페인을 터뜨리는 나라

그러고도
십년이고 이십년이고 사십년이고
아무렇지 않은 나라 대단한 나라
아무렇지 않은 나라 대단한 국민[11]

하이네, 브레히트, 아라공, 마야 코프스키, 네루다를 좋아하고, 네루다와 브레히트의 시를 원서로 읽겠다며 감옥에서 스페인어 공부를 시작했던 시인 김남주. 이 땅의 노동자들이 주말에는 편히 쉬게 하는 세상을 만들기 위하여 외아들 이름을 김토일(金土日)이라고 지었던 노동해방의 전사 김남주.

애창곡인 〈사과꽃〉과 〈해운대 엘레지〉를 멋들어지게 부르던 순결한 그 사람, 김남주의 아버지는 일자무식의 남의 집 머슴이었고, 어머니는 한 쪽 눈이 먼 장애인이었다. 가난한 농군의 아들로 태어난 김남주는 태생에서부터 서민들의 삶과 함께 해 온 서민의 시인이었다.

햇수로 9년 3개월, 달수로 111개월, 날수로 3,541일을 0.75평의 '우주선'에서 보내야 했던 김남주, 그의 생(生)에 쓰인 500여 편 가까운 시 중에서 350여 편 정도를 '우주선'에서 썼던 그 시인은 그나마 지묵이 허용되지 않아 우유곽 위나 담배를 싸는 은박지에 한 자 한 자, 피를 찍어 시를 써야만 했다.

김남주는 오늘까지도 왕성하게 활개치는 망국적 지역갈등을 가슴 아파하면서 '선거라는 이름의 권력탈취'에 대해 직설언어로 써내려갔다. 〈선거에 대하여〉라는 시다.

> 개가 나와도 그 지방 사람들은
> 우리 개 우리 후보 하면서 그 개를
> 국민의 대표로 뽑아 국회로 보낼 것입니다
> 개가 그 꼬랑지에 OO당의 깃발을 달고
> 개가 그 주둥이를 놀려 그 지방 사투리로
> 멍멍멍 지방유세를 하고 다니기만 하면[2]

만인을 위해 내가 몸부림 칠 때
—

중세 또는 일제시대에서 환생한 듯한 박정희와 전두환이 만들어 놓은 '우주선'에 김남주는 두 차례나 '무임탑승'하였다. 그런데 그는 '무임탑승'을 하기 전 당해야 했던 그 참혹했던 수사와 고문의 실상을 리얼하면서도 희극적으로 그려내 보

김남주 평전

인다. 〈시인님의 말씀〉이라는 시에서다.

그들은 나를 잡아다 놓고
배꼽부터 쥐기 시작했다 우스워 죽겠다는 듯이
그들은 나에게 호를 하나 지어주겠다면서
어이 강도시인 이렇게 부르기도 하고
야 시인강도 저렇게 부르기도 하며 깔깔대었다
나는 그들이 하는 대로 내버려뒀다

밤이 깊어지자 그들은 정색을 하고
취조하기 시작했다 도마 위에 나를 묶어놓고
가죽을 벗기고 살을 도려내고 뼈를 추리면서

- 어떻게 그 집에 금도끼가 있는 줄 알았느냐
- 최회장 집에서는 무엇무엇을 훔치려고 했느냐
- 왜 하필이면 백주에 그런 큰 집을 쳐들어갔느냐
- 이북에는 몇번 갔다왔느냐

나는 그들에게 대답했다
쇠도끼를 금도끼와 바꾸어왔을 뿐이다
훔치러 간 게 아니다 재벌들에게

빼앗긴 민중의 고혈을 되찾으러 간 것이다.

세상이야 삐뚤어졌다고 하지만 말은 바로 해야 하지 않겠느냐

그러자 그들은 다시 배꼽을 쥐더니

우스워죽겠다는 듯이 깔깔거리기 시작했다

-맞다 맞다 우리 시인님의 말씀이 천번 만번[3]

중앙정보부나 안기부에서 파견된 염라대왕의 사자들까지 '시인님의 말씀'이 옳다고 맞장구친 이 비극과 희극이 섞인 사연은 뒤에서 소개하기로 하자.

우리는 이쯤 해서 다시 시(인)란 무엇인가를 묻게 된다.

"시는 아름답기만 해서는 모자란다. 사람의 마음을 뒤흔들 필요가 있고, 듣는 이의 영혼을 뜻대로 이끌어 나가야 한다" (호라티우스).

"위대한 시인은 가장 귀중한 국가의 보석이다"(베토벤).

"시인은 그의 민족과 함께 울고 웃지 않으면 안 된다"(가르시아 로스가).

"감옥에서 시는 폭동이 된다. 병원의 창가에서는 쾌유에의 불타는 희망이다. 시는 단순히 확인만 하는 것이 아니다. 재건하는 것이다. 어디에서나 시는 부정(不正)의 부정(否定)이 된

다"(보들레르).

"만인을 위해 내가 몸부림칠 때 나는 자유이다"(김남주).

그리고 여기 한 여인이 있다. 그 이름은 박광숙.

처녀의 몸으로 강산이 변한다는 길고 긴 세월 동안 한결같이 옥바라지를 했던 여인. 지상과 '우주선'을 연결해 주는 연서를 주고받았던 여인 박광숙. 그녀의 사랑에 힘입어 '전사'의 꿈을 다지며 옥살이를 견뎌낸 뒤 결국 출감한 김남주는 박광숙과 결혼을 하게 된다. 그리하여 그들의 뒤늦은 사랑은 결실을 이루게 된 것이다. 하지만 김남주 시인은 긴 옥고 끝에 얻은 췌장암으로 출감 6년 만에 숨져버렸다. 김남주는 그렇게 그의 사랑에서도 비련의 주인공이 되어 버렸다.

시인 김남주는 참으로 정직했다. 정직하지 않으면 시인이 아니다. '우주인'의 육성이다.

《들어라 양키들아》란 책을 손에 넣게 된 경위가 참 아이러니컬해요. 나는 고등학교 때부터 시내 책방이나 남의 집 서가에서 책을 도둑질하곤 했는데. 이 책은 광주미문화원에서 훔친 거였어요. 이상하지? 이런 책이 그런 곳에 있다니. 미국이란 나라는 참 엉뚱한 데가 있는 나라예요."

분노하고 저항만 하면 시인이 아니다. 그것은 혁명가의 몫일 터. 참 시인은 분노하고 저항하지만 그 안에서도 서정성을 가진다. 그가 좋아했던 하이네, 브레히트, 아라공, 마야코프스키, 네루다가 다 그러했으며, 한용운, 김창숙, 이육사 등도 모두 그러했다.

김남주 시인의 〈옛 마을을 지나며〉를 보자.

찬 서리
나무 끝을 나는 까치를 위해
홍시 하나 남겨둘 줄 아는
조선의 마음이여[4]

독재정권 시대에 날뛰던 반공청년단, 땟벌떼, 용팔이를 연상케 하는 '어버이연합'에 이어 '엄마부대'까지 등장한 이 시대는 이 땅의 의로움과 서정을 파괴하는 암울한 시대가 되어 버렸다. 이런 시대 앞에서 격렬하고 정직하게 싸우다 짧은 삶을 마친 '혁명적 민중시인' 김남주를 다시 불러일으키고자 한다. 그의 깊은 내면과 한 점 삿됨 없이 치열했던 생애를 살펴보면서 이 암울한 시대에서도 '참인간'으로 살 수 있는 길을 탐구하고자 한다.

올해는 시인이 우리 곁을 떠난 지 22주년이 되는 해다. 미모의 동명 연예인은 알아도 '전사시인 김남주'는 잘 모른다 해도 탓하지 않으련다. 이승만, 박정희, 전두환과 그 아류들이 지배해 왔고, 지금도 지배하고 있는 이 세상에서 '자유와 해방의 투사'를 잘 모르는 것은 당연할지도 모른다. 일제강점기에도 이광수와 최남선은 잘 알아도 신채호와 김원봉은 잘 모르지 않았던가.

문학평론가 염무웅은 "김남주 문학의 가장 순수한 원형이고 그의 창조성의 가식 없는 얼굴이며 그의 상상력과 언어적 활력의 살아 있는 기초라고 생각되는" 시로 〈잿더미〉의 3연을 꼽았다.

> 그대는 타오르는 불길에
> 영혼을 던져보았는가
> 그대는 바다의 심연에
> 육신을 던져보았는가
> 죽음의 불길 속에서
> 영혼은 어떻게 꽃을 태우는가
> 파도의 심연에서
> 육신은 어떻게 피를 흘리는가[5]

아무개는 김남주 문학 에세이 《불씨 하나가 광야를 태우리라》 서문에서 그를 이렇게 표현했다.

"'시인'이라기보다 '전사'(戰士)를 자처한 광야의 선지자, 분단시대의 철조망을 걷어차며 민족의 숨통을 거머쥔 무리들에게 사자후를 토해내던 선봉대장, 인간성을 억압하는 온갖 비인간적인 이데올로기를 혁명의 순결성으로 맞받아친 민족주의자, 가장 탁월한 혁명전사… 김남주! 당신의 삶과 당신의 문학은 그 어떤 수식어로도 이루 다 표현할 수 없을 만큼 위대했고 우람했습니다. 그 모든 사람들이 입을 모아 말하듯 우리 민족사에서 김남주 문학은 사회변혁운동의 이념과 정신을 온몸으로 감당해온 전형적 시인정신이며, 타의 추종을 불허하는 대표적 민족민중문학인 것입니다."

2장
- -
해남에서 머슴의 아들로 태어나

'금판사' 되길 원한 아버지

아버지, 우리 아버지

—

한국의 '해방둥이'는 곧 이어 닥치게 될 이승만의 독재와 6·25전쟁 그리고 분단으로 이어지는 전후의 피폐한 삶으로 인해 축복의 세대일수는 없었다. 그럼에도 일본이 지배하는 식민지의 오염된 공기를 마시지 않고 태어난 것은 축복이 었다.

김남주는 해방의 해인 1945년 10월 16일 전남 해남군 삼산면 535번지에서 태어났다. 그는 아버지 김봉수와 어머니 문일님 사이에서 태어난 3남 3녀 중 둘째 아들이었다. 그의 조상은 인근 완도에서 살았으나 6대조 때 해남군 삼산면으 로 이주하여 일가를 이루었다. 김남주 위로는 형 남식과 누 나 남예가 있고 아래로는 여동생 유순, 남동생 덕종, 막내 여 동생 숙자가 있다. 김남주의 호적상 생년월일은 그가 태어난 지 1년이 지난 1946년 10월 16일로 되어 있다.

그가 태어난 삼산면은 비옥한 땅을 갖고 있어 경작지가 많 은 곳이며, 도립공원으로 지정된 두륜산과 대흥사, 대흥사 북 미륵암 마애여래좌상 등으로 널리 알려진 곳이기도 하다.

광주에서 버스를 타고 남도 땅을 두세 시간 달리다 보면 해남읍에 도착한다. 거기서 완도로 가는 국도를 한 시간 정도 걸으면 외로 꺾이는 샛길이 나오는데, 그 샛길의 밭과 밭 사이로 또는 솔밭과 솔밭 사이로 난 길을 한 10여 분 걷다보면 야트막한 산자락에 길게 자리 잡은 마을이 한눈에 들어온다. 김남주의 집은 그 마을 가운데쯤에 위치해 있다.[6]

김남주는 불우한 가정에서 출생하였다. 아버지 김봉수는 20여 년 동안 남의 집 머슴이었고, 어머니는 그의 아버지가 머슴을 살던 주인집의 딸이었다. 그의 어머니는 한쪽 눈이 멀었는데, 그로 인해 제대로 된 출가가 어렵게 되자 그녀의 아버지가 머슴 중에서 가장 듬직했던 김봉수와 짝을 지어주었던 것이다. 일제강점기 북녘에서 머슴의 아들로 태어난 홍범도가 무장투쟁의 선각자였다면, 70여 년 후 남녘에서 머슴의 아들로 태어난 김남주가 '무장혁명론'의 기수가 된 것은 그의 가계와도 관련이 있다고 할 수 있겠다.

훗날 시인이 된 김남주는 정직하게 자신의 가계를 시로 써내려갔다. 그의 시 〈아버지〉에는 그가 본 '아버지' 상이 잘 나타나 있다.

아버지, 우리 아버지

그래 그는 머슴이었다
십 년 이십 년 남의 집 부잣집 머슴살이였다
나이 서른에 애꾸눈 각시 하나 얻었으니
그것은 보리 서말에 얹혀 떠맡긴 주인집 딸이었다

그는 내가 커서 어서 어서 커서
면서기 군서기가 되어주길 바랐다
손에 흙 안 묻히고 뺑돌이 의자에 앉아

펜대만 까닥까닥하는 그런 사람이 되어주길 바랐다
그는 금판사가 되면 돈을 갈퀴질한다고 늘 부러워했다
금판사가 아니라 검판사라고 내가 고쳐 말해주면
끝내 고집을 꺾지 않고
금판사가 되면 골방에 금싸라기가 그득그득 쌓인다고 했다

그는 죽었다 화병으로
내가 부자들의 모가지에 칼을 들이대고
경찰에 쫓기는 몸이 되었을 때[7]

나라가 망하던 1905년(을사년)에 태어난 김남주의 아버지, "그가 옹골차고 대차게 일해주자 아버지가 머슴 살던 주인집 어른이 그를 사위로 맞아들였다. 주인이 보기에 아버지가 비록 머슴이기는 했지만 사람 됨됨이와 농사꾼으로서의 바지런함이 눈이 성치 않은 딸과 짝을 맞춰주기에는 안성맞춤이라고 생각한 모양이었다."[8]

　　망국민으로 태어난 아버지는 머슴살이를 하며 살다가 부잣집 장애인 딸을 아내로 맞아 억척스럽게 일을 하여 땅을 사 모았다. 주인(장인)이 떼어준 손바닥만 한 땅을 기반으로 삼아 "아버지는 허리가 휘도록 밤이고 낮이고 일했다. 가난하던 서너 마지기 땅의 주인은 이제 마을 어귀의 문전옥답, 산자락 밑 천둥지기 논배미를 가리지 않고 한 뼘씩 한 뼘씩 사들이며 농토를 늘려가고 있었다."[9]

　　그렇게 김남주의 부모가 열심히 일한 결과 그의 집은 60마지기라는 논을 장만할 수 있었고, 한때는 일대에서 제일가는 부농이라는 소리를 듣기도 했다. 그랬기 때문에 그의 형제, 자매들 중에서 가장 머리가 좋았던 김남주를 대학까지 보낼 수 있었던 것이다.

　　해방이 되었다고 해도 이 땅의 힘없는 농민들의 삶은 크게 달라진 것이 없었다. 일본인들이 앉았던 자리에 동족이 앉았다 뿐이지 위정자들이 민중들을 수탈하는 방식은 그대로였다. 동학농민혁명을 일으키게 만든 탐관오리들의 수법은 일제강점기를 거쳐 이승만 정부의 관리들에게 그대로 전승되었다.

그런 와중에도 김봉수는 억척스럽게 살아갔다. 쌀 한 톨, 물 한줌도 허투루 버리지 않고 알뜰살뜰 살림을 모아 부를 일구었다. 그러나 김봉수가 땅의 주인이 되어도 걷어채이는 일은 마찬가지였다. 일제강점기에도 면서기, 산감, 순사들에게 빼앗기고 걷어채이더니 해방이 되고 일본으로부터 나라를 되찾았다고 해도, 여전히 면서기, 산감, 순사들은 땅 파먹고 버러지처럼 일하는 농투산이들을 발길질하고 걷어차고 빼앗아갔다. 김봉수도 여기에서 예외는 아니었다.[10]

김남주가 기억하는 어릴 적 부모님은 자주 싸우는 모습이었다. 부잣집 딸과 그 집 머슴출신 남편의 혼인생활이 평탄할 리가 없었다. 그가 사회적 모순에 눈을 뜨고 저항심을 갖게 된 것은 어릴 적에 느낀 '외갓집에 대한 반감' 때문이었다.

> 인류역사는 가진 자와 없는 자와의 투쟁이라는 신념에는 변함이 없습니다. 그러나 내가 최초로 이런 의식을 갖게 된 것은 책이나 사회의 선배를 통해서가 아니라 외갓집에 대한 반감에서 싹트지 않았나 하는 생각을 합니다. 저희 아버지는 아시다시피 외갓집에서 머슴살이를 했는데 그 당시 서른 살의

나이로 한쪽 눈이 성치 못한 저희 어머니와 결혼하게 되었지
요. 그래서 그랬는지 부모님 간에 부부싸움이 잦곤 했습니다.
그때마다 어머니는 친정으로 곧잘 가버리곤 했는데 나는 그
런 어머니를 모시러 외갓집으로 갔다가 초가삼간의 우리 집
과 구조도 다르고, 또 어엿이 머슴 2~3명을 부리고 사는 것들
에 대해 어린 나이에도 거부감이 있었던 것 같습니다.[11]

박정희 폭압 외면한 광주일고 자퇴

어린 김남주의 반발심을 더욱 키우고 권력에 대한 비판정신
을 싹트게 한 것은 시도 때도 없이 마을에 들어와 토색질을
일삼는 관리들의 행태를 매양 지켜보았기 때문이다. 정장 차
림의 '양복장이'가 마을 어귀에 도착하면 죄 없는 마을 사람
들은 비상이 걸렸다. 그들을 이장 집에 모셔놓고 씨암탉을 잡
아 대접한 뒤 봉투를 건네줘야 마을이 무사했던 것이다. 그렇
지만 그렇게 하고서도 늘 힘이 없는 한 두 집이 희생양이 되
곤 했다.

산길로 접어드는
양복장이만 보아도

김남주 평전

혹시나 산감이 아닐까

혹시나 면직원이 아닐까

가슴 조이시던 어머니

헛간이며 부엌엔

청솔가지 한 가지 보이는 게 없을까

허둥대시던 어머니

빈 항아리엔들 혹시나

술이 차지 않았을까

허리 굽혀 코 박고

없는 냄새 술 냄새 맡으시던 어머니[12]

　김남주는 1954년 삼산초등학교에 들어가 4·19혁명이 나던 1960년(15세)에 졸업하였다. 영특한 머리 덕분에 6년 동안 한 번도 빠지지 않고 우등상을 받았던 그는 광주에 있는 조대부중에 합격하였으나 장학생이 되지는 못했다. 6남매나 되는 집안 형편으로는 장학금을 받지 않고서는 그를 광주에 유학시킬 처지가 되지 못했다. 그는 가까운 해남중학교에 입학하였고, 1963년에 졸업하였다.

　그가 학교를 다니던 중에 일어난 나라 사정은 그야말로 격변기였다. 6·25 전쟁 이후 크고 작은 분쟁을 일으키게 만든 12년 간 지속된 이승만의 독재와 4월 혁명, 5·16군사 쿠데타

등으로 그야말로 격동의 시절이었다.

　김남주는 초등학교 입학 전에 수강생들이 대부분 성인이었던 마을 서당에서 한문을 배웠다. 이때 습득한 한학의 소양이 훗날 그에게 시를 쓰게 했고 6개국의 언어를 구사할 수 있는 어학적 재능의 기초가 되어 주었다. 중학교 3학년이 될 무렵 그는 영어 단편소설을 읽을 정도로 어학에 재능을 보였다.
　김남주의 해남중학교 시절 이야기는 성찬성(출판인) 씨가 김남주의 가장 가까운 친구인 이강 씨로부터 듣고 기록으로 남겼다. 다음은 이강 씨의 증언이다.

　　내가 남주를 처음 만난 건 해남중학교에 입학했을 때였네. 그때 우리 반에는 학생 수가 75명이었는데, 내가 71번이고 남주가 72번이었어. 그러니 둘씩 붙어 있도록 만들어진 책상이라 바로 짝꿍이 된 거지. 게다가 70번 이하는 입학식 날 정상적으로 입학하지 못하고 며칠 지나서 반에 합류한 일종의 떨거지들이어서 우리를 바라보는 선생님들 이하 학생들의 시선이 이상야릇했었네.
　　그도 그럴 것이 나는 교사이신 아버님이 친구들이 알아서 해 줄 것이라는 믿음 때문에 등록기간을 넘기고 있다가 뒤늦게야 입학하게 되었고, 남주는 조대부중 장학생으로 들어갔다가 무슨 이유인지 마음을 바꾸어 해남으로 내려왔거든. (이 부분에 이강 씨의 회고는 착오가 있었던 것 같다. 장학생이 되지 못하여서 해남중학교에 들어갔기 때문이다. - 필자) 그러나 이런 떨거지 취급은 첫 번째 중간고사를 보고나자 확 바뀌었지. 나나 남주나 실력이 좋았거든. [13]

해남중학교에는 김남주에게 많은 영향을 준 교사가 있었다. 어린 시절에 만나게 되는 훌륭한 교사는 훌륭한 인재를 키워 내는 경우가 적지 않았다.

국사와 세계사를 가르치신 하대성 선생님은 다른 의미로 남주에게 커다란 영향을 끼친 분이셨어. 그 분은 정말로 실력파인데다 시험 위주가 아닌 진짜 산 역사를 가르치신 분이었어. 일례로 플라톤하면 《대화》의 한 대목을, 아리스토텔레스하면 《시학》의 한 대목을 영어로 그대로 낭송하고 설명할 정도였으니까. 그 분이 각 시대에 대표적인 인물들을 우리 머리에 확실하게 심어주고 사회 전반에 관심을 갖도록 만들어준 듯싶어. 덕분에 우리는 위대한 인물들을 추앙할 줄 알게 되었고 독서량도 부쩍 늘게 되었던 것 같고.[14]

김남주는 1963년 해남중학교를 졸업한 뒤 광주고등학교에 입학시험을 쳤으나 그만 떨어졌다. 중학시절에는 영어나 한문 실력 등 각 과목에서 출중한 실력을 보였으나 광주고등 학교는 그만 낙방하고 만 것이다. 아무래도 시골 벽지에 사는 학생의 실력에는 한계가 있었던 모양이다. 그는 그 길로 1년 을 재수하였고, 이듬해 광주고보다 더 낮다고 알려진 광주일 고에 거뜬히 합격하여 주위를 놀라게 하였다. 누구보다 남주 에게 기대가 컸던 부모님이 제일 기뻐하였다. 마을에서도 수 재가 나왔다며 떠들썩하게 축하해주었다.

이렇듯 주위의 기대를 받으며 광주일고에 입학한 남주였 지만 고등학교 시절에는 정신적으로 다소 방황했던 것 같다.

> 재미있는 건 남주가 한 집에서 두 달 이상을 산 적이 없다는 거야. 세간이라야 책들하고 작은 책상 하나가 고작인 그는 걸 핏하면 짐을 싸들고 내 자취방에다 쑤셔 박아놓고 동가식 서 가숙 하기가 일쑤였다고. 나중에도 그 버릇은 여전히 남았 지.[15]

김남주가 광주일고에 진학할 시기인 1964년은 5·16군사 쿠데타를 일으킨 박정희가 당초의 공약을 저버리고 민정에 참여하여 제5대 대통령에 취임한 뒤(1963. 12. 17), 굴욕적인 한 일회담과 베트남 파병을 추진하던 시기였다. 그로 인해 대일

굴욕외교반대 범국민투쟁위원회가 결성되고 연일 야당과 재야, 학생들이 격렬한 반대 시위를 벌이곤 했었다.

당시 장준하가 발행하는 「사상계」는 굴욕적인 한일회담의 이념적, 이론적 지침서로서 대학생들과 성숙한 고등학생들의 필독서가 되었다. 김남주도 「사상계」를 열심히 읽던 고등학생이었다.

　

그 무렵에 우리는 장준하 선생이 발행하는 「사상계」를 즐겨 읽었던 기억이 나. 거기에 자주 글을 실은 함석헌 선생이 강연 차 광주에 내려왔을 때는 수업도 빼먹고 YWCA로 달려가곤 할 정도였으니 꽤나 극성맞은 애독자인 셈이지. 그래서 그런지 방과 후에는 한일회담반대를 외치는 대학생 데모대 주변을 얼쩡거린 적도 여러 번 있었어. 그러다가 1965년에 고등학교로는 전국 최초로 광고생들이 한일회담 및 월남파병 반대를 했었지.

그때 도청 유리창이 하나도 남아나지 않았다고. 그러자 갓 일학년이던 남주는 일고도 동참하게 하려고 백방으로 노력하더라고. 하지만 당시에는 그저 일류대학 진학에만 몰두하는 학교풍토 때문에 일고는 결국 뒷짐만 지고 움직이지 않았어. 그 바람에 남주는 명색이 광주학생운동의 선봉대였던 서중(西中)의 뿌리라던 일고가 그 모양이라는 데 지독한 배신감을 느꼈

던 것 같아, 그래서 여름방학 후부터 학교엘 나가지 않았지.[16]

조숙한 데다가 시대정신이 투철했던 김남주는 1929년 11월 3일의 광주학생운동을 주도하였던 광주일고의 후배들이 무기력한 태도로 나서지 않는 것에 크게 실망하였다. 아울러 획일적인 입시 위주의 교육에 반발하여 학교를 자퇴해버리고 말았다. 물론 그것은 쉽지 않은 결단이었다. 교사들이 김남주의 친구들을 시켜 학교에 나오길 재촉하였으나 그는 끝내 응하지 않았다. 그 길로 그는 광주일고와는 영영 결별하였다. 이로써 그의 고등학교 재학기간은 1년여 만에 그치고 만다.

시대의 폭압성이 저항자로 만들어

비상계엄령을 선포하여(1964. 6.3) 한일회담 반대 세력을 진압하고, 야당의 불참 속에 한일협정 비준안과 전투사단의 베트남 파병안을 변칙적으로 처리한 박정희는 다시 관권선거를 통해 제6대 대통령에 당선되었다(1967. 5. 3). 그 뒤 대통령 3선개헌의 전초전인 제7대 국회의원 선거(1967. 6. 8)에서는 공공연한 부정선거를 감행하여 국회의 과반의석을 획득하기도 했다. 이에 여론은 들끓었고, 6·8 선거는 이승만의 3·15 부정선거에 버금가는 관권 부정선거라는 비판이 잇따랐다.

이에 야당은 선거무효를 선언하였고, 전국의 주요 대학과 고등학교에서는 부정선거 규탄 시위가 연일 발생하였다. 그러자 박정희는 6월 15일 전국 28개 대학교와 57개 고등학교에 휴교령을 내렸다. 부정선거로 정권을 연장한 박정희는 이를 비판하는 학생들을 향해 휴교령으로 교문을 닫아버리는 야만성을 서슴지 않고 드러냈다.

이 무렵 김남주는 「사상계」와 1966년 1월에 창간한 계간 「창작과비평」을 탐독하는 한편 대입검정고시를 준비하고 있었다. 그는 그 와중에서도 틈틈이 인문학 책을 읽고, 각종 저항서적을 읽었다. 파블로 네루다와 프란츠 파농, 막심 고리끼 등 의식있는 작가들이 쓴 제3세계의 해방운동에 관한 책들이었다. 이런 책들은 그의 세계관을 넓혀주었고, 압제에 대한 저항과 비판정신에 눈뜨게 만들었다.

김남주는 24세가 되던 해인 1969년, 검정고시를 거쳐 전남대 문리대 영문과에 입학하여 늦깎이 대학생이 되었다. 친구 이강과 함께 서울대학교에 지원했으나 낙방한 그는 고향과 가까운 전남대에 들어갔던 것이다.

그때 김남주가 서울대학교에 합격했더라면 아버지의 간절한 소망이던 관리의 길로 들어섰을 지도 모른다. 하지만 운명의 여신은 점점 그를 투사의 길로 인도하고 있었다.

이승만과 박정희 시대의 지방 관리들은 탐관오리였지만 한편 가진 것 없는 농어민들에게는 선망의 대상이었다. 시골에서는 면서기나 군서기, 순사만 되어도 그 행세가 거칠 것이 없었고 지서장쯤이면 웬만한 판관역할도 서슴지 않았다. 그래서 농어민들에게는 자식이 출세하여 관리가 되는 것이야말로 평생 이루고자 하는 꿈이었다. 그래서 농사를 짓는 데 없어서는 안 될 소를 팔아가면서까지 자식을 대학에 보낸다하여 대학캠퍼스를 우골탑이라 불렀던 것이다.

머슴 출신인 데다 일자무식이어서 누구보다 심한 학대와 천대를 받으며 관리들에게 고혈을 뜯겨온 김봉수는 머리 좋은 아들이 서울대학에 들어가 '금판사'가 되는 것이 일평생 소망이었다. 하지만 아들이 지방대학에 진학하게 되고, 이후 저항자가 되어 수배자의 신세가 되면서 아버지의 꿈은 산산이 깨져 버렸다. 그의 아들은 아버지가 생각한 것과는 너무도 다른 길을 걸어갔다.

그러나 나는 잘된 일인지 못된 일인지
그 무엇이 되어 그들의 원을 들어주지 못했다
판검사는커녕 면서기 근처에도 가지 못했다
적어도 내가 면서기쯤 되어 있다면 지금쯤
들에 나가 반말에 삿대질까지 써가며

콩 심어라 팥 심어라 유신벼에 통일벼 심어라

내 아버지뻘 되는 농부에게 반말에 삿대질까지 하고 있을 게다

정말로 내가 판검사가 되어 있다면

이놈 네 죄를 네가 알렸다

빵 한 조각 훔쳐먹은 열세 살 소년에게

호통깨나 치고 있을게다[17]

김남주가 아니어도 '판검사' 할 사람은 수없이 많았겠지만, 그가 아니었으면 누가 7, 80년대의 혹독한 독재시절에 그처럼 처절하게 민초들의 아픔을 대변하면서 저항할 수 있었을까, 그런 생각을 하다보면 한국문학사 또는 한국민중운동사에서 그의 전남대 진학은 차라리 축복이었다.

김남주가 전남대 영어영문과를 택한 데는 이유가 있었다. 그 역시 한편으로는 평범한 청년이었음을 보여주는 대목이다.

남주가 '영어영문과'를 선택하면서 두 가지 이유를 대더구만, 하나는 당시에 영문학과가 타 학과들보다 커트라인이 높아서 머리 좋고 예쁜 여자애들이 많이 몰린다는 점이었지. 지금 영문학과 교수로 있는 ㅇㅇㅇ 선생과 몇 년 전에 해외수기 당선작가 ㅇㅇㅇ 선생이 그들이었어. 내가 알기로 남주가 영문학과를 때려치우지 않고 그럭저럭 4년을 다닌 중요한 이유 중의 하

나가 바로 그들이었던 것 같아.

도무지 사상적으로 너무 앞선 남주에게 대화상대가 될 만한 여학생은 그들밖에 없었기 때문에 하는 말이야. 사실 남주는 '평화봉사단'으로 와 있던 미국인이 하는 수업이나 교련수업, 체육수업 등등에는 한 번도 참석한 적이 없었어. 그러니 4년 동안 학교를 다니기는 했지만 내가 알기로는 학점 전부를 합쳐봐야 2학년 수준밖에 안 될 거라고.[18]

나라와 사회가 어려울 때면 항상 갈래 길이 있었다. 국치를 당한 지식인들에게는 항일과 친일의 길로 갈리고, 박정희 군사독재가 영구집권을 획책할 때 학생들과 지식인들은 저항이냐 순응이냐, 아니면 방관이냐의 길을 택해야 했다. 항일, 저항은 고난의 길이고, 친일, 순응은 벼슬과 안일이 주어졌다. 대학생 김남주는 부모님이 기대하는 '금판사'의 길이 아닌, 양친을 포함하여 이 땅의 민초들이 수천 년간 당해온 압제를 깨는 민중해방자의 길을 택하였다. 그 길에는 고난이 따르기 마련이다.

김남주가 대학생활을 시작할 때, 박정희는 헌법을 개정하여 3선의 길을 트는 등 본격적인 장기집권의 길로 나서고 있었다. 국회에서 개헌안을 변칙적으로 처리하고 관권을 총동원하여 국민투표를 요식행위로 치룬 박정희는 개헌을 반대하는 야당과 학생들을 물리력으로 제압하고, 대학생들을 군사교련으로 묶는 폭력을 휘둘렀다.

김남주는 전남대 1학년 때부터 3선 개헌 반대운동과 교련 반대 운동에 적극적으로 참여하였다. 꿈 많고 정서적인 성향의 영문학도를 반정부, 저항운동의 '운동권'으로 만든 것은 순전히 박정희의 장기집권 야망과 그가 만든 시대의 폭압성이었다. 그리고 더 나아가 반체제투쟁에 몸을 던진 것은 전두환의 광주학살과 미국의 학살자 지지 때문이었다.

김남주가 고등학교 시절 사귄 유일한 친구 이강은 그의 생애에 있어 소중한 자산이었다. 소탈하고 선한 성품의 김남주였지만 학창시절의 그는 친구를 사귀는 데 있어서는 이강 외에 그 누구도 허용하지 않는 외곬의 일면을 보였다.

따라서 광주일고 내엔 친한 친구가 거의 없었는데, 이것이 그의 학창생활을 따분하고 재미없게 만드는 요인이 됐던 것이다. 등교, 하교, 시험 등의 일체의 규격과 틀은 미래의 시인에겐 생리적으로 맞지 않는 것처럼 보였다.

그러나 그는 중학교 때부터 큰 흥미를 가졌고 두드러진 실력을 보였던 영어만큼은 손을 놓지 않았다. 그는 두꺼운 전기류를 비롯하여 장편소설까지 원서를 탐독하기 시작했다. 또 시인 이상(李箱)에 대해서도 깊은 흥미를 느껴 그의 시와 산문들을 암송하다시피 읽곤 했다.[19]

3장

전봉준 정신으로
유신체제 저항키로

대학 강의에 실망, 각종 이념서적 탐독
—

김남주의 대학시절은 '혁명적 민중시인' 또는 '전사시인'으로 거듭나게 한 단련기였다. 그는 동료 학우들이 온통 입신출세 또는 취업을 위한 공부에 매달려 있을 때 민중을 괴롭히고 수탈하는 제국주의 세력과, 이에 맞서 싸우는 사람들에게 관심과 애정을 갖고 파고들었다. 그는 태생적으로 저항인이었고, 생래적인 반골이었다. 그의 출생 환경과 성장과정 그리고 억압적인 시국이 그를 그렇게 만든 복합적인 요인이라 하겠다.

김남주의 대학 4년은 그의 표현을 빌리면 "실망과 좌절의 기간이었다. 1, 2학년까지 이른바 교양과목이라는 것이 있었는데, 이를테면 영문학 교수는 영미 작가의 단편소설이나 시를 교단에 서서 한 문장 한 구절씩 해석하는 것이 고작이었고 학생들은 그 해석을 한 자도 빠뜨림 없이 그대로 노트에 베끼는 것이었다."[20]이런 수업 방식으로 김남주는 학업에 취미를 붙일 수가 없었다.

이런저런 이유로 학교수업에서 재미와 보람을 느끼지 못한 김남주는 다른 데에 관심을 갖게 되었다. 그것은 독서와

데모였다. 대학 4년을 다니는 동안 김남주는 한두 차례 데모에 관계하게 된다.[21]

김남주는 학교 수업대신 광주시내 헌책방을 찾아다니기 시작했다. 헌책방에서 그가 골라 든 것은 각종 문학서적과 이념서적이었다. "이강과 함께 광주시내의 고서점을 샅샅이 뒤져 마음에 드는 책을 사서 밤새워 읽는 등, 지식에의 허기를 채우곤 했다. 고교 때보다 문학에의 흥미를 더욱 강력히 느낀 그는 특히 러시아 문학에 심취해 고리끼, 고골리 등의 소설을 즐겨 읽었다."[22]

대학시절 김남주의 독서범위는 대단히 넓었다. 영어와 일어, 중국어에 소양이 있어서 원서로 읽은 책도 적지 않았다. 그런 과정에서 네루다, 네크라소프, 브레히트, 아라공, 마야코프스키, 푸시킨 등의 책과 접하고 그들과 사귀게 되었다. 이승의 친구는 별로 없어도 저승의 지기는 적지 않았던 것이다.

김남주는 시내 헌책방에서 구입한 이념서적 말고도 친구 이강이 보내준 영문서적을 많이 읽었다. 이강은 데모를 주동했다는 이유로 강제 징집되었다가 우연히 미8군 직속인 카투사에 배속 받게 됐다. 카투사에 배속 받은 이강은 당시 시중에서 구하기 힘든 사회과학 책들을 그에게 보내주었다. 김남주는 이강이 보내오는 책을 오는 즉시 읽어 내려갔다. 이강의 회고다.

김남주 평전

내가 이야기하고 싶은 것은 그곳에 있는 미군도서관이야. 그
곳에는 남주나 내가 보고 싶은 책들이 수두룩했거든. 아무튼
마르크스의 《자본론》만 빼고는 없는 책이 없었어. 그때부터
나는 책 빼돌리기를 시작했지. 나 자신은 열심히 도서관을 드
나들면서 만약을 대비해서 사회과학과는 전혀 무관한 책들만
대출받았지. 그러면서 남주가 부탁하는 책들을 몰래 훔쳐서
휴가 때마다 전달한 거야. 그것이 나중에 문제가 되기는 하지
만…. 그리고 그 사이에 전남대학에서는 교련반대 데모가 일
어났고.(…) 어쨌거나 이때 부탁한 책들 속에는 체 게바라를
위시해서 유고의 민족주의자 티토 밑에 있다가 미국으로 망
명한 신민족주의자 질라스의 《제3계급》에 이르기까지 독서의
폭이 넓어지고 있었으니까. 그런 다음 내가 제대하고 내려왔
을 때는 신채호 선생의 《무장투쟁론》과 테러리스트 네차예프
의 《어떻게 살 것인가》를 숙독하고 있더라고.[23]

김남주는 대학시절 시도 많이 읽었는데, 특히 국내작가 작
품으로는 김수영의 〈푸른 하늘을〉, 〈그 방을 생각하며〉, 〈거
대한 뿌리〉 등을 좋아하였다. 외국작품 중에는 네루다의 시
중에서 〈아아, 얼마나 밑이 빠진 토요일이냐!〉, 〈도시로 돌아
오다〉, 〈대문 앞으로 파리가 들어온다〉 등을 즐겨 읽었다. 〈야
아, 얼마나…〉는 달달 외울 정도였다. 김남주는 "이는 어쩌면

그들의 시의 내용과 정서, 현실에 대한 관심과 지향이 나의 그것과 일치된 데가 있었기 때문인지도 모른다"[24]고 회고한 바 있다.

야아, 얼마나 밑이 빠진 토요일이냐!

하구 많은 사람이 움직이고 있는
이 매력적인 유성
호텔마다의 물결치는 발들
성급한 오토바이 주자들
바다로 달리는 철로들
폭주하는 차륜을 타고 달리는 엄청난 부동자세의 여자들

야아, 이 분통이 터지는 토요일
제 멋대로 날뛰고 소리소리 지르고
억병이 되게 마시는
입과 다리로 철저하게 무장한 토요일 −
하지만 뒤끓는 패들이 우리들과 사귀기를
싫어한다고 불평은 하지 말자[25]

김남주 평전

칠레의 민중시인 네루다에 심취

—

김남주가 대학시절에 접한 뒤 시인으로서나 실천가로서 많은 영향을 받은 대표적인 인물은 칠레의 민중시인 파블로 네루다(1904~1973)다. 네루다는 사망하기 2년 전 노벨문학상을 받을 정도로 문학적 성취를 이루었지만 그의 진면목은 저항시인이자 반제 민족해방운동의 지도자라는 점이다.

1934년 12월 스페인 마드리드에서 있었던 군중집회의 한 강연에서 로르카(Federico Garcia Lorca)는 네루다를 "철학보다 죽음에 더 가깝고 지성보다 고통에 더 가까우며, 잉크보다 피에 더 가까운, 가장 위대한 라틴아메리카 시인의 한 사람"이라고 평가하였다. 이 말은 그대로 김남주를 표현하는 듯하다. 그래서인지는 몰라도 김남주는 네루다를 무척 좋아하였다. 평소 그는 네루다의 시를 즐겨 읽고 번역하기도 했는데, 그가 감옥에 있다가 출감한 뒤에는 하이네, 브레히트, 네루다의 혁명시집 《아침 저녁으로 읽기 위하여》를 번역하여 출간하기도 했다.

김남주는 네루다를 비롯하여 하이네, 마야코프스키, 브레히트, 아라공의 시를 읽고 이들에게서 정서적으로 일치되는 감정을 느꼈다. 그리하여 그는 그들의 정서에 자신을 접합시키게 된다. 〈그들의 시를 읽고〉를 보자.

그들의 시를 읽고

희한한 일이다 그들의 시를 읽다보면

어딘가 닮은 데가 있다 많이 있다

나무로 말할 것 같으면 그 뿌리가 닮았다고나 할까

소금으로 말할 것 같으면 그 맛이 닮았다고나 할까

빛으로 말할 것 같으면 어둠을 밀어내는 그 모양이 닮았다고

나 할까

나라가 다르고 시대가 다르고 언어가 다르고……

그러면서도 그들의 시에는 영락없이 쌍둥이 같은 데가 있는

것이다

그것은 흙이 타고 밤이 타는 냄새와도 같다

그것은 노동의 대지가 파괴되는 천둥소리와도 같다

그것은 투쟁의 나무가 흘리는 피의 맛과도 같다

한마디로 말하자 그들의 시에는

인간이 있는 것이다 육체를 가진 인간이 있고

인간과 인간 사이를 원수지게 하기도 하고 동지이게

하기도 하는

물질이 있는 것이다 그 깊이와 역사가 있는 것이다

거기에는 꽃이 있고 이슬이 있고 바람의 숲이 있되

인간 없는 자연 따위는 없다 거기에는

인간이 있되 계급 없는 인간 일반 따위는 없다 거기에는

관념이 조작해낸 천상의 화해도 없다

그들 시에서 십자가와 성경은 하나의 재앙이었다

적어도 가난뱅이들에게는

보라 하이네를

보라 마야꼽스키를

보라 네루다를

보라 브레히트를

보라 아라공을

사랑마저도 그들에게는 물질적이다 전투적이다 유물론적이다

그들은 소네트에서 천사를 노래했으되

유방 없는 천사를 노래하지 않았다

그들은 연애시에서 비너스를 노래했으되

궁둥이 없는 비너스를 노래하지 않았다

그들은 노래했다 꿀맛처럼 달콤한 입술을

술맛처럼 쏘는 입맞춤의 공동묘지를

그들은 노래했다 박꽃처럼 하얀 허벅지를 그 부근에서[26]

(이하 11행 생략)

김남주가 책을 통해 만난 외국 시인들에게서만 영향을 받은 것은 아니었다. 그는 대학생 시절, 직접적인 영향을 받은

사람이 있었다. 훗날 2선 국회의원을 지내고 다산 정약용 연구에 일가를 이룬 박석무 씨다.

"1969년 내가 대학에 입학하고 처음 소개받은 선배는 당시 전남대 법대 대학원생이던 박석무라는 인물이었다. (…) 내가 박 선배를 '인물'이라고 지칭한 까닭은 그날 밤새도록 그가 우리에게 입 밖으로 토해낸 이야기의 내용으로 판단할진대 당시 천학비재하고 세상물정이 까막눈이었던 나에게 그는 백과전서였기 때문이다.

한문학, 우리 고전문학, 여러 문사들의 거명과 작품소개, 4·19 이후의 학생운동 등의 전개과정, 한일회담 반대투쟁 당시 자신이 겪은 경험담, 쿠바혁명 지도자의 한 사람인 체 게바라에 관한 전설적인 무용담 등 모르는 것이 없었고, 당시 내노라 하는 사람들 중에서 모르는 사람이 없었다." [27)]

이때 김남주는 박석무로부터 김수영의 시 〈푸른 하늘을〉, 〈거대한 뿌리〉 등을 알게 되었고, 이런 시가 게재된 「창작과비평」이란 계간지를 접하게 되었다. 김남주가 시에 관심을 가지고 읽게 된 계기를 제공해 준 사람은 박석무이지만, 정작 김남주가 시의 맛을 재미있게 본 것은 1970년 「창작과비평」여름호에 실린 김준태의 시 〈산중가〉였다.

산중가

산골의 高영감네 집은 가마득하다네
처마 밑에 고사리 다발이 걸려 있고
부엌엔 갈치 두 마리 먹음직하게 매달려 있고
마당귀에 돼지오줌을 엎지른 두엄이 쌓여 있고

헛간엔 어제 만든 싸리비가 세워져 있고
뒷 울안엔 감나무 잎이 바람을 말아올려 소곤거리고
변소간의 망태엔 종이 아닌 지푸라기가 들어 있고
여덟자 정도의 방엔 풍년초 한 봉이 놓여 있고
식구란 高영감과 그의 늙어빠진 아내뿐이고

책 한 권도 먼지 묻은 족보도 없지만
밤마다 산딸기 소롯소롯 배인 빨간 꿈속마다
여순반란 사건 때 죽은 아들이 울고 오나니
가득한 집안을 참쑥냄새의 울음으로 텅 비우고 가나니
꼭 핏줄을 이을 아들 하나 남기고자
피마자기름을 머리에 바르고 빗질을 한다네
高영감은 곰보인 젊은 과부를 홀리기 위하여[28]

폭압 통치자 박정희에 대한 증오감

김남주가 열심히 책을 읽고 교련반대, 부정선거 규탄 등의 시위를 하면서 힘겨운 대학생활을 하고 있을 때 시국은 갈수록 가파르게 폭주하고 있었다. 더욱 그를 괴롭히고 분노하게 만든 것은 박정희의 끝 간 데 모르는 권력욕이었다. 3선 개헌으로 4선 대통령이 된 그는 종신집권의 야욕을 불태우며 무리수를 거듭하였다. 박정희는 1971년 4월에 실시한 제7대 대통령 선거에서 국가 총예산의 6분의 1을 투입하는 등의 부정선거를 통해 당선되었다.

그러던 와중에 부정선거와 대학 교련을 반대하면서 학생들이 시위에 나서자 고려대학교에 수경사의 군인들이 난입하여 농성중이던 학생들을 구타하고 불법 연행한 사건이 벌어졌다. 그러자 그 해 10월에는 전국 대학생 5만여 명이 독재 비판, 고대 난입 군인 처벌 등을 요구하며 거센 반정부 시위를 벌였다. 이에 박정희 정권은 10월 15일 서울에 위수령을 발동하는 한편 전국 각 대학에는 휴교령을 내려 반정부 시위가 확산되는 것을 차단하려 했다.

그렇게 했음에도 불안한 박정희는 12월 6일 느닷없이 국가 비상사태를 선언하였고, 12월 27일에는 야당의 거센 반대를 제압하며 국회에서 국가보위법을 변칙 처리했다. 국가보위법은 대통령에게 비상대권(非常大權)을 부여하고 노동자의 단체 교섭권과 단체 행동권 등을 규제하는 악법이었다.

1973년 7월 4일 박정희 정권은 돌연 남북공동성명을 발표 하여 통일 분위기를 띄우는 등 국민의 관심을 모으기 위한 제 스처를 취하였다. 하지만 그 후 얼마 지나지 않은 10월 17일 군부대를 동원하여 비상계엄령을 선포하여 국회를 해산하였 고, 전국의 모든 대학에 휴교령을 내렸다.

박정희는 3선 개헌으로 제7대 대통령에 취임한 지 1년여 만에 다시 헌정을 뒤엎는 폭거를 감행했던 것이다. 이러한 유 신 쿠데타는 대학생 김남주의 생을 송두리째 바꿔놓게 된다. 당시 김남주는 휴교령 때문에 고향인 해남에 내려와 있다가 유신 쿠데타 소식을 들었다.

"17일 저녁 무렵으로 기억된다. 식구들과 함께 보리밭을 일구고 집에 와서 저녁밥을 먹고 있는데 라디오에서 '대통령 특별선언'이 나오고 있었다. 그 내용은 비상계엄령 선포, 국 회해산, 정당 및 정치활동 금지 등이었다. '이런 싸가지 없는 새끼가 있나.' 나는 속으로 이렇게 중얼거렸다.

박정희에 대해서 나는 좋지 않은 감정을 평소에 가지고 있 었는데 그것은 아주 단순한 데서 왔다. 그는 일제 때 우리 독 립군을 잡으러 다니고 XXX 것을 일삼았던 일본군 장교였다. 이런 자가 한 나라의 대통령으로 앉아 있다는 사실은 나에게 치욕이었다."[29]

대학생 김남주가 가지고 있던 '박정희 관'은 대단히 비판적이었다.

"그는 또 수많은 청년학생들의 희생으로 이승만 정권이 무너지고 들어선 지 얼마 안 되는 민주당 정권을 폭력으로 때려 눕힌 자였다. 그는 쿠데타로 정권을 강탈하면서 사회가 안정되면 다시 군인으로 돌아가겠다고 약속해 놓고 그것을 깨뜨린 자였다. 그는 정권의 부당성과 정치의 잘못에 대해 야당이나 학생들이 항의한다거나 저항하면 그것을 탄압하는 수단으로 위수령, 비상사태 선포를 밥먹듯이 했으며 걸핏하면 휴교령, 조기방학 등을 통해 학생들의 시위를 중단시켰다.

그는 영구집권을 위한 3선 개헌을 국회 별관에서 날치기로 통과시키고, 오만가지 사건을 조작하여 진보적인 인사들을 투옥시키고 죽이기까지 했다. 한마디로 말해서 그는 한 나라의 대통령이기 이전에 민족의 반역자였고, 정치가라기보다는 사기꾼, 협잡꾼, 폭력배의 두목격이었다. 적어도 나에게는 그렇게 보였다.

이런 그가 다시 정치적인 폭거를 자행했던 것이다. 나는 방송을 듣고 이 폭거에 저항하지 않고는 참을 수가 없었다. 이것은 한 인간으로서의 자존심 문제였다. 내가 고향에 내려간 지 얼마 안 되어서 다시 광주로 올라온 까닭은 바로 여기에 있었다."[30]

전봉준 유적지 찾아 지낸 '고유제'

—

유신 쿠데타 소식을 들은 다음 날인 10월 18일, 김남주는 서둘러 광주로 올라왔다. 그는 광주로 올라오자마자 친구 이강의 자취방을 찾았다. 그리고 그곳에서 그와 함께 유신체제를 반대하는 운동을 전개하기로 뜻을 모으게 된다. 하루하루가 어떻게 될지 모르는 살얼음과 같은 계엄령 아래, 대학은 휴교령으로 문이 닫힌 상태여서 더욱 살벌하고 추운 나날이었다.

김남주와 이강은 의지를 다지고 정신력을 강화하기 위하여 우선 녹두장군 전봉준의 유적지를 찾기로 했다. '거사'를 앞두고 일종의 고유제(告由祭)를 올리는 심정으로 전봉준의 유적지를 찾게 된 것이다. 두 사람은 낡은 사진기 하나를 빌려 들고 사뭇 비장한 심정으로 길을 떠났다. 마침 가을걷이가 끝난 전라북도 정읍의 들녘은 오후 햇살이 내려앉은 고즈넉한 풍경으로 그들을 맞아주었다.

'좌측죽산이요 입즉백산이라' 백산을 오르고 황톳재를 둘러보고 창의문을 휘돌아 나와 이윽고 생가를 찾았는데, 육십 대중반의 한복을 단정하게 차려입은 어른 세 분이 반시간 가량 말없이 생가를 둘러보고 사라지는 모습이 지금도 눈에 선하구만.

그분들과 장군의 생가 앞집에 사시면서 아직도 녹두장군을 흠모하던 아흔 줄의 할머니를 대하고 나니, 우리는 왠지 힘이 불끈 솟는 기분이었어. 녹두장군의 묘는 마을 들녘의 작은 솔밭에 있더구만, 시신을 찾지 못해 가묘로 만든 보잘 것 없는 묘소가 마음을 아프게 하더군. 그 앞에서 사진을 찍는다고 찍었는데 둘이서 번갈아가며 사진기를 이리저리 돌려보아도 피사체가 보이질 않는 거야.

한참 사진기와 실랑이를 벌이다보니 우리가 렌즈에다 눈을 대고 사진을 찍고 있었지 뭔가. 그러는 중에도 우리는 Three No 원칙 – 이름을 남기지 않고, 글자를 남기지 않고, 얼굴을 남기지 않아야 한다는 – 에 입각한 혁명의 노선을 다짐하고 마지막으로 이성계가 백일기도를 바쳤다는 진안 마이산에서 하룻밤을 보내며 천하경륜을 논한 다음 광주로 돌아왔었지.[31]

낡은 사진기 하나도 사용할 줄 몰랐던 '두 혁명 예비군'은 황토현에 이어 백산 등지를 둘러보면서 마음을 다지며 '거사'를 준비하였다. 그런데 이강과 김남주의 기록에는 약간의 차이점이 보인다. 이강은 '거사'를 본격적으로 준비하기 전에 유적지를 탐방했다고 하는데, 김남주의 기록은 다음과 같다.

"광주에 올라와서 나는 나의 친구 이강의 자취방을 찾았다. 그와 나는 박정희의 폭거에 반대하는 유인물을 만들어 살포하기로 합의했다. 우리는 유인물을 만드는 데 필요한 도구 ─ 가리방, 철필, 묵지 등 ─ 를 마련하기 위해 주머니돈을 털고 책을 팔았다.

모든 것이 대충 갖추어졌을 무렵에 우리는 갑오농민전쟁의 전적지를 답사하러 갔다. 우리의 다짐을 더욱 단단하게 하기 위해서였는지도 모른다. 그런데 이상한 일이었다. 우리가 황토현에 갔을 때 그곳에 갓 쓰고 흰 옷 입은 대여섯 명의 노인들이 이미 와 있었던 것이다. '이 풍진 세상'에 착잡한 마음을 달래려고 그들도 여기 왔는가. 그들은 비문을 손바닥으로 쓸 듯이 어루만지기도 하고, 물끄러미 들과 하늘을 쳐다보기도 하며 한숨을 짓고는 했다."[32]

김남주는 훗날 이 때의 심경을 〈노래〉라는 시로 남겼다.

노래

이 두메는 날라와 더불어
꽃이 되자 하네 꽃이
피어 눈물로 고여 발등에서 갈라지는

녹두꽃이 되자 하네

이 산골은 날라와 더불어
새가 되자 하네 새가
아랫녘 웃녘에서 울어예는
파랑새가 되자 하네

이 들판은 날라와 더불어
봄이 되자 하네 봄이
타는 들녘 어둠을 사르는
들불이 되자 하네

되자하네 되고자 하네
다시 한번 이 고을은

반란이 되자 하네
청송녹죽(靑松綠竹) 가슴으로 꽂히는
죽창이 되자 하네 죽창이[33]

김남주와 이강은 78년 전 전봉준이 농민군을 이끌고 광제
창생, 척왜척양을 선언했던 백산에 올라 그날의 함성을 되새

겼다. 김남주는 돌에 새겨진 '창의문'을 읽으면서 심경의 일단을 밝혔다. "나는 지금까지 역사에서 이렇게 당당하고 이렇게 간명하게 시대정신을 표현한 글을 읽은 적이 없다. 이것은 차라리 한 편의 시였다."[34] 전봉준의 '창의문'이다.

창의문

우리가 의를 들어 여기에 이르니
그 본의가 결코 다른 데 있지 아니하고
창생을 도탄 속에서 건지고
국가를 반석 위에 두고자 함이라
안으로는 탐학한 관리들의 머리를 베고
밖으로는 횡포한 강적의 무리를 구축하고자 함이다
양반과 부호 밑에서 고통 받는 민중들과
방백과 수령 밑에서 굴욕을 당하고 사는 소리들은
우리와 같이 원한이 깊은 자라 주저치 말고 일어나라
만약 기회를 놓치면 후회하여도 돌이키지 못하리라.

불후의 녹두장군을 위한 추모시
—

김남주에게 전봉준은 사상과 이념, 실천의 스승이었다. 김남주는 전봉준을 비록 무능한 부패 권력을 뒤엎는 데는 실패했지만 민초들의 영웅으로서 한국사에서 가장 치열하게 싸우다가 외세를 끌어들인 집권세력에 의해 처형당한 비운의 혁명가로 보았다. 그래서 전봉준을 무척 사모하였고, 그의 저항정신과 실천투쟁을 흠모하였다. 전봉준을 반봉건, 반제국주의 투쟁의 상징적 인물로 본 것이다. 뒷날(1979년) '남조선민족해방전선'(남민전)에 기꺼이 참여한 것은 전봉준이 미처 이루지 못한 민족, 민중해방을 위한 투신일 것으로 짐작된다.

김남주는 1987년 「함성」지 사건으로 구속되었을 때 감옥에서 전봉준의 '창의문'에 의탁하여 다음과 같은 시를 썼다고 회고한 바 있다. 제목은 없는 듯 하다.

우리가 해방의 칼을 세워 그 주위에 모이니
그 본의가 다른 데 있지 아니하고
민중을 자본의 굴레에서 벗어나게 하고
조국을 이민족의 억압에서 해방시키고자 함이라
안으로는 정상모리배들의 머리를 베고
밖으로는 제국주의 신식민지 세력을 몰아내고자 함이라

재벌과 군벌 밑에서 고통 받는 노동자 농민들과

고급관리들 앞에서 기를 펴지 못하는 말단관리들은

우리와 같은 원한이 깊은 자라 일어나라 주저치 말고

만약 기회를 놓치면 후회하여도 미치지 못하리라[35]

　김남주는 이후에도 옥중에서 전봉준과 동학농민혁명, 황토현 등에 관한 여러 편의 시를 썼다. 그 중 몇 편을 소개한다.

녹두장군

무엇 때문일까

백 년 전에 죽은 그가 아니 죽고

내 안에 살아 있는 것은

내 가슴에 내 핏속에 살아 숨쉬고

맥박처럼 뛰는 것은

그도 내 아버지의 아버지처럼

서너마지기 논배미로 평생을 살았던 농부였기 때문일까

나와 같이 그 사람도 한 때는

글줄이나 읽었던 서생이었기 때문일까

무엇 때문일까

천석꾼 만석꾼 큰 부자도 아니었던 그가

가난한 이들의 기억 속에 남아 있는 것은

무엇 때문일까

구척장신 불세출의 영웅호걸도 아니었던 그가

녹두꽃이라 녹두장군이라 인구에 회자된 것은

백년 동안 민중의 가슴속에 남아

답답할 면 노래 되어 그들의 입에 오르내리고

캄캄한 밤이면 별이 되어 그들의 머리 위로 떠오르는 것은

무엇 때문일까

나는 본다

들것에 실려 서울로 압송되어 가는 그의 얼굴에서

두 개의 눈을 본다

양반과 부호들에 대한 증오의 눈과

가난한 민중에 대한 사랑의 눈을[36]

님

그가 보고 싶을 때 나는

들것에 실려 압송되어가는

한 시대의 패배 그 위대함을 그린다

갑오년 그해의 부러진 창

성난 얼굴 농부를 그린다

그러면 그는 내 안에 살아

피가 되어 흐르고

만경창파 들판 가득

옛 쌈터의 북소리로 내 잠든 혼을 깨운다

그의 목소리가 듣고 싶을 때 나는

천방지축 벼랑에서 부서지는

한줄기 폭포수를 그린다

그러면 그것은 내 침묵의 가슴을 울리고

으르릉 쾅쾅 물줄기로 쏟아진다

쏟아져 쏟아져내려 강을 이루고

앞 강물 뒷 강물 한데 어우러져

바다를 이루고 세상을 이뤄

암벽에서 노호하는 파도가 된다

그래도 그가 그리우면

그래도 그가 그리우면

나는 고개를 넘는다

오르막길 시오리

내리막길 시오리

오르며 내리며 삼십리

장성 갈재

의병의 고개를 넘는다

쓰러지고 쓰러지고 다시 일어나 넘었던

열두굽이 단장(斷腸)의 고개를

그러면 나는 볼 수 있었다

지배자의 턱 밑으로 불쑥 치켜든

농부의 주먹을

그러면 나는 볼 수 있었다.

침략자의 목을 베는

농부의 시퍼런 낫을[37]

고 개

이 고개를 갑오년에는

빼앗긴 토지의 농민들이 넘었지요

짚신에 감발하고 을미적 을미적

죽창 들고 넘고는 했지요

이 고개를 을사년에는

빼앗긴 나라의 의병들이 넘었지요
무명 수건 머리에 질끈 동이고
화승총 메고 넘고는 했지요

넘었지요 넘고는 했지요 이 고개를
허울 좋은 거품으로 온 해방은 가고
빼앗긴 독립의 빨치산이 넘고는 했지요
눈에 묻혀서 사라진 길을 열고
어둠에 묻혀서 사라진 길을 열고

이제 우리가 넘어야 할 차례지요 이 고개
빼앗긴 토지 나라의 독립을 찾아
옛 사람이 남기고 간 발자국 발자국을 따라
이제 우리가 넘어야 할 차례지요 이 고개
피 흘리며 쓰러지고 다시 일어나[38]

황토현에서 다진 녹두장군의 꿈

—

김남주의 전봉준에 관한 사모의 시 중에 빠트릴 수 없는 수작
은 해남에서 농민운동을 할 때 지은 〈황토현에 부치는 노래-

녹두장군을 추모하면서〉가 아닐까 싶다. 총 623행에 이르는 장시다. 김남주는 황토현에서 전봉준과 농민들의 아우성을 듣고, 그가 이루지 못한 꿈을 이루겠노라는 포부를 밝혔다. 이 시의 몇 연을 소개한다.

황토현에 부치는 노래

한 시대의
불행한 아들로 태어나
고독과 공포에 결코 굴하지 않았던 사람
암울한 시대 한가운데
말뚝처럼 횃불처럼 우뚝 서니
한 시대의 아픔을
온 몸으로 한 몸으로 껴안고
피투성이로 싸웠던 사람
뒤따라오는 세대를 위하여
승리 없는 투쟁
어떤 불행 어떤 고통도
결코 두려워하지 않았던 사람
누구보다도 자기 시대를
가장 정열적으로 사랑하고

누구보다도 자기 시대를

가장 격정적으로 노래하고 싸우고

한 시대와 더불어 사라지는 데

기꺼이 동의했던 사람

보아다오 보아다오

이 사람을 보아다오

이 민중의 지도자는

학정과 가렴주구에 시달린

만백성을 일으켜세워

눈을 뜨게 하고

손과 손을 맞잡게 하여

싸움의 주먹이 되게 하고

싸움의 팔이 되게 하고

소리와 소리를 합하게 하여

대지의 힘찬 목소리가 되게 하였다

그들 만백성들은

이 위대한 혁명가의 가르침으로

미처 알지 못한 사람들과

형제가 되었을 뿐만 아니라

새 세상을 겨냥한 동지가 되었을 뿐만 아니라

외롭고 가난한 사람들이

아직까지 한번도 맛보지 못한

자유를 알게 되었을 뿐만 아니라

적과 동지를 분간하여

민중의 해방을 위하여

전투에 가담할 줄을 알게 되었으니[39]

　김남주와 이강의 유신반대 선포 이후 대학가의 첫 '봉기'는 전봉준의 동학농민혁명 정신으로 시작되었다. 전봉준이 맨손으로 궐기하면서 사발통문을 통해 농민들을 동원했듯이, 두 대학생은 지하신문을 제작하여 학생들을 궐기하고자 하였다.

　"두려움과 망설임을 벗어던지고, 우리는 즉시 민족의 부름에 순명할 것을, 녹두장군과 갑오애국농민의 영령 앞에서 맹세하는 간단한 의식을 가졌다. 주저와 공포를 이겨낸 위대한 결단과 결의를 간직한 채 우리는 마이산으로 들어가 천지신명에게 우리의 소망, 우리의 염원을 빌었다. 그리고는 서둘러 광주로 돌아왔다."[40]

4장

「함성」지 사건으로 1년여 옥고

유신체제의 '무덤파기'

―

'전봉준 정신'으로 단단히 무장한 김남주와 이강은 광주로 돌아왔다. '유신 귀신'은 여전히 낮밤을 가리지 않고 온 나라를 휘젓고 있었다. 4월 혁명으로 되살아났던 민주주의가 5·16 쿠데타로 요절을 당했다가 한일회담 반대, 3선 개헌 반대, 대학교련 반대, 전태일 분신, 1971년 4·27대통령 선거를 계기로 소생하는 듯하더니, 유신 쿠데타로 명맥마저 끊어질 판이었다.

 '유신 귀신'들은 거칠 것이 없었다. 박정희는 자신의 영구 집권을 보장하는 후속조치들을 속속 단행하였고, 10월 27일 형식적인 국민투표(투표율 91.9%, 91.5% 찬성)로 유신헌법을 확정하였다. 10월 23일에는 어용단체인 통일주체국민회의(이하 통대)를 만들어 대통령 선거에 단독 출마하여 제8대 대통령에 당선됨으로써 유신체제를 출범시켰다.

 유신헌법은 박정희 1인 독재체제를 제도적으로 뒷받침하는 내용으로 짰였다. 그 내용은 첫째 대통령 선거제도를 직선제에서 통대의 간선제로 바꾸고, 둘째 대통령에게 긴급조치

권, 국회해산권 등 초헌법적인 권한을 부여하며, 셋째 대통령
이 정수의 3분의 1에 해당하는 국회의원 및 법관의 임명권을
갖고, 넷째 국회의원 선거제도를 소선거구제에서 2인 선출구
제로 바꾸어 여야 의원이 동시에 선출되도록 만듦으로써 국
회의 비판기능을 전면 마비시키는 내용으로 대통령 1인에게
모든 권력을 집중시키고 입법부와 사법부를 정권의 시녀로
전락시키겠다는 뜻이었다.

유신치하의 한국사회는 거대한 공동묘지와 같았다. 어용언
론은 유신찬가에 목이 메일 정도고, 정치활동이 금지된 야당
은 침묵 속으로 숨어들었다. 제7대 대통령 선거 유세에서 박
정희의 '총통제음모'를 폭로했던 야당인 신민당의 대통령 후
보 김대중은 일본으로 망명하여 유신반대 성명을 발표하는
등 외롭게 몸부림치긴 했지만, 보도관제로 국내언론에는 단
한 줄도 보도되지 않았다.

유신 쿠데타로 휴교령이 내려진 대학도 공동묘지 같기는
마찬가지였다. 그 사이 학생 운동권의 간부들이 검거되었고
대학가 이념서클은 집중적인 단속의 대상이 되었다.

이런 살벌한 상황에서도 김남주와 이강은 망설이지 않고
거사에 나섰다. 그들은 먼저 유신체제를 비판하는 지하신문
을 만들어 대학가에 배포하기로 하였다. 거사를 치루기 위해
선 자금이 필요했기에, 급한 김에 이강의 전세방을 사글세로

바꾸어 자금을 마련했다. 두 사람은 업무를 분담하였는데, 김남주는 지하신문의 문안을 작성하는 것과 배포를 맡고, 이강은 학생들의 반응에 따른 후속작업과 조직을 맡기로 하였다.

하지만 광주시내 어디에서도 유신체제를 비판하는 지하신문을 찍어 줄 인쇄소가 있을 것 같지 않았다. 그래서 김남주와 이강은 보안유지상 직접 제작하기로 작정하고, 광주시내를 피해 근교 읍내 문방구를 전전하면서 등사기 등을 사 모았다. 의심을 피하기 위해 한 가게에서 한 가지 부품만을 구입하는 치밀함을 보이기도 했다. 이렇게 조심스럽게 만들어진 신문제호는 「함성」이었다.

"비록 규모가 작은 지하신문이기는 하나 그 목소리는 거족적으로 울려 퍼져야 한다는 뜻에서 「함성」이라는 제호를 붙였다." [41]

그들은 또한 「함성」지를 '무덤파기'라는 은유적 표현을 쓰기도 했다. "왜냐하면 「함성」지가 지하신문이라는 점과 다른 한편으로는 반민족적인 유신독재 정권을 몰락시켜 나가는 일로써 적들의 묘혈을 파는 일이기 때문이다. 그러나 우리가 실패할 경우 '죽음의 집'으로 알려진 무덤 같은 까막소에 처박힐 것을 각오해야만 했다. 자연 그 일은 어느 쪽이 묻히건 간에 무덤 파는 것은 틀림없기 때문이다." [42]

이제 그들은 시대의 '도굴꾼'이 되기로 작정한 것이다. 막상 작업을 진행하다보니 이것저것 신문제작에 필요한 부품들이 자꾸 생겨났다. 이강의 전세금은 이미 바닥이 난 상태였다. 두 사람은 '군자금'을 마련하기로 했다.

파묘준비가 갖춰짐에 따라 일의 진척도에서 오는 희열과 긴장감을 달래기 위해, 이들은 김남주가 재학시 친하게 사귀던 두 명의 여대생과 만나 "우리는 이제 무덤을 팔 것이다. 무덤을 팔 도구가 필요하니 뭐든지 도와 달라"고 말했다. "그 여학생들은 남주의 말뜻을 알아차리고 즉석에서 지니고 있던 용돈과 졸업기념 금반지 등을 풀어주는 것이었다. 다시 한 번 남주의 인간적 우수성과 그의 인격에 어울리는 여성이라는 느낌이 들어 그들 사이의 우정이 새삼 부럽기까지 했다."[43]

이때 만난 두 여학생은 이 사건이 탄로나 '도굴꾼'들이 구속되었을 때 '불순자금 지원' 등의 혐의로 체포되어 곤욕을 치러야 했다. 이들 역시 반유신 투쟁의 숨은 공로자들이다. 일제강점기에도 이처럼 독립 운동가들에게 독립자금을 줬다가 일경에 붙잡혀 곤욕을 치른 사람이 많았다. 물론 이와는 반대로 독립 운동가들을 밀고하여 붙잡히게 한 악당도 적지 않았다.

「함성」지 살포하고 서울서 체포돼

"우리는 마침내 「함성」지 제작에 들어갔다. 내용에 있어 유신 정권 제4공화국에 사형선고를 내리는 뜻으로 넉 四자 대신 죽을 死자를 써서 제死공화국이라고 칭했다. 유신에 동조하는 작태는 모두 죽음의 행렬, 노예의 길로 묘사했다. 그리고 유신이라는 반동에 항거하는 행위는 역사의 길, 민족갱생의 길로 부르는 데 합의했다.

이렇듯 몇 가지 기본개념을 합의에 의해 명확히 규정하고 남주는 집필을 시작했다. 물론 초안을 돌이서 몇 번이고 번갈아 체크하며 확정지었다. 반공 이데올로기에 대해서는 직접적, 노골적으로 까발리지는 않되, 점차 비판적으로 나아가기로 하였고, 철저한 민족주의 민주주의 노선을 견지하기로 했다. 외세비판은 미국과 일본을 동격으로 다루기로 하였다.

민족주체의 역사의식은 갑오농민혁명, 항일의병전쟁, 북만주 독립군항일투쟁, 3·1독립만세운동, 소작농민 항일투쟁, 광주학생독립운동, 원산총파업투쟁, 4·19혁명의 맥을 민족사의 정통으로 파악했다. 그리고 민족자주 평화통일 주장 등을 기본입장으로 하고, 단재 신채호 선생의 민중봉기, 외국의 현저한 혁명운동 등을 최우선적인 논조로 갖기로 하였다."[44]

반 유신항쟁의 첫 지하신문인 「함성」은 이러한 내용을 담아 8절 갱지 500매 정도를 등사하였다. 이후 두 사람은 변장을 한 채 유인물을 전남대를 비롯한 광주시내 5개 고등학교에 배포하였다. 그 뒤 김남주는 서울로 피신하였고, 이강은 태연하게 학교를 다니며 학우들을 만나고 다녔다.

살얼음판과 같았던 유신 초기에 유신체제의 '死공화국'을 규탄하는 지하신문이 광주 대학가와 고등학교에 배포되자 공안당국은 혈안이 되어 '범인수색'에 나섰다. 당연히 학교의 분위기도 불안과 공포에 휩싸일 수밖에 없었다. 특히 전남대의 분위기는 심각했다. 학교 안에서는 김남주의 소행일 거라는 소문이 돌았다. '불온유인물'이 살포된 시기와 맞물려 그가 학교에 등교하지 않았기 때문이었다. 한편 김남주는 서울로 피신하기에 앞서 도움을 아끼지 않았던 여대생들에게 '역사 보관용'으로 유인물 몇 매를 넘겨주었다. 이것이 나중에 그들에게 큰 화근이 될 줄을 김남주나 그 여학생들은 예상하지 못했다.

「함성」에 이어 두 번째부터는 「고발」이라는 제호로 바꿔 이강 혼자서 신문제작에 들어갔다. 서울로 피신한 김남주의 원고가 제때 도착하지 않아서, 「함성」에 싣다 남은 원고와 이강이 집필한 내용으로 충당하였다. 「고발」 역시 500매를 등사하여 배포하였는데, 서울에 있는 김남주에게는 수화물로

김남주 평전

탁송하였다. 그런데 이때 이강이 김남주에게 별도로 편지를 보낸 것이 그만 검열에 걸리고 말았다. 곧 두 사람은 그동안 이들의 행동을 수상히 여겨 뒤를 밟아온 정보 기관원들에게 검거되고 말았다. 김남주는 1973년 3월 하순 서울에서, 이강은 학교로 등교하는 길에 광주에서 연행되었다.

몇 년 후 박정희 유신체제는 김남주와 이강의 '예언'대로 '死공화국'이 되고 말았지만, 유신체제 반대의 첫 도전자들답게 이들은 혹독한 시련을 겪어야 했다. 정부는 이 두 대학생의 지하 유인물 사건을 '반국가단체 구성 예비음모' 혐의로 국가보안법과 반공법을 적용하여 구속하였다. 이것이 이른바 「함성」지 사건'이다.

김남주는 1973년 3월 하순 밤 12시 경에 친구 집에 있다가 경찰의 습격을 받고 체포되었다.

"경찰관의 숫자는 다섯 명이었는데 그들은 신발을 신은 채로 내가 임시로 거처하고 있는 친구의 자취방으로 쳐들어왔다. 그리고 그들은 다짜고짜로 내 손을 등 뒤로 제끼더니 오랏줄로 묶었다. 그리고 그들은 방 여기저기를 샅샅이 뒤졌다. 그들이 압수한 것은 책 몇 권과 습작해 놓은 시 원고지 뭉치였다."[45]

유신의 수괴들을 무덤으로 처넣고자 했던 전봉준의 후예는 이처럼 어이없게 체포되어 서울 북부경찰서 관내 어딘가로 끌려가는 신세가 되고 말았다.

"'이 새끼가 그 새끼야?'

이것이 사복차림의 신사가 내뱉은 첫 마디였다. 그리고 그는 내 뺨을 후려갈겼다. '야 이 새끼야. 내 큰 자식은 연세대 다니면서도 아무 일 없이 공부하고 있어, 너 같은 새끼가 뭘 안다고 지랄이야.'

이것은 내가 지방대 출신이라는 것을 알고 같잖다는 투로 내뱉는 말이었다. 그리고 그는 나무의자 옆에 세워져 있었던 나무막대기(각목)로 내 몸 이곳저곳을 마구잡이로 두들겨 팼다. 나는 꿈쩍 않고 맞아주었다."[46]

김남주를 체포한 경찰은 중앙정보부(이하 중정)의 지휘를 받고 있었다. 중정 고위간부가 직접 경찰서로 와서 김남주를 수사하였고 경찰을 지휘하였다. 살벌한 유신정권에서 벌어진 이 사건의 충격이 그만큼 컸다는 반증이었다.

"경찰서장이 그 앞에서 옴짝달싹 못하는 사복차림의 신사, 그는 누구일까? 그 의문을 풀어준 것은 아까 건물 계단을 오르면서 내게 '여기에 한번 들어오면 벙어리도 입을 열고 나가는 곳이야'라고 말했던 경찰관이었다. 그의 말에 의하면 사복차림의 신사는 '남산신사'라는 것이었다. '남산신사'가 무엇을 의미하는지 나는 처음에는 알아듣지 못했지만 나중에야 그가 정보부 고위층이라는 것을 알 수 있었다."[47]

김남주 평전

김남주는 경찰서의 밀폐된 공간에서 혹독한 고문을 당하였다. 어쩌면 낭만적이고 다소 치기어린 지하 유인물 제작사건이었지만 박정희 정권은 마치 국사범을 다루듯 고문을 자행했다.

혹독한 고문, 결연한 의지로 투쟁다짐
—

"사내는 내 윗도리를 벗기고, 겨울내의까지 벗기고, 내 대갈통을 자기 사타구니에 처박아 놓더니 뭔가 까끌까끌한 것으로 내 등을 긁기 시작했다. 그것은 나중에 안 사실이지만 철판에 못구멍을 내서 농부들이 소의 진드기를 떼기 위해 만들어놓은 그런 기구였다. 끔찍했다. 그가 얼마나 심하게 내 등가죽을 긁었는지 나는 일주일 후에 손바닥만 한 피딱지를 떼어냈던 것이다. 무서운 일이었다. 그리고 나는 감옥에서 시라는 것을 써보게 되었는데 그 중에서 이런 시구가 있다.

　　'공포야말로 인간적인 본성을 캐내는 데 가장 좋은 무기다'
　　나는 수사관이 가한 이 말기의 공포에 굴복했던 것이다. 참담했다."[48]

　　한국현대사에서 치열하게 독재권력에 도전하면서 가장 격렬한 저항시를 쓰게 되는 혁명시인을 탄생시키기 위해서였

느지, 유신권력의 하수인들은 온갖 잔혹한 방법을 동원하여 김남주를 고문하였다. 그는 수사관들이 주는 공포에 굴복했다고 썼지만, 실제로는 정신적으로 더 가열 차고 날카로운 비판의 칼날을 갈게 되었다.

고문으로 만신창이가 된 김남주는 감옥으로 옮겨졌다. 그때 김남주는 다짐했다.

참기로 했다
어설픈 나의 양심
미지근한 나의 싸움은
참기로 했다
양심이 피를 닮고
싸움이 불을 닮고
피와 불이 자유를 닮고
자유가
시멘트바닥에 응고된
피 같은 붓 같은 꽃을 닮고
있다는 것을 알 때까지는
만질 수 있을 때까지는
온몸으로 죽음을
포옹할 수 있을 때까지는

칼자루를 잡은 행복으로

자유를 잡을 수 있을 때까지는

참기로 했다[49]

유신의 사냥개들은 김남주와 이강 그리고 무고한 여학생 2
명 등을 포함한 15명을 체포하였는데, 그 중 9명은 구속하고
6명은 불구속하였다. 검찰은 이들 9명을 국가보안법과 반공
법을 내세워 기소하고 재판에 회부하였다. 구속자 중에는 박
석무 씨도 포함되었다. 광주지역 공안 담당자들은 「함성」지
등에 실린 내용으로 보아 박석무가 아니고는 이런 글을 쓸 사
람이 없다면서 그를 엮어 넣었던 것이다. 그러나 김남주와 이
강이 끝까지 관련 사실을 부인하여 박석무는 10개월 만에 무
혐의로 풀려날 수 있었다.

유신체제의 첫 해인 73년, 최초로 유신체제를 반대한 괘씸한
놈들이라는 낙인 아래, 국가보안법 및 반공법 위반이라는 중
죄로 다스려지고 있었다. 나와 남주는 그해 12월 28일, 나는
무죄로, 남주는 집행유예로 출소할 때까지 10여 개월의 옥고
를 함께 치뤘다. 대부분 1심에서 석방되고 나와 김남주, 이강
군만은 10년 징역형을 구형받고 2심에서야 풀려났다.
11번의 공판을 통해 우리의 혐의는 대체로 풀렸고 나의 무죄

는 증명되어 무죄석방이 이루어졌다. 집행유예였던 남주와 이강 군도 국가를 전복할 목적이 없었다고 대법원까지 상고하여 끝내 굴복하지 않았다.[50]

「함성」지 사건은 유신초기의 반유신 저항운동으로 일반의 관심을 모았다. 재판에 임하는 김남주는 당당한 모습이었다. 그는 최후진술에서 유신체제의 반민주성을 성토하고 역사의 승리를 표명하였다.

전국적으로 시끄러운 사건이 되었어. 함석헌 옹을 위시해서 서울대생 등 관심 있는 이들이 방청석을 메꾸면서 중요한 시국사건이 된 거지. 남주가 법정 최후진술에서 했던 말, "유신 행의 잘잘못에 대한 심판은 역사가 할 것이다. 설령 법원이 내게 유죄를 선고한다고 해도 역사는 내게 무죄를 선고할 것이다"는 지금 보면 맞아 떨어진 말이기는 하지만 한편으로는 그가 반독재 투쟁에 임하는 자세를 보여주기도 한 말이어서 당시 법정 안이 숙연해졌던 기억이 있어. 나나 남주를 물고문까지 해가며 떠들었던 사건은 2심 재판에서 2년 형에 집행유예 3년으로 막을 내렸지. 불구속 상대로 수사 받은 두 여대생을 비롯한 많은 사람들은 선고유예나 집행유예 또는 무죄로 풀려났고.[51]

김남주 평전

김남주는 10개월의 옥고 기간을 거치는 동안 정신적으로 더욱 굳건한 반유신 투쟁의 의지를 갖게 되었다. 그는 수감중에 여러 편의 시상을 얻을 수 있었다. 「함성」지 사건으로 인한 감옥행은 고문으로 육신은 망가지게 되었으나 영혼만은 더욱 맑아지고 깊어지는 소중한 체험이 되었던 것이다.

'민주화운동사'의 「함성」지 사건기록

—

민주화운동기념사업회 연구소가 펴낸《한국민주화운동사》는 "전남대 「함성」지 사건"을 다음과 같이 정리하고 있다.

광주지검은 1973년 3월 30일, 4월 6일, 4월 12일 등 세 차례에 걸쳐 박석무, 이강, 김남주 등 전남대학교 졸업생 또는 재학생 9명을 구속하고 그밖에 6명을 불구속 입건하여 도합 15명을 국가보안법 및 반공법 위반혐의로 구속하였다. 1972년 말과 1973년 봄에 광주시내의 대학과 고등학교 등에 뿌려진 「함성」, 「고발」 등의 유인물이 발단이 된 이 사건에 대한 검찰의 공소사실에 따르면, 박석무, 이강, 김남주가 학생들을 유인 및 선동하기 위해 지하신문을 발간하였고, 이정호, 김정길, 김용래, 이평의, 윤영훈이 비상계엄에 대한 비판과 함께 4·19적 혁명을 위한 반국가단체를 구성하여 일당 독재와 장기 집권을 전복하고자 음모하였으며, 박석무, 이강, 김남주, 이황, 이정은 한국인권협의회 이름으로 「함성」이란 제하의 잡지를 발행하여 박정희와 그 주구들의 국민에 대한 고혈 강취에 반대하며 반국가단체를 이롭게 할 목적으로 문서를 제작함과 동시에 국가변란을 목적으로 한 집단을 구성하기를 촉구하였다. 이들은 국가보안법과 반공법을 적용받아 기소되었다.

1973년 9월 14일 결심공판에서 검찰은 박석무, 이강, 김남주 피고에게 각각 징역 10년, 이정호, 김정길, 김용태, 이평의, 윤영훈 피고에게 각각 징역 5년을 구형하는 등 강경한 입장을 고수했다. 이어서 9월 25일의 선고공판에서 광주지법 제3형사부(재판장 정태규) 재판부는 검찰의 공소사실을 거의 그대로 인정하였다. 다만 「고발」과 「함성」의 내용이 정부의 시책을 비난하는 것이기는 하지만, 그것만으로 곧 피고인들이 북한 정권 및 북한에 있는 노동당의 활동을 찬양, 고무하거나 동조할 목적으로 「함성」이나 「고발」을 제작하고 반포하였다고 단정하기는 어렵기 때문에 반공법 적용 부분은 무죄로 인정한다고 선고했다.

1심이 끝난 후 피고인측 변호인은 항소를 제기했고, 내란을 목적으로 예비 음모를 한 사실이 없다는 내용에 따라 반

김남주 평전

공법은 물론 국가보안법위반의 죄도 성립될 수 없기 때문에 무죄 또는 집행유예 정도가 선고되어야 한다고 주장하였다. 1973년 12월 27일 광주고등법원 제1형사부(재판장 김재주)는 항소심 판결에서 박석무 피고의 무죄를 선고하였다. 그러나 여타의 피고인들에 대하여는 여전히 유죄를 선고하였다.

결국 사건은 정부 전복을 위해 내란을 모의한 수괴라는 박석무가 무죄를 선고받고, 그 추종자라는 학생들이 유죄를 선고받으면서 종결됐다. 하지만 이른바 「함성」지 사건'은 재판 과정에서 홍남순 변호사와 함석헌 등 재야인사들이 대거 관여하고, 서울의 많은 학생들이 광주에 내려가 방청하면서 재판정은 오히려 반유신 · 반정부의 토론장으로 변했다. 특히 제대로 배포되지 못했던 「녹두」, 「함성」, 「고발」이라는 유인물의 내용이 전국적으로 알려지고 전파되는 계기가 됐다.[52]

5장

'혁명적 민중시인' 김남주

참담한 현실, 시로 담아

—

1970년대 한국은 의인이 설 땅이 없는 사회가 되고 있었다. 불의에 저항하면 사회적으로 매장되었다. 물론 침묵하면 살아남을 수 있고, 타협하면 출세길이 열리기도 했다. 김남주는 1973년이 다 저물어가는 12월 18일 석방되었다. 갈 곳이 따로 없었던 그는 만신창이가 된 육신을 이끌고 고향으로 내려갔다. '금판사'는커녕 시국사범이란 죄인의 딱지를 달고 찾아간 고향이었다. 그는 부모와 가족들을 만나 볼 면목이 없었다.

유신체제의 나팔수가 된 신문과 방송이 「함성」지 사건의 주역들을 '사회 혼란자'로 매도하면서 김남주의 부모는 마치 자식이 대역죄나 저지른 것처럼 주위의 따가운 시선 때문에 눈치를 살펴야 했다. 아들이 재판을 받는 동안 정사복 경찰들은 수시로 김남주의 고향집을 찾았고, 그 때문에 그의 가족들은 매일 불안에 떨어야 했다.

김남주의 〈달도 부끄러워〉라는 시는 이 시기 그의 참담했던 심경을 잘 말해주고 있다.

달도 부끄러워

차마 부끄러워

밤으로 찾아든 고향

달도 부끄러워 숨어버렸나

보이는 것은 어둠뿐

들판도 그대로 어둠으로 깔리고

어둠으로 보이는 것은 농민의

농민에 의한 농민을 위한

허수아비뿐이다

차마 부끄러워

어둠으로 기어든 마을

똥개도 부끄러워 짖지를 않나

길은 넓혀졌지만 지붕도 벗겨졌지만

개똥불처럼 전깃불도 가물거리지만

원귀처럼 소소리처럼 들리는 한숨

소리 껍데기뿐이다

차마 부끄러워

도둑처럼 밀어 여는 사립문

김남주 평전

고양이도 부끄러워 엿보지 않나
텅 빈 마당이 허전하고
텅 빈 마구간이 허전하고
발길에 밟히는 것은 소스라치게 놀라
달아나는 쥐새끼뿐이다[53]

의롭게 살고자 하는 사람들이 부끄러워해야 하는 사회는 정상이 아니다. 유신치하의 한국사회는 1년여의 옥고를 치루고 돌아온 한 청년의 귀향을 부끄럽게 만들었다. 항일독립운동가들이 왜경에 붙잡혀 옥고 끝에 귀향할 때와 별로 다르지 않았다. 그런 의미에서도 유신은 일본 메이지 유신으로부터 작동된 조선총독부 시대와 일치할 만한 점이 있었다.

그래서였을까, 김남주는 아우 덕종에게 〈우습지 않느냐〉란 시를 지어 주었다. 당시 참담했던 심경을 담고 있다.

우습지 않느냐

우습지 않느냐 덕종아
너의 형이 우습지 않느냐
대학까지 구경하고 그도 모자라
감옥까지 구경하고 이제는 돌아와

탄식이 되어버린 고질

푸념도 고질이요 넋두리도 고질

생활까지 탄식이 되어버린

얼씨구! 너의 형이 우습지 않느냐

돈이라면 반가운 줄이나 알았지

애타도록 기다릴 줄 모르는 주제에

돈벌이를 한답시고 담배를 빨아대며

궁리를 짜고 있는 내가 우습지 않느냐

새끼가 한바퀴에 이백원이면

작은 돈이 아니라고 하루마다

세바퀴를 꼴 양이면 천원을 벌고

열흘이면 만원이요 한달이면 삼만원

웬만한 월급쟁이는 저리 가라고

손가락 꼬부려 생활을 계산하는

너의 형이 우습지 않느냐

우습지 않느냐 덕종아

새벽부터 일어나 짚을 추리고

휘파람을 불어대며 장단 맞추며

돈이 돈다 돈이 돈다 돈을 굴리는

너의 형이 우습지 않느냐[54]

김남주 평전

통절한 심경으로 아우에게 쓴 시

귀향한 김남주는 짚으로 새끼를 꼬는 등 농사 일을 거들면서 유신시대에도 여전히 참담한 농촌의 실상을 체험하게 된다. 낡은 노트를 옆에 끼고 틈틈이 시를 습작하던 그가 1978년에 쓴 〈아우를 위하여〉에는 이 같은 모습이 절절하게 드러나 있다.

아우를 위하여

없는 놈은 농자금도 못 타 쓴다더냐
있는 놈만 솔솔 빼주기냐
조합장 멱살을 거머쥐고
면상을 후려치던 아우야

식구마다 논밭 팔아
대학까지 갈쳐논께
들쑥날쑥 경찰이나 불러들이고
허구한 날 방구석에 처박혀
그 알량한 글이나 나부랑거리면
뭣한다요 뭣한다요 뭣한다요

터져 분통이 터져 집에까지 돌아와
내 얄팍한 귀창을 찢었던 아우야
내 사랑하는 아우야

오늘밤과 같이
눈앞이 캄캄한 밤에는
시라도 써야겠다
쌓이고 맺힌 서러움
주먹으로 터지는 네 분노를 위하여
고이고 고인 답답함
가슴으로 터지는 네 사랑을 위하여
차마 바로는 보지 못하고
밥상 너머로 훔쳐보아야만 했던
내 눈 속 네 얼굴을 위하여
시라도 써야겠다
그 알량한 시라도 써야겠다
오늘밤과 같이
눈앞이 아찔한 밤에는[55]

김남주의 해남으로의 귀향은 '설움'과 '아픔'만 있었던 것
이 아니었다. 옥고를 치루고 나서 돌아온 고향은 옛날에 그가

김남주 평전

보던 농촌이 아니었다. "아는 만큼 보인다"는 말이 있듯이, 이제 그는 농촌의 구조적 모순과 수탈을 새롭게 만날 수 있었다. 이와 관련한 김준태 시인의 분석이다.

> 「함성」지 사건으로 전남대 영문학과를 도중하차하고, 고향에 내려간 김남주는 드디어 저 한민족의 지평선, 한민족의 영원한 어머니일지도 모르는 대지의 한복판에다가 자신의 '귀향의 의미'를 되살린다. 비록 '밤을 도와 부끄럽게' 찾아간 '매맞은 몸으로 돌아간' 고향이지만, 그는 그러나 〈진혼가〉에서처럼, 상처 받은 자신을 여지없이 드러내고 있지만, 저 대지의 진정한 목소리에 조금씩 귀를 기울이고 만다. 아니 거기에 살아가는 아버지와 어머니, 농토와 농민들을 비로소 만난다. 그리하여 그는 이 땅의 원형질, 투박스러우나 질기고 끈적진 삶의 밑바닥, 막걸리 사발과 애증의 연대(年代)를 만나고야 만다.[56]

「창작과비평」으로 시인 등단

김남주는 시를 썼다. 담벼락에도 마당 언저리에도 '그 알량한' 시를 썼다. 몇 편이 모이자 그는 계간 「창작과비평」에 시를 투고하였다. 「사상계」가 이미 유신의 칼끝에 목이 날아간 뒤, 그나마 백낙청 씨가 창간한 이 계간지가 유신의 엄혹한 시대에서도 한 줄기 서광의 역할을 하고 있었다. 김남주는 대학시절부터 이 잡지를 통해 국내외의 시인과 문인들을 접하고 있었기에 「창작과비평」에 시를 투고했던 것이다.

김남주는 〈진혼가〉, 〈잿더미〉 등 8편의 시를 「창작과비평」에 투고하였고, 이 시들은 1974년 여름호에 실렸다. 시쳇말로 시인으로 '등단'한 것이다. 당시 「창작과비평」 주간으로 김남주의 시를 뽑았던 염무웅 씨의 회고담이다.

어느 출판사 건물의 삐걱거리는 계단을 올라간 2층 한 귀퉁이에 책상 두엇 놓은 초라한 사무실이었지만 넘치는 의욕으로 「창작과비평」을 내고 있을 무렵이다. 어느 날 투고된 원고들 중에서 김남주의 작품을 발견한 것은 신선한 기쁨이고 눈을 번쩍 뜨게 하는 감동이었다. 당시로 말하면 강권적 유신체제가 선포된 지 1년 반쯤, 터져 나오는 저항을 폭압적인 긴급조치로 억누르던 서슬 퍼런 공포의 계절이었다. 〈잿더미〉, 〈진혼가〉 등 지금 읽어도 가슴을 뜨겁게 하는 김남주의 시들은 바로 이 죄어드는 현실 한복판에서 솟아오른 가장 찬란한 예술적 형상이자 싱싱하게 살아 있는 정신의 가장 힘찬 발언이었다.[57]

김남주 평전

저명한 문학평론가에게 "신선한 충격이고 눈을 번쩍 뜨게 하는 감동"을 안겨 주었던 김남주의 데뷔작 〈진혼가〉와 〈잿더미〉를 소개한다. 여기 실린 시들은 「창작과비평」에 실렸던 것을 훗날 김남주에 의해 부분적으로 개작된 것이다.

진혼가

(1)
총구가 내 머리숲을 헤치는 순간
나의 신념은 혀가 되었다
허공에서 허공에서 헐떡거렸다
똥개가 되라면 기꺼이 똥개가 되어
당신의 똥구멍이라도 싹싹 핥아주겠노라
혓바닥을 내밀었다.
나의 싸움은 허리가 되었다
당신의 배꼽에서 구부러졌다
노예가 되라면 기꺼이 노예가 되겠노라
당신의 발밑에서 무릎을 꿇었다.

나의 신념 나의 싸움은 미궁이 되어
심연으로 떨어졌다

삽살개가 되라면 기꺼이 삽살개가 되어
당신의 발가닥이라도 핥아주겠노라

더이상 나의 육신을 학대 말라고
하찮은 것이지만
육신은 유일한 나의 확실성이라고
나의 혓바닥을 내밀었다
나는 무릎을 꿇었다
나는 손발을 비볐다

(2)
나는 지금 쓰고 있다
벽에 갇혀 쓰고 있다
여러 골이 쑥밭이 된 것도
여러 집이 발칵 뒤집힌 것도
서투른 나의 싸움 탓이라고
사랑했다는 탓으로 애인이 불려다니는 것도
숨겨줬다는 탓으로 친구가 직장을 잃은 것도
어설픈 나의 신념 탓이라고
모두가 모든 것이 나 때문이라고
나는 지금 쓰고 있다

　　　　　　　　　　　　　　　　김남주 평전

주먹밥 위에

주먹밥에 떨어지는 눈물 위에

환기통 위에 뺑기통 위에

식기통 위에 감시통 위에

마룻바닥에 벽에 천장에 쓰고 있다

손바닥이 부르트도록 쓰고 있다

발가락이 닳아지도록 쓰고 있다

혓바닥이 쓰라리도록 쓰고 있다

공포야말로 인간의 본성을 캐내는 데 가장 좋은 무기이다라고

(3)

참기로 했다

어설픈 나의 신념 서투른 나의 싸움은 참기로 했다

신념이 피를 닮고

싸움이 불을 닮고

자유가 피같은 불같은 꽃을 담고 있다는 것을 알 때까지는

온 몸으로 온 몸으로 죽음을 포옹할 수 있을 때까지는

칼자루를 잡는 행복으로 자유를 찾을 수 있을 때까지는

참기로 했다

어설픈 나의 신념

서투른 나의 싸움

신념아 싸움아 너는 참아라

신념이 바위의 얼굴을 닮을 때까지는

싸움이 철의 무기로 달구어질 때까지는[58]

김남주의 시는 당시 문단에 큰 충격을 안겨 주었다. 책상머리에서 쓴 관념적인 시가 아니라 자신이 고문을 당하면서 겪었던 생생한 현실을 담은 이 시는 "칼자루를 잡는 행복으로 자유를 찾을 수 있을 때까지는" 참기로 했다는 반어법에서 시인의 결기어린 의지가 보였기 때문이다.

그의 데뷔작 〈진혼가〉는 패배의 기록이다. 하지만 단순한 패배자의 기록이 아니다. 그는 육신에 가해진 무자비한 타격을 통해 자아의 내부에서 무엇이 부서지고 무엇이 확인되었는지 그 과정을 가혹할 만큼 냉정하게 관찰하고 있다. 권총을 이마에 대고 죽이겠다고 위협하며 막무가내로 다그치는 수사관의 혹독한 대우 앞에서 양심이니 자존심이니 하는 어설픈 관념적 요소들은 여지없이 무너졌다. 그리고 그는 동물적 수준의 몸뚱어리만이 자기 동일성을 증거하는 마지막 보루로 남는 것을 절실히 경험했다. 한마디로 그것은 '죽음'과도

같은 지옥의 체험이었다.[59]

한국 저항문학의 고딕체 〈잿더미〉

—

김남주의 데뷔작 중에서 수작으로 꼽히는 〈잿더미〉는 9연에
달하는 장시다. 한국저항문학사에 꼿꼿한 고딕체로 남을 시
다.

잿더미

꽃이다 피다

피다 꽃이다

꽃이 보이지 않는다

피가 보이지 않는다

꽃은 어디에 있는가

피는 어디에 있는가

꽃 속에 피가 잠자는가

핏 속에 꽃이 잠자는가

꽃이다 영혼이다

피다 육신이다

영혼이 보이지 않는다
육신이 보이지 않는다
꽃의 영혼은 어디에 있는가
피의 육신은 어디에 있는가
꽃 속에 영혼이 깃드는가
핏 속에 육신이 흐르는가
영혼이 꽃을 키우는가
육신이 피를 흘리는가
꽃이여 영혼이여
피여 육신이여
그대는 타오르는 불길에
영혼을 던져보았는가
그대는 바다의 심연에
육신을 던져보았는가
죽음의 불길 속에서
영혼은 어떻게 꽃을 태우는가
파도의 심연에서
육신은 어떻게 피를 흘리는가

꽃이다 피다
육신이다 영혼이다

그대는 영혼의 왕국에서
육신을 어떻게 다루었는가
그대는 피의 꽃밭에서
영혼을 어떻게 다루었는가
파도의 침묵 불의 노래
영혼과 육신은 어떻게 만나
꽃과 함께 피와 함께 합창하던가
숯덩이처럼 검게 타버리고
잿더미와 함께 사라지던가

그대는
새벽을 출발하여
폐허를 가로질러
황혼을 만나보았는가
황혼의 언덕에서 그대는
무엇을 보았는가
난파선의 침몰을 보았는가
승천하는 불기둥을 보았는가
침몰과 불기둥은 무엇을 닮고 있던가
꽃을 닮고 있던가
피를 닮고 있던가

죽음을 닮고 있던가

그대는

황혼의 언덕을 내려오다

폐허를 가로질러 또 하나의

새벽을 기다려보았는가 그때

동천에서 태양이 타오르자

서천으로 사라지는 달을 보았는가

죽어버린 별

죽으러 가는 별

죽음을 기다리는 별

그대는 달과 별의 부활을 위해

새벽의 언덕에서 기도를 드려보았는가

그대는 겨울을

겨울답게 살아보았는가

그대는 봄다운

봄을 맞이하여 보았는가

겨울은 어떻게 피를 흘리고

동토(凍土)를 녹이던가

봄은 어떻게 폐허에서

꽃을 피우던가 겨울과

봄의 중턱에서
보리는 무엇을 위해 이마를 맞대고
눈 속에서 속삭이던가
보리는 왜 밟아줘야 더
팔팔하게 솟아나던가
잡초는 어떻게 뿌리를 박고
박토에서 군거(群居)하던가
찔레꽃은 어떻게 바위를 뚫고
가시처럼 번식하던가
곰팡이는 왜 암실에서 생명을 키우며
누룩처럼 몰래몰래 번성하던가
죽순은 땅속에서 무엇을 준비하던가
뱀과 함께 하늘을 찌르려고
죽창을 깎고 있던가

아는가 그대는
봄을 잉태한 겨울 밤의
진통이 얼마나 끈질긴가를
그대는 아는가
육신이 어떻게 피를 흘리고
영혼이 어떻게 꽃을 키우고

육신과 영혼이 어떻게 만나

꽃이 함께 피와 함께 합창하는가를

꽃이여 피여

피여 꽃이여

꽃 속에 피가 흐른다

핏속에 꽃이 보인다

꽃 속에 육신이 보인다

핏속에 영혼이 흐른다

꽃이다 피다

피다 꽃이다

그것이다![60)

광주 '카프카 서점' 고객은 불온분자들
—

시인으로 등단한 김남주는 시를 위한 시인이 아닌 투사로서의 시를 쓰고자 했다. 그리고 그는 그것으로 유신체제를, 제국주의를 타도하는 전사가 되고자 했다. 그에게서 시는 혁명의 수단이었다.

"시인은 혁명투쟁에 몸소 참가함으로써 가장 잘 혁명적인 시를 쓸 수 있는 것입니다. 시인이 혁명투쟁에 깊이 관여하면 할수록 그가 쓰는 시도 그만큼 깊이가 있을 것이고 폭넓게 참가하면 할수록 그만큼 그가 쓴 시도 폭이 넓어지리라는 것입니다."[61]

　김남주의 〈시의 요람, 시의 무덤〉이라는 시는 그의 시관 또는 문학관의 지향점을 살필 수 있다. 이 시의 후반부를 옮겨 본다.

　　시의 요람 시의 무덤

　　당신은 묻습니다
　　시를 쓰게 된 별난 동기라도 있느냐고
　　나는 이렇게 말할 수밖에 없습니다
　　혁명이 나의 길이고 그 길을 가면서
　　부러진 낫 망치 소리와 함께 가면서
　　첨으로 시라는 것을 써보게 되었다고
　　노동의 적과 싸우다보니 농민과 함께 노동자와 함께
　　노래라는 것도 나오더라고 저절로 나오더라고
　　나는 책상머리에 앉아
　　시라는 것을 억지로 써본 적이 없다고
　　내 시의 요람은 안락의자가 아니고 투쟁이라고 그 속이라고

안락의자야 말로 내 시의 무덤이라고[62]

저항시인 또는 전사시인의 길에 들어선 김남주는 그후 숙명적으로 따라 다니는 가난을 해결하고자 광주에 서점을 열었다. 해가 바뀐 1975년, 그의 나이는 어느덧 30세였다. 일제강점기 독립 운동가들도 싸우기 위해서는 먹고 살아야 했는데, 그 일은 결코 쉽지 않았다. 흔히 풍찬노숙이란 말이 많이 쓰이게 된 배경이다.

김남주는 지인들의 도움으로 광주에 사회과학서점 '카프카'를 열어, 우선 호구지책으로 삼고자 했다. 그런데 사회과학전문 서점을 열면서 사회과학의 명성 있는 학자나, 저항문인이 아닌 예컨대 네루다 혹은 아라공 등이 아닌 모더니즘 계열의 소설가 카프카(Franz Kafka)를 상호로 택한 것은 의문으로 남는다.

프란츠 카프카는 오스트리아, 헝가리 제국의 소설가로서 《변신》, 《심판》 등의 작품을 남긴 1970년대 한국에서도 인기 있는 작가였다. 카프카는 살아생전 자신의 모든 작품을 불태우고, 텍스트를 출간하는 것을 금지시켰는데, (그러나 유산관리자가 그의 뜻을 따르지 않았다) 어쩌면 김남주는 그러한 작가적 결기에 의미를 두었던 걸까.

시인과 '사업'은 그다지 어울리지 않는다. 더욱이 김남주는 정보기관의 감시 대상이었다. 이 시기 그의 모습은 어떠했을까.

> 얼마 후 사무실에 나타난 김남주 당시의 인상은 그의 시의 펄펄 뛰는 생동감과 자못 거리가 있었다. 그의 시는 김수영, 조태일, 김지하 같은 앞 세대 시인들의 선행업적을 충분히 숙독한 흔적 즉 날카로운 현대성을 지니고 있었으나, 그의 사람됨은 도무지 때가 벗지 않은 투박함 그것이었다. 맺힌 데 없이 벌씬벌씬 웃는 그의 웃음이 더 그런 느낌을 주었다. 그러나 그 후 드문드문 나타나는 그에게서, 그리고 역시 드문드문 발표되는 그의 시에서 알게 된 것은 그가 단지 선량하고 천진한 촌놈일 뿐만 아니라 비판정신에 가득찬 독서가이며 또한 우리말의 가락에 민감한 시인이자 현실의 암흑에 온몸으로 맞서고자 하는 불퇴전의 실천가라는 점이었다.[63]

광주에서 처음 연 사회과학서점인 '카프카'는 그러나 '서점'으로서의 구실보다는 이 지역 '불온분자'들의 집결지가 되어갔다. 그것은 경영주인 김남주가 바라던 것인지도 모른다. 서점을 연 시기가 대단히 민감한 때였기 때문이다.

1974년 3월에 들어서자 각 대학에서는 유신철폐 시위가 발발하였다. 이 같은 상황에서 박정희 정권은 전국 대학의 반독재 연합시위에 대한 정보를 입수하게 된다. 4월 3일 서울대, 연세대, 성균관대, 이화여대 등 주요 대학에서는 소규모 시위가 열렸고, 이와 함께 전국민주청년학생총연맹(민청학련) 명의의 '민중·민족·민주선언'과 '민중의 소리' 등의 유인물이 뿌려졌다.

기회를 노리고 있던 정부는 이날 오후 칼을 빼들었다. "공산주의자의 배후 조종을 받은 민청학련이 점조직을 이루고 암호를 사용하면서 200여 회에 걸친 모의 끝에 화염병과 각목으로 시민폭동을 유발했으며 정부를 전복하고 노동정권을 수립하려는 국가변란을 기도했다"며 학생시위를 용공으로 날조하는 특별담화를 발표하면서 다수의 학생들을 체포했던 것이다.

또 정부는 같은 날 밤 10시를 기해 긴급조치 4호를 선포하면서 윤보선, 지학순, 박형규, 김찬국 등을 배후 조종자로 몰아 구속하고 그들을 비상군법회의에 송치하였다. 김남주는 석방된 후 경찰의 감시로 꼬투리가 잡히지 않았으나 친구 이강은 민청학련 연루자로 구속되었다.

전국 도처에서 유신헌법 철폐운동이 들불처럼 번지자 박정희는 1974년 1월 8일 긴급조치 1호를 선포하게 된다. 긴급조치 제1호는 △ (유신) 헌법의 부정 반대·왜곡·비방행위 금지 △ 헌법의 개정·폐지 발의 및 청원행위 금지 △ 유언비어의 날조·유포 금지 △ 금지행위의 선동·선전 및 방송·보도·출판 등 전파행위 금지 △ 이 조치의 위반자 및 비방자는 영장없이 체포·구속·압수·수색하며 비상군법회의에서 15년 이하의 징역과 15년 이하의 자격정지에 처한다는 내용으로 초헌법적 조치였다. 유신헌법을 철폐하라는 국민의 요구를 폭압적인 제도로 금지시킨 것이다. 박정희 정권은 이에 만족하지 않고 곧 이어 긴급조치 4호를 선포하였던 것이다.

이처럼 정치적으로 폭압과 폭력이 설치는 시대에 지방에 있는 사회과학서점은 파리를 날릴 수밖에 없었다. 사회과학서점은 사회과학 책을 판매하는 곳이 될 수 없었고, 그 대신 유신체제를 반대하는 시대의 저항자들이 모여들었다. 그래서 서점은 책 구매자가 아닌 사람들로 문전성시를 이루었다. 물론 그 중에는 정보기관원들도 끼어있었을 것이다.

남주는 '카프카서점'이라는 책방을 내서 경영주가 되었다. 이 무렵이 지금도 후배들 사이에 말해지는 잊을 수 없는 광주의 카프카시절이었다. 민청에서 풀려나온 징역장이들이 운집하던 사랑방이며, 광주제일고등학교에서 남주의 후배들이 먹고 자며 뒹굴던 시절이었다. 오늘날 이 시대의 멋진 시인들의 〈5월시 동인〉은, 거의 대부분 카프카에서 혼이 적셔진 후배들이다. 박몽구, 이영진 등의 시인은 더욱 특별한 인연이었으니까.

경제적 계산 속이라고는 한 푼도 없던 남주였으니, 카프카서점이 망하여 문이 닫히는 것은 너무도 당연하였다.[64)

민청학련 사건에 연루되었다가 풀려난 이강은 광주에서 서점을 열고 있던 이 시기의 김남주를 다음과 같이 기록하였다.

> 그즈음 남주는 새로운 사상을 널리 보급하여 확산시켜야겠다는 필요와 생계를 유지하기 위한 최소한의 수단으로써 '카프카서점'을 시작했다. 함석헌 씨가 발행하는 「씨올의 소리」와 「창작과비평」을 비롯한 비판적 사상서적, 일어나 영어로 된 외국의 문학서적을 주로 취급하였다.
> '카프카서점'은 광주 청년학생운동 활동가들과 문학청년들의 사랑방이 되었지만 그리 오래 되지 않아 문을 닫을 수밖에 없었다.
> 애당초 이재에 밝지 못하고 동가식 서가숙이 몸에 배인 자유주의적 생활풍모의 남주가 서점의 운영에 실패하는 것은 오히려 당연한 노릇이었다. 이와 더불어 오랫동안 계속된 도시에서의 무력한 준룸펜적 생활은 남주에게 심각한 고민을 던져주었다. 남주는 자신의 모든 것을 회의하기 시작하였다.[65)

광주의 카프카서점은 2년여 만에 문을 닫았지만, 이 서점을 통해 뿌려진 사상의 씨앗들은 3년 후 광주민주항쟁의 한 몫을 거들었음은 물론이다.

6장

두 번째 귀향과 민중문화연구소

해남에서의 농촌운동

—

광주에서 연 카프카서점을 정리한 김남주는 다시 고향으로 내려왔다. 그때가 1977년 봄이었다. 정치적으로는 유신과 반(反)유신세력 사이에 치열한 대결이 진행되고 있던 시기였다.

1975년 2월 박정희 정권은 유신체제 찬반 국민투표를 실시하여 찬성 80퍼센트라는 수치를 만들어 냈다. 반대운동이 일체 금지된 상태의 일방적인 국민투표는 독재자들이 항용 사용하는 수법 그대로였다. '날조된 국민의 뜻'을 앞세운 박정희의 통치 행태는 더욱 폭력화되었다. 4월 8일 긴급조치 7호를 선포하고 4월 9일 이른바 인민혁명당(인혁당) 관련자 8명을 재심기회도 주지 않고 전격 사형 집행하였던 것이다. '날조한 혐의'에 따른 사법살인이었다.

4월 11일 서울농대생 김상진이 유신체제와 긴급조치에 항의하며 할복 자결하였다. 해방 후 권력의 폭압에 항거의 수단으로 대학생이 할복한 일은 그때가 처음이었다. 이를 계기로 대학가에서 반유신 저항운동은 더욱 거세게 전개되었다. 박정희는 5월 13일 또다시 긴급조치 9호를 선포했다. 유신헌법

에 대한 비방, 반대, 개정 주장 및 긴급조치 9호에 대한 비방
을 금지하는 내용이었다. 역시 위반자는 영장 없이 체포하고
군사재판에 회부한다는 것이었다.

그런 상황 속에서 광복군 출신으로 박정희와 치열하게 대
결하였던 장준하가 8월 17일 등산길에서 의문사한 사건이 벌
어졌다. 그의 의문사는 지금까지도 제대로 된 진상이 밝혀지
지 않고 있다.

1976년 3월 1일 김대중, 함석헌, 이해동, 함세웅 등 각계의
대표적인 민주인사들이 명동성당에서 "3·1구국선언"을 발
표하자 정부는 관련자 11명을 정부전복선동 혐의로 구속하
였다. 그러던 중 1977년 6월 전 중앙정보부장 김형욱이 미 하
원에서 박동선의 로비 활동 등을 증언하면서 박정희 정권의
치부를 낱낱이 폭로하여, 유신정권에 치명상을 입히고 국가
적인 망신살이 뻗치게 되었다. 미국을 비롯하여 유럽의 각 나
라에서도 반한운동이 수차례 이어졌다.

1976년 11월에는 전남 함평에서 '고구마 사건'이 일어났
다. 농협이 수매 약속을 불이행하자, 피해가 생긴 농민들이
진상을 폭로하고 피해보상을 요구하며 대규모적인 시위를
벌인 것이다. 1977년 7월에는 서울에서 노조 탄압에 항의하
여 집회중이던 동일방직 여성노동자들이 작업복을 벗고 알
몸으로 무자비한 경찰의 강제해산에 항거하는 사건이 벌어

김남주 평전

지기도 했다. 이 사건은 노동계뿐만 아니라 온 국민에게도 큰 충격을 주었고, 외신에까지 보도되면서 유신경찰의 잔혹성이 국제적으로 폭로되기도 했다.

폭압적인 유신체제, 그것도 국민의 눈과 귀와 입을 묶어놓은 긴급조치 9호 치하에서도 3·1명동사건이 일어나고 농민, 노동자들의 항거가 속출하였던 것이다. 그것은 박정희 정권의 종말이 서서히 다가오고 있음을 알려주는 경종이었지만 박정희 정권의 독재세력은 외려 강경일변도의 폭압책으로 일관할 뿐이었다.

김남주가 고향으로 돌아오기 전 광주에서는 「함성」지사건, 민청학련사건, 긴급조치 9호위반 사건 등 시국사건 관련자들이 중심이 되어 '전남민주회복구속자협의회'가 결성되었다. 이 협의회에는 김남주와 그때 갓 풀려난 이강도 참여하였다. 이 조직은 당시 광주에서는 유일한 반유신 시민운동 단체였다.

마침내 남주는 농민운동과 농민문학에의 두 가지 목표를 안고 새로운 가능성을 열기 위해 다시 해남으로 귀향했다. … 해남으로 내려간 것은 당시 숨통 막히는 유신이 낳은 또 하나의 아이러니일 것이다. 그때 남주는 "농민은 토지에 인간의 주관적 의지와 가꿈을 통해 자연적, 물리적 변화가 아닌 목적

의식적인 변화와 창조를 한다. 나는 농민들과 강고히 결합하여 변혁을 추구하겠다"라고 말했다.[66]

이강 씨의 이러한 글을 통해 김남주가 해남으로 귀향할 때 가졌던 의지의 일단을 읽을 수 있다. 당시 해남에는 소설가 황석영 씨가 머물고 있었다. 이 시기에 대한 황석영 씨의 기록이다.

나는 그때 서울 살림을 도저히 견디지 못했는데, 어딘가 일하는 사람들의 곁으로 가서 그들과 함께 밑에서부터 다시 시작하지 않으면 나의 문학은 쓸데없는 것이 되어버리고 말 것만 같았다.

남주 너는 옥살이를 하고 나와서 광주에서 후배를 가르친다고 열어 두었던 서점을 다 들어먹고, 구속자협의회 동지들과 약속한 대로 모두들 현장을 찾아서 뿔뿔이 흩어진 뒤에 너도 고향 해남으로 내려와 있었다. 우리는 사랑방 농민운동을 시작했고 그때에 정광훈, 윤기현, 홍영표 그리고 네 그림자나 다름없던 이강 등이 합세했다.

우리는 해남농민회를 발족시켰으며, 전남 현장문화운동의 시발점을 만들었다. 서점 숲 마당에서 네가 농민들을 위해 읽었던 〈고구마 똥〉이란 재미있고 낙천적인 시가 생각난다. 농민

김남주 평전

들이 배를 잡고 웃었지. 농민들은 네가 시인이라는 사실조차
몰랐으며 아마도 도시의 부르주아 시인들은 네 여러 가지의
민중적인 형태가 시의 고상함을 모독한다고 생각했을 것이
다.[67]

작가 황석영의 증언처럼 해남에 내려온 김남주는 '사랑방
농민학교' 운동을 펴고 해남농민회를 조직하여 활동하였다.
'사랑방 농민학교'는 예전 농촌의 구조적인 모순에 개탄하던
자세에서 벗어나 직접 농촌의 주체인 농민들을 일깨우고 이
들과 연대하면서 권익을 수호하고자 하는 실천운동이었다.

김남주가 농민회에서 낭송했던 〈고구마 똥〉의 뒷 부분을
소개한다.

고구마 똥

저녁에 오른 밥상이
아침에 올랐던 밥상 같고
작년에 절인 꼴뚜기젓이
금년에 담근 갓동지 같고
평생을 살아 죽도록 일해
그 팔자가 그 팔자라고

투가리나 놓을까 모른다고

모른다고 어쩌면 모른다고

마당에 그득한 것은 썩은 두엄뿐인데

오는 가을과 함께 돌을 파헤쳐

씨 뿌리는 재미로 사는지도 모른다고

봄바람에 치마폭 날리며

나물 캐는 앙가슴으로 사는지도 모른다고

여름으로 불볕으로 논바닥으로

뽁뽁 기어다니는 두더지로 사는지도 모른다고

산들바람 등성이로 먼 고개로

친정집이 그리워 손등 치는 호미로 사는지도 모른다고

바람으로 휘파람 밤낮으로 새끼 꼬며

신소리 까는 재미로 사는지도 모른다고

동지섣달 긴긴 밤 앞집 처녀 뒷집 총각

흉보는 재미로 사는지도 모른다고

아 모른다고 모른다고 어쩌면

고구마 캐는 재미로 사는지도 모른다고

어떤 놈은 큼직한 것이

댈롱댈롱 마구간 황소 붕알 같고

어떤 놈은 넓죽한 것이

샛골댁 손주 놈 낯바닥 같고

언뜻 보아 뻥긋 벌어진 품이

골짜기의 탐스런 O 같고

이리 뒹굴 저리 뒹굴 뒤집어보아

낙락장송 솔밭에 매어놓은 말좆 같고

어떤 놈은 주렁주렁 매달린 꼬락서니가

골아실댁 새끼들의 대가리 같고

쑤세미 같고 부스럼 딱지 같고

아 겨울 내내 고구마로 때우며

똥이나마 미끈하게 쌓아올리는 재미로 사는지도 몰라

모락모락피어 오르는 김 냄새나 맡아가며

한겨울 뜨뜻하게 넘기는 재미로 사는지도 몰라라[68]

아호 '물봉'의 사연

—

해남에서 농촌운동을 하면서도 김남주는 자신의 활동에 불
만을 가졌다. 재야, 학생, 노동자들이 힘겹게 반유신 투쟁에
나서고 있는데 한가롭게 농민운동이나 하고 있는 것이 아닌
가, 하는 생각에서였다. 그래서 황석영 씨에게 지하신문을 발
행해서라도 박정희 정권과 싸워야 한다며 그에게 신문발행
을 제안하였다.

너하고 권행이가 찾아와서 지하신문을 발행할 준비를 하자고 제안했었지. 그때 너는 말했어. "나는 구체적으로 싸우고 싶소"라고. 나는 오히려 광주로 나가게 되면 그런 준비가 가능하지 않겠느냐고, 너의 들끓는 심사를 가라앉혔지. 나도, 또한 너도 그 무렵의 우리는 해남에서 뜨뜻미지근한 일을 하면서 참다운 싸움을 기피하고 있는 게 아닌가. 소시민적인 지식인 나부랭이에 불과하지 않은가, 하고 시달렸던 것 같다.[69]

김남주는 불의 사나이였다. 가슴에는 언제나 활활 타오르는 불꽃이, 용암처럼 들끓고 있었다. 싸워야 한다, 독재와 분단세력과 농민, 노동자들을 착취하는 자들과 싸워야 한다는 열정이, 사명감이 분수처럼 치솟고 있었다. 김남주의 농촌실상에 관한 인식이다.

지금 우리 농촌에서는 농가부채의 압력에 시달리다가 더는 견디지 못하고 자살하는 농민이 매일처럼 두세 명씩 나오고 있습니다. 농사짓고 산다고 해서 시집 올 처녀를 구하지 못해 비관자살 하는 총각이 또한 수두룩합니다. 뿐만 아니라 한 해에 1천 5백 명에 이르는 우리 농민들이 농약에 중독돼 시름시름 앓다가 끝내 죽어가고 있습니다.

이런 극한 상황에 놓여 있는 우리 노동자 농민들이 최소한의

김남주 평전

인간적인 삶과 정치적인 자유를 요구하며 몸부림치면 권력과 재산을 독점하고 있는 자들은 그들을 감옥에 쑤셔 넣고 무자비하게 짓밟아 버립니다.[70]

해남에 있는 동안 김남주는 한동안 황석영 씨와 죽이 맞아 잘 어울렸다. 두 사람 모두 시대와 불화하면서도, 진보적인 자유주의자 성격을 가졌기에 가능했을 터이다.

그는 또한 구체적 문인으로서는 최초의 인간적인 결합을 당시 해남에서 《장길산》을 집필 중이던 황석영과 만나 실현한다. 남주와 황석영과의 만남은 두 파격적인 사나이의 성격적인 조우였다. 남주가 모성적인 파격성, 여성적인 파격성을 지녔다면 황석영은 부성적 파격성, 즉 남성적 파격성을 가졌다고나 할까? 어쨌든 서로 다르면서도 같고, 같으면서도 다른 이 두 문학인은 문학에 관한 이야기는 한마디도 하지 않고, 행위나 사물에 대한 이야기를 교환했다. 그는 부모님을 모시고 농민과 함께 호흡하면서 상호침투적 도움을 주고받았다.[71]

이 두 사람을 생각하면 고리끼와 레닌의 일화가 떠오른다. 막심 고리끼는 1905년 1월 러시아 혁명에 실패한 뒤 이탈리아 남부 카프리 섬에서 소설 《어머니》를 쓰고 있었다. 고리끼가 한창 소설을 쓰고 있을 1908년 봄, 레닌이 찾아왔다. 그러나 두 사람은 며칠 동안 일체 실패한 혁명 따위의 얘기는 꺼내지도 않고 체스(장기)만 두다가 헤어졌다고 한다.

김남주는 한 번도 자신을 시인이라고 자처하지 않았다. 당시 그는 시인을 세 부류로 나눠서 생각했다. 그 중 한 부류는 "현실과 시대의 중대한 문제에 등을 돌리고 시의 소재를 사랑과 죽음 등 초역사적인, 구체성이 없는 인간 일반과 자연에서 구하는 경우"이다. 또 한 부류는 "노골적으로 지배계급 편에 서서 그들의 이익을 대변해주는 어용문인들"이다. 김남주는 이 두 부류를 비판하면서 세 번째 부류를 소개한다. 이에 관한 김남주의 발언이다.

> 좌절과 패배를 거듭하면서도 부단히 자기시대의 중대한 문제를 바르게 설정하고 바르게 해결하기 위해서 사회적 현실에, 변혁운동에 어떤 형태로든 참가하는 사람들입니다. 우리는 이런 사람들의 예를 한용운, 이육사, 이상화, 윤동주, 심훈 등에서 찾을 수 있습니다.[72]

김남주는 젊은 시절에 초현실주의자로서 현실로부터 도피를 꿈꾸다가 모로코 전쟁을 계기로 사회주의 리얼리스트가 된 프랑스 시인 루이 알라공을 떠올렸다.

김남주 평전

"모로코 전쟁은 나와 나의 친구에게 커다란 충격과 균열을 안겨 주었다. 우리나라의 부르주아가 입으로는 평화를 제창하면서도 제 조국의 독립을 위하여 싸우는 모로코 인들을 조직적으로 학살하려고 기도했을 때, 상아탑의 식자들의 지지를 받아 우리 자신의 나라에서 전쟁이 개시되는 것을 보았을 때, 그것은 우리들에게 있어서 청천의 벽력이었고 나의 인생에 있어서는 하나의 분기점이었다."[73]

김남주가 광주의 카프카서점 경영과 해남에서 농민운동을 하고 있을 즈음 주위의 동지들은 그를 '물봉 선생' 또는 '물봉 형'이라는 애칭으로 불렀다. 사람 좋은 그에게 아호를 지어준 이는 박석무 씨였다. 혁명시인, 전사시인과는 사뭇 다른 면모다.

> 남주는 느스근하다. 늘 허리띠를 풀어놓고 매인 데 없이 사는 사람이었다. 결단력이 없이 늘 흔들리고, 모질지 못해서 언제나 만인의 호구로 통하였다. 맺힌 데가 없고, 타이트한 점이라고는 눈꼽만큼도 없었다. 좋은 일이건 궂은 일이건, '아! 하!' 하고 크게 웃어버리면 처음도 없고 끝도 없으며, 되는 일도 없고 안 되는 일도 없었다. 혹자는 천성이 시인이라고도 평했다.
> 그의 아호는 내가 지어준 '물봉'이어서 대부분의 경우 '물봉

선생', '물봉 형'으로 호칭되었다. 참으로 격에 맞는 호라고 즐겨 불렀었다. 그러나 크게 반대하지 않으면서도 이견을 가끔 제시하였다. 그는 물봉이라고 하여 새벽의 벌이지 그냥의 물봉은 아니라는 거였다. 지금도 모른다. 과연 남주가 새벽 같이 일어나 꿀을 따거나 전쟁에 나가는 꿀벌인지는. 아무튼 누구나가 남주를 물봉이라고 불렀다.[74]

아나키즘에 경도하기도

친구 이강은 이 시기 김남주가 아나키즘에 심취하고 있었다고 증언한다. 국가권력과 자본을 넘어서 인간존중과 개인의 절대자유를 근간으로 하는 아나키즘은 김남주의 이념, 행동과 일치하는 부분이 적지 않다. 진정한 아나키스트는 가장 부드럽고 가장 강직한 유형을 일컫는다. 한국사에서 대표급 아나키스트인 이회영과 신채호는 인간적으로는 대단히 부드러우면서도 독립운동가로서는 가장 강직했던 인물이다.

당시 남주는 아나키즘에 매료되어 있었다. 물론 그것은 남주 개인의 한계라기보다 그가 읽을 수 있는 책이 지극히 한정된 억압의 시기였고, 우리 모두가 그렇듯이 개인주의적인 학교

김남주 평전

교육에 길들여진 탓이리라. 어쨌든 남주는 평소에 거부하던 문학활동을 시작하였고 시인으로서 문명을 떨치면서 그는 아나키즘에 더욱 심취했던 것 같다.

그래서 내가 민청학련으로 구속되었던 이때의 남주는 흔히 '물봉', '기인' 등 괴짜로 알려지고 있었다. 더욱이 그 즈음 그는 사생활과 공생활이 매우 애매하고 불확실했기 때문에 시인으로 대접받는 동안 물봉이나 기인으로 인식되어지고, 본인도 그런 특수한 사람의 행세에 맛을 들이지 않았나 싶다. 그러나 내가 아는 본래의 남주는 신중하고 조심스러웠으며 철저하게 자신을 단련하는 사람이었다.[75]

김남주의 사유세계나 행적 그리고 문학적으로 영향 받은 면면을 볼 때 사회주의적 경향이 있었던 것은 틀림없어 보인다. 하지만 이강이 본대로 그의 사상적 본질은 사회주의 이념을 뛰어넘은 아나키즘에 속한다는 것이 보다 정확할 듯하다. "아나키즘은 정치적 권위의 일반 원리를 부정하면서, 그러한 권위 없이도 사회질서가 이룩될 수 있고 또 그렇게 되는 것이 바람직하다고 주장하는 이념과 운동"《마르크스의 사상사전》)이라고 정의한다면, 김남주는 아나키스트이다.

한편 김남주의 명성이 알려지면서 전국 각지에서 다수의 문학 지망생들이 해남으로 찾아왔다.

그의 혁신적인 시풍을 배우고자 문학 지망생들이 모여 들었다. 자기의 주장을 그대로 펴자니 못 알아듣겠고 그렇다고 학교에서 배우는 한심한 문학예술론 따위를 얘기할 수는 더더욱 없었다. 질문자들은 저마다 진지한 탐색을 했지만 남주에게는 팔자 좋게 문학이나 한답시고 그의 주위를 배회하는 것 자체를 못마땅하게 여길 지경이었다.

그래서인지 후배들의 열띤 질문에 그는 띄엄띄엄 느닷없는 반격으로 응수했다. 마치 불교의 선문답처럼 말이다. 많은 문학청년들이 그의 주위를 맴돌았지만 결국 남주는 그들을 직접적인 자기 문학의 유파, 즉 후배로 길러내지는 못했다.[76]

김남주는 당시 지식인의 현실개혁에 대한 인식을 가다듬고 있었다. 그래서 그를 찾아온 문학 지망생들에게 네루다의 정신을 강조하였다.

한때는 모더니스트로 난잡한 사생활과 데카당스적인 시풍 때문에 칠레 변혁운동에 참가한 젊은이들로부터 비판의 대상이기도 했던 네루다가 스페인 내란이라고 하는 역사적인 사건을 계기로 해서 전투적인 휴머니스트가 되고 혁명적인 민주주의자가 되고 이제 거꾸로 젊은이들을 향해 다음과 같은 교훈적인 말을 하게 됩니다.

"순수시에 흠뻑 젖어 일찍이도 노쇠해버린 청년 2세들, 그들은 가장 중요한 인간의 임무를 망각하고 있다. 지금 싸우지 않는 자는 비겁하다. 과거의 유물을 되돌아본다거나 꿈의 미로를 답사하는 일 따위는 우리 시대에는 어울리지 않는 것이다. 우리 시대는 전례가 없는 인간적인 위대함에 도달했는데 그것은 인간의 생활과 투쟁이야말로 예술의 원천이라는 사실이다."[77]

이것은 네루다의 말이자 김남주의 정신이었다. 그는 민주주의가 실종되고 인권이 짓밟히고 노동자와 농민들의 삶이 황폐화되고 있는 현실에 침묵하면서, 기성 문인들이 쓰고 있는 '순수'라는 이름의 언어유희를 용납할 수 없었던 것이다.

해남 시절에 쓴 여러 편의 시
—

김남주는 고향에서 평생을 하루 같이 땅을 갈며 힘들게 살아가는 농민들을 지켜보면서, 그리고 천상 농민인 어머니와 아버지와 함께 생활하면서 여러 편의 시를 썼다. 몇 편을 소개한다.

어머니

일흔 넘은 나이에 밭에 나가
김을 매고 있는 이 사람을 보아라

아픔처럼 손바닥에는 못이 박혀 있고
세월의 바람에 시달리느라 그랬는지
얼굴에 이랑처럼 골이 깊구나

봄 여름 가을 없이 평생을 한시도
일손을 놓고는 살 수 없었던 사람
이 사람을 나는 좋아했다
자식 낳고 자식 키우는고 이날 이때까지
세상에 근심 걱정 많기도 했던 사람
이 사람을 나는 사랑했다
나의 피이고 나의 살이고 나의 뼈였던 사람[78]

농부의 일

지난해 이맘 때
천리 길 널 찾아 내가 왔을 때

바라보는 들판 황금물결이더니

털고 보니 털리고 빈 마당이구나

내 가슴 빈 곳간이구나(2연 생략)

아우야 차라리 뜨자 이 들판

똥값보다 못한 토지야

드는 가뭄 들지라도 한 십년 들어

풀 한포기 나지 않는 바위산이 되게 하자

아우야 차라리 뜨자 이 마을

오는 비는 올지라도 한 십년 와서

잡초로 무성한 폐허가 되게 하자

그리하여 우리네 들판으로 하여금

더 이상 도시의 곡물지대가 되도록 하지 말자

그리하여 우리네 마을로 하여금 더

더이상 도시의 상품시장이 되도록 하지 말자

그리하여 우리네 아들딸로 하여금

이 세상 잘난 놈들의 값진 고용살이 되도록 하지 말자

네 재주 밭 갈아 씨 뿌리고 김매는 재주밖에는 따로 없다면

기어이 흙으로 살아 토지로 일어서고 싶다면

죽여라 먼저 논 갈아 물 대어 모내기 전에
물속에 숨어 물에 잠긴 네 허벅지를 빨고 있는 거머리를
뽑아라 먼저 물 빼어 거름 주고 김매기 전에
벼 속에 살아 기생충처럼 벼를 해치고
가뭄이 드나 수해가 드나, 풍년이 드나 흉년이 드나
논 가운데 우뚝 솟아 아, 태평 태평평평성대를 노래하는
피피피피를 먼저 뽑아버려라[79]

그러나 나는

그러나 나는
면서기가 되어
집안의 울타리가 되어 주지 못했다
황금을 갈퀴질한다는 금판사가 되어
문중의 자랑도 되어 주지 못했다.

나는 항상 이런 곳에 있고자 했다
인간적인 의무가 있는 곳에
용기 있는 사람이 필요로 하는 곳
착취와 억압이 있는 곳 바로 그곳에

김남주 평전

말하자면 나는 이런 사람과 함께 있고자 했다

해가 뜨나 해가 지나 근심 걱정 잠 안 오고

춘하추동 사시장철 뼈 빠지게 일을 해도

허리띠 느긋하게 한번 쉬어보지 못하고

맘 놓고 허리 풀어 한번 먹어보지 못하고

평생을 한숨으로 지새는 사람들과 함께

읽을 줄도 쓸 줄도 모르고

나라로부터 받아본 것이라고는

납세고지서 징집영장밖에 없는[80]

파농의 저서를 번역, 출간하다

—

김남주는 해남에 오래 머물지 않았다. 유신의 광기가 의열에 찬 청년을 고향에 묶어두지 않았던 것이다. 1977년 말 김남주는 광주로 다시 올라왔다. 광주에 온 그는 황석영, 최권행, 김상윤 등과 민중문화연구소를 개설하고 초대회장으로 선임되었다. 이를 통해 김남주는 광주지역의 활동가들과 문화운동을 시작하였다. 하지만 지낼 곳이 마땅치 않았던 그는 다시 이강의 집에서 신세를 졌고, 여전히 생계는 막막했다.

  김남주는 생계 수단으로 틈틈이 1917년 러시아 10월 혁명의 현장기록인 존 리드의 《세계를 뒤흔든 10일》과 《스페인 내란》 그리고 프란츠 파농의 《자기의 땅에서 유배당한 자들》을 번역하였다. 그리고 민중문화연구소에서 후배들에게 일어판인 시마다 미찌오의 《파리코뮌》을 강의하였다.

김남주는 오래 전부터 파농에 대해 많은 관심을 가지고 있었다. 그의 저서를 읽고 배운 바가 적지 않았다. 프란츠 파농(Frantz Fanon, 1925~1961)은 당시 프랑스 식민지였던 서인도제도의 한 섬인 마르티니크에서 태어나 프랑스 리옹의 의과대학에서 신경정신병학을 공부한 후 알제리의 정신병원 원장으로 근무한 의사였다. 이러한 경력을 가진 파농은 죽을 때까지 알제리 해방운동에 투신하였다.

이 책은 그의 첫 번째 번역 작품이었다. '역자의 말'에서 그는 "그의 사상은 싸르트르에게서 많은 영향을 받고 있는 것이 사실이나, 싸르트르가 적극적으로 활동하지 않고 평범하게 글을 쓰며 살아가는 것을 비난하면서, 그가 전쟁이 끝날 때까지 글을 쓰지 않겠다고 선언하거나 순교자의 길을 선택하기를 요구하기도 했다."[81]고 설명하였다. 이 책은 그 해 11월에 재판을 찍을 만큼 인기를 모았다.

김남주가 번역한 다른 두 권의 원고는 엉뚱한 사건이 발생해 수사기관이 번역 원고를 압류하는 바람에 햇빛을 보지 못했다. 민중문화연구소에서 그가 《파리코뮌》을 강의할 때 수강생 중 한 명이 정보기관에 밀고하면서 김남주는 수배 대상이 되었는데, 그때 그 번역 원고가 그만 압수당하고 말았던 것이다.

김남주는 오래 전부터 파리코뮌에 대해 관심을 갖고 있었다. 파리코뮌이 일어나게 된 상황은 이러하다.

프랑스대혁명의 세례를 받은 파리 시민들은 자유와 평등 의식에 충만해 있었다. 그러나 정국은 엉뚱하게 진행되었다. 진보와 반동, 쿠데타와 왕정복고가 거듭되었던 것이다. 그러자 파리 시민들은 부르주아 권력을 해체시킨 19세기 최대의 시민봉기로 알려진 거사에 나서게 된다. 이 거사가 파리코뮌이라 불리는데, 1871년 3월부터 2개월 동안 진행된 파리코뮌은 수많은 희생자를 내면서 전개되었다.

김남주는 이러한 역사적 사건의 관련 서적을 찾아 번역을 하는 한편 강의를 했던 것인데, 수강생 한 명이 오해하여 밀고하는 바람에 강좌는 폐쇄되고 수배당하는 신세가 되고 말았던 것이다. 그 길로 번역 작업이 중단된 것은 말할 나위도 없다.

김남주가 파리코뮌을 강의한 의도는 반민족적이고 반민중적인 집권세력을 파리 시민들이 일어나 봉기했던 것처럼, 한국에서도 4·19혁명을 통해 불꽃처럼 일어난 사람들이 또다시 봉기하여 독재정권을 타도하고 민족민주정권을 세웠으면

하는 바람이었을 것이다. 하지만 파리코뮌은 2만 5천 명의 희생자를 내는 아픔을 겪어야 했다. 4월 혁명도 200여 명의 희생자와 4천여 명의 부상자를 내고 성공은 했으나 이듬해 군사쿠데타를 맞아 나락으로 떨어지고 말았다. 김남주는 또다시 실패하지 않을 혁명을 의도했던 모양이지만 시도는커녕 몇차례 강의를 하는 도중에 다시 쫓기는 신세가 되고 말았다.

이 시기 김남주는 러시아 저항문인들의 작품을 탐독하고 있었다. 그는 푸시킨의 저항성이 강한 시를 읽고는 이 나라 문인들이 푸시킨의 저항성은 철저히 묵살하고 "생활이 그대를 속일지라도/ 서러워하거나 노여워하지 말라" 따위의 서정시만 번역한 데에 참을 수 없는 분노를 느꼈다. 김남주는 푸시킨이 1819년에 쓴 〈자유〉라는 시를 찾아 읽고 후배들에게도 읽도록 나눠주었다. 그가 소개한 시 〈자유〉의 한 연은 다음과 같다.

전제정치로 권력을 휘두르는 악당아
나는 증오하노라 너와 너의 옥좌를
나는 바라보겠노라 잔혹한 기쁜 마음으로
너의 파멸과 네 자식들의 죽음을
민중은 네 이마 위에서
저주의 낙인을 읽노라

김남주 평전

너는 세계를 공포에 떨게 하고 자연을 더럽히고

지상에서 너는 신을 모독했다[82]

7장

남민전 사건으로 또다시 구속

독재정권 '공산세력', 민주정부 '민주인사'로 갈려

—

박정희 유신정권이 종막을 고하기 직전이다. 그러니까 1979년 10월 16일부터 부산과 마산의 학생, 시민들이 가장 먼저 일어나 4·19혁명 이후 최대 규모의 반독재 민주항쟁을 벌였다. 이른바 부마항쟁이다. 이를 계기로 10월 26일 김재규 중앙정보부장이 박정희를 암살하였다. 18년 5개월 동안 자행됐던 폭압통치가 마침내 종지부를 찍게 된 것이다.

한국현대사에 이처럼 엄청나고 거대한 격랑이 시작되기 직전인 1979년 10월 9일, 정부는 또 한 차례 엄청난 공안사건을 발표했다. "사회주의 국가건설을 위한 전위대로서 폭력에 의해 적화통일을 기도해온 대규모 반국가 조직체", "군인 3명을 포함한 피검 관련자 84명, 분단 이후 단일사건으로서는 최대 규모의 조직사건", "자생적 공산혁명세력" 등 그 내용은 무시무시하고 어마어마한 내용이었다. 그 뒤 추가로 검거된 사람이 있어 이 사건과 관련해 검거된 사람은 모두 84명이었다. 이른바 '남조선민족해방전선 준비위원회사건'(남민전사건)이다.

남민전이 정부 발표대로 '자생적 공산혁명세력'이었는지는 의문이 많지만 조직의 명칭에 '남조선'이란 말이 들어가 있어 일반의 의구심을 사는 계기가 됐고, 이를 관제 언론은 더욱 부풀렸다. 그런 이유로 이 사건은 박정희의 폭압통치로 인해 파생된 부산물이라는 평가가 뒤따르게 된다.

유신체제와 긴급조치 시대는 정치적 암흑기일 뿐 아니라 경제적으로도 빈부 양극화의 심각한 불평등 구조를 만들어 냈다. 또한 정치와 언론이 제대로 기능을 하지 못함으로써 한국사회는 말기적인 동맥경화 현상으로 비틀거릴 수밖에 없었다. 집회결사의 자유가 금지되면서 정부에 비판적인 조직이 지하로 빠져들 수밖에 없었던 것이다.

먼저 '남민전'이 유신체제하의 상황에 직접적으로 규정받고 있다는 점은 틀림없는 사실이다. 72년 7·4남북공동성명이 가져온 밝은 전망이 유신체제로 인해 철저하게 뒤집어져버 렸고, 대통령 긴급조치 등에 의해 민주주의로의 도전이 노골 적으로 감행되었다. 이러한 것에 대한 분노로 많은 젊은이들 은 피를 흘렸으며 급기야 73~74년 민청학련의 항쟁 등을 남 기기에 이르렀다. 이 권력과의 격돌 안에서 단련되어 온 많은 굽힐 줄 모르는 지식인들이 민중운동만의 두꺼운 층을 결성 해가게 되었다. 김남주 씨를 포함하여 '사건' 당시 30세 전후

의 피탄압자가 많은 이유는 바로 이런 것과 관련이 있다고 할 수 있겠다.[83]

남민전 사건으로 인해 거기에 참가했던 신향식은 사형이 집행되었고, 사형을 선고받은 이재문은 고문 후유증으로 사망했으며, 전수진은 수형생활 중에 사망하게 된다. 또한 안재구, 임동규, 이행경, 박석률, 최석진 등은 무기징역을, 김남주, 이수일 등은 15년의 장기형을 각각 선고받았다. 민주화가 진척되면서 1988년 김남주 등 이 사건의 생존자들은 형집행정지로 석방되었다. 그리고 2006년 민주화운동 관련자 명예회복 및 보상심의위원회는 김남주, 박석률 등 29명이 반유신 활동을 했다는 점을 근거로 민주화운동 관련자로 인정하게 된다.

그렇다면 독재정권에서 '자생적 공산혁명세력'으로 엄중한 사법의 심판을 받고, 민주정부에서는 일부이지만, 민주화운동 관련자로 포상된 남민전 사건의 실체와 김남주의 입장을 살펴보기로 한다.

남민전은 대구출신의 이재문, 안재구, 신향식, 김병권 등에 의해 주도되었다. 이재문은 대구일보, 민족일보, 영남일보, 대구매일신문의 기자 출신으로 1971년 김재준, 이병린, 천관우 등이 결성한 민주수호국민협의회 경북지부 운영위원 겸 대변인으로 활동하고, 민청학련과 제2차 인혁당 사건에 연루, 수배되었다. 남민전 활동은 피신 중에 이루어졌다.

안재구는 경북대 사범대 대학원을 졸업하고 같은 대학에서 교수로 재직 중에 운동에 참여하고, 신향식은 서울대 문리대 출신으로 통일혁명당 사건에 관계되어 구속되었다가 석방되었다. 김병권은 일본에서 태어나 해방을 맞아 귀국하여 4월혁명 이후 사회당 경북도당 상임위원으로 활동하고 해방전략당 사건으로 구속되었다 1973년 석방되어 남민전 활동에 참여하게 되었다.[84]

남민전은 초기에 이재문, 김병권, 신향식에 의해 주도되었다. 이들은 "1976년 2월경 강령·규약·선서문 등을 확정짓고 발기인 대회를 마침으로써 남조선민족해방전선준비위원회의 중앙조직을 발족"[85] 했다. 이때 채택된 「남조선 민족해방전선 강령」은 다음과 같다.

1. 미·일을 비롯한 국제제국주의의 일체의 신식민지 체제와 그들의 앞잡이인 박정희 유신독재정권을 타도하고 민족자주적이고 민주적인 연합정권을 수립한다.
2. 폭넓은 진보적인 민주정치를 실현한다.

3. 민족자주적이고 자립적인 경제를 건설하고 인민의 생활조건을 개선한다.

4. 경자유전의 원칙에 따라 토지개혁을 단행한다.

5. 남녀평등을 실현하고 지방색을 타파한다.

6. 민족자주적이고 민주적인 교육을 실현하고 민족문화를 계승 발전시킨다.

7. 국가와 인민을 보위하는 군대를 건설한다.

8. 평화와 중립의 자주외교를 실현한다.

9. 7·4남북공동성명의 원칙과 토대 위에 남북관계를 조속히 개선하고 조국의 평화적 재통일을 촉진한다.

10. 일체의 침략전쟁을 반대하고 세계평화를 적극 옹호한다.[86]

이처럼 남민전의 '강령'은 진보적이기는 하나 특별히 '좌경적'인 색채를 찾기 어렵다. 당시 민주화를 위해 활동했던 학생, 재야, 종교, 노동운동권에서 대부분 제기되었던 내용들이다. 굳이 문제를 삼는다면 '평화와 중립의 자주외교' 그리고 한국에서 금기어처럼 된 '남조선'과 '인민'이란 표현이다. '조선'이란 용어는 재판 과정에서도 논란이 되었다.

이에 관한 남민전 측 주장의 요지는 이렇다. "'한국'이 아니라

'조선'이라는 말을 선택한 것은 대한민국이 수립되기 전부터 지속되어 온 민족운동의 전통과 과제를 담아내기 위한 것이며 '남' 자를 붙인 것은 활동범위가 남한(대한민국)에 한정되어 있기 때문이다. 지금까지도 계속되고 있는 민족운동의 기점을 대한민국 건국 후, 또는 3·1운동으로 잡는 것은 그 역사성을 간과한 것이다."

이것이 '남조선'이라는 명명에 담긴 견해이고 주장이다. 그 과제가 민주화운동에 있었던 민투의 조직 명칭이 '한국민주투쟁국민위원회'였다는 것은 위와 같은 논리에 비추어 이해할 수 있을 것이다.[87]

다양한 계층이 참여한 남민전 사건

—

남민전에 참가한 인물들은 성별, 연령, 직업 등 다양한 사람들로 구성되었다.

종래의 민주화투쟁에서 성명서 따위에 이름이 빠지지 않는 명망가가 아니라, 무명의 생활인들이었다. '사건' 직후에 발표된 73명에 한해서 그 연령구성을 살펴보면 22세에서 69세(당시)에까지 이르고 있고, 20대 32명, 30대 24명, 40대 13명, 50

대 2명, 60대 2명이며 그중 15명이 여성이었다. 또 직업별로 보면 대학교수, 연구소원 8명, 교사 11명, 회사원 16명, 기타(자영업, 공원, 파출부, 택시 운전사 등) 14명, 불명·무직(제적생 포함) 18명, 학생 6명이라는 다양한 구성이었다.[88]

경찰 당국은 남민전의 인적 구성과 관련하여 다음과 같이 분석하였다.

> 남민전 조직구성에 있어서 특징적인 점은 60년대 인혁당, 통혁당, 해방전략당 구성원들이, 조직의 최고 지도부를 구성하였다는 점과 그 조직의 결성에 4·19, 6·3 민청학련 사건 관계자들이 대거 참여하고 있었다는 점이다. 조직체계는 서울, 경북, 전남을 기본으로 하고 노동자, 농민, 학생, 교사 등을 계급, 계층 조직의 구성원으로 하고, '민주화투쟁위원회'(민투)를 공개 투쟁조직으로 내세우는 한편, '혜성대'라는 무장조직까지 가지고 있었다.[89]

하지만 남민전은 공안당국이 '자생적 사회주의단체'라고 규정하고, 법정은 주도자들을 극형에까지 처하였으나 강령, 규약, 운영지침 어디에도 '사회주의적 지향'을 찾아보기 어렵다. 오히려 민족자주, 반독재 민주화에 방점이 찍힌다. 남민

전 산하 단체인 「한국민주투쟁국민위원회 강령」을 보자

1. 한국민의 민주역량을 총집결하여 박정희 유신독재정권을 타도하고 민중의 진정한 이익을 대변하는 민주연합정권을 수립하여 폭넓은 민주주의를 실현한다.

2. 대외의존적인 재벌독점 경제구조를 전면 개혁하고 민족자주적이고 자립적인 경제를 건설하여 농업과 공업의 균형있는 발전을 기하고 국민생활을 개선한다.

3. 남녀평등의 실현과 지방색의 타파를 기하고 민주적이고 민족주체적인 교육을 실시하며 민족문화를 계승 발전시킨다.

4. 군 본연의 임무에 전념하며 병영생활을 민주화한다. (1976년 10월 27일 채택된 원안은 "군의 정치개입과 정치적 도구화를 배격하고 군 본연의 임무에 전념케 하여 병역의 정예화와 장비의 현대화로 자주국방체제를 완비한다" 하였으나, 11월 24일 중앙위에서 수정 결의함.)

5. 일체의 사대주의적 외교방식을 지양하고 평화적 자주외교를 실현하며 7·4 남북공동성명 원칙과 토대 위에서 남북관계를 조속히 개선하고 조국의 재통일을 촉진한다.[90]

김남주 평전

'나는 왜 남민전에 참가했는가'

김남주는 광주에 있는 민중문화연구소에서 강의한 내용이 밀고 되어 수배를 받게 되자 서울로 피신하였다. 서울에서 그가 이제까지 살아 온 방식대로 동가식서가숙하며 지내고 있을 즈음 민주회복구속자협의회에서 알게 된 박석률과 만나게 되었다. 김남주는 박석률의 소개로 남민전에 가입하게 되었고, 1978년 10월 4일 체포되었다. 이 부분에 관한 검찰의 공소장 내용이다.

> 1978년 5월 일자불상 경부터 과거 광주 구속자협회의 같은 회원으로서 활동하여오던 상피고인 박석률과 접촉하여 오던 중 동년 6월 중순 일자불상 경 강남구 영동소재 영동로타리 부근 상호불상 다방에서 동 박석률로부터 소위 민청학련사건 관련자인 전시 이재문을 소개받은 후 동년 8월 중순 일자불상 12:00경 성북구 하월곡동 127동 박석률의 집에서 동 박석률로부터 현 독재정권을 타도하기 위한 반정부 활동을 같이 하자는 제의를 받고 이를 승낙하고 동인으로부터 학생이나 일반 지식인들로 하여금 반정부활동에 참석하도록 선동 자극할 수 있는 내용의 시를 써달라는 요청을 받고 〈해방자〉라는 제하의 "민중을 억압하는 압제자를 타도해야 한다"는 내용의

불온시를 써주고, 동시를 남민전이 발행하는 지하신문인 「민중의 소리」 1호에 게재 배포케 하고….[91]

남민전의 부서는 조직의 최고 부서인 서기를 비롯하여, 조직의 최고결정·집행기관인 중앙위원회, 총무부, 출판부, 교양선전선동부, 통일전선부, 무력부, 대외연락부, 정보부, 조직부 등이 있었다. 이중 김남주는 교양선전선동부 소속이었다.

서기 : 이재문

중앙위원회 : 이재문·신향식·김병권(김병권 유고로 안재구)

총무부 : 부장 – 이해경, 부원 – 전수진·이문희·김문자

출판부 : 부장 – 임준렬, 부원 – 임기욱

교양선전선동부 : 부장 – 안재구, 부원 – 김남주·곽선숙·박광숙

통일전선부 : 부장 이재오, 위원 – 김승균·임기욱·권오헌·나강수·김정자

무력부 : 부장 – 임동규, 부원 – 최평숙·김종삼

김남주는 훗날 교양선전선동부에서 함께 활동했던 박광숙으로부터 옥중에서 구애를 받았고 석방 후에는 결혼하게 된다. 먼훗날 석방된 김남주는 남민전에 가입하게 된 사정을 이

렇게 밝혔다.

> 내가 남민전에 들어간 동기도 이런저런 책에서 얻은 지식 탓
> 이었어요. 특히 체르니셰프스키의《무엇을 할 것인가》,《레닌
> 의 생애》스위즈·휴버만 공저인《쿠바혁명의 해부》등의 탓
> 이 컸을 거예요. 한마디로 말해서 "혁명적 조직 없이는 혁명
> 의 성공은 없다"는 명제를 내 나름으로 가슴깊이 새겼기 때문
> 일 거예요.
> 남민전에 내가 가입한 또 하나의 동기는 내가 세운 다음과 같
> 은 명제를 실천하기 위해서였어요.
> "해방 투쟁의 과정에서는 많은 사람이 죽어갈 것이다. 수천,
> 수만 명이 죽어갈 것이다. 그리하여, 그 수만, 수십만 명의 죽
> 음이 해방의 새날을 가져올 것이다."
> 솔직하게 말하겠어요. 나는 남민전에 들어갈 때에 이름도 없
> 이 죽어가야 한다고 생각했어요. 왜 다른 사람이 죽어주기를
> 내가 바랄 수 있겠어요? 해방은 죽음 없이 오지 않는다는 것
> 을 인식하면서, 그 인식을 왜 내가 실천하지 않고 남이 해주
> 기를 기다려야 되겠어요. 적어도 그때 나는 이렇게 생각했어
> 요.[92]

무릇 모든 혁명가들이 그렇듯이, 김남주도 남민전에 참여

하면서 생명을 걸 결심을 했던 것 같다. 김남주는 그가 맡은 부서에서 열심히 활동하였다. 김남주 등이 이루고자 했던 '혁명'은 정부당국이 몰아붙인 그리고 유신과 5공시대의 관제언론이 색칠한 '김일성주의의 혁명'이 결코 아니었다. '남민전 준비위원회'가 작성한 '현상인식'은 김남주의 인식과 맞닿아 있었다고 하겠다.

> 현재 세계에는 네 개의 기본 모순이 존재해 있다. 자본주의와 사회주의 간의 모순, 자본주의 상호 간의 모순, 제국주의와 신식민지 간의 모순, 그리고 노동과 자본사이의 모순이다. 따라서 투쟁의 성격은 민족해방혁명이라는 양상을 띠고 있다. 여기에서 해방이란 제국주의의 지배로부터 탈출하고 비자본주의적 방향으로 발전해가는 것을 가리킨다. 우리의 당면한 투쟁목표는 반파쇼민주화투쟁이다.[93]

김남주가 국가보안법과 반공법 위반혐의로 중형을 선고받게 된 '활동'의 일부를 검찰의 기소장에서 찾아보자.

> 동년 10월 16일 19:00경 중구 신당동 로타리 부근 옥호미상 다방에서 동 임동규, 동 박석률, 동 김종삼, 동 이학영 등과 접선, 동인 등과 한 조가 되어 2시경 종로4가 세운상가로 가서

김남주 평전

동 임동규, 동 김종삼, 동 이학영 등은 주위에서 망을 보고 피고인과 박석률이 동 세운상가 2층에 올라가 "모이자 10월 17일 광화문 네거리로"라는 제목의 삐라 1,000매를 종로방향 노상에 집어던져 이를 살포하고, 동년 10월 말경 18:00시경 전시 전수진의 집 근처 옥호미상 빵집에서 동 박광숙과 접선, 동인에게 「민중의 소리」제작용 등사판 1대, 철필 3개를 교부함으로써 반국가단체를 이롭게 하고…[94]

재벌집에 들어가 '군자금' 마련키로

—

남민전 사건은 박정희 암살이라는 정국의 지각변동적인 사건과 12·12 군부 반란사건 등의 와중에 언론에 공개되었고, 사건의 전말은 붉은 색깔로 칠해져 언론에 도배되다시피 하였다. 10월 9일 내무부는 남민전이 대규모 반국가 단체라는 내용의 1차 발표를 했으며 곧이어, 10월 16일에는 남민전이 월남(베트남) 방식으로 적화를 획책했다고 발표했으며, (10월 26일 박정희 사망) 11월 13일이 되자 치안본부가 나서 남민전이 북괴와 연결된 간첩단임이 확인됐다는 3차 발표를 했다.

다음은 김남주 등이 재벌가에 들어가 강도행각을 했다는 부분의 공소장이다.

동월 20일 14:00경 동 박석률의 집에서 동 신향식, 동 박석률, 동 박석삼, 동 이학영, 동 김종삼과 만나 범행일시를 동월 27일 10:30으로, 범행장소를 강남구 반포동 소재 동아건설주식회사 회장 최원석의 집으로 정하고, 범행계획을 〈전위대 1호 땅벌작전〉이라고 명명하고, 범행방법으로서 동 이학영, 동 차성환은 건설업 하청업체에서 상납차 방문하는 것으로 위장, 명함을 제시하고 경비원을 칼로 제압하여 동 신향식이 길을 횡단하는 것을 신호로 동 박석률, 동 박석삼, 동 김종삼 및 피고인은 일시에 침입하여 건물로 들어가 가족들을 제압, 감시하고 동 박석삼, 동 김종삼은 집을 수색하여 금품을 강취, 수송조에게 인계하고 도주하기로 의논하고, 동월 26일 15:00경 동 박석률의 집에서 동 이재문 및 전위대원 전원과 만나 출정식으로서 묵념을 하고 피고인은 "혁명에 임한 나는 민족 앞에 막중한 책임을 느낀다." 나는 자유와 조국의 통일을 위하여 이 몸을 바치나니 후회 없이 민족통일을 위한 싸움에 나선다. "자유민주 만세! 조국통일 만세!"라는 내용의 유고문을 작성, 낭독하고 동 이재문은 필승의 신념으로 땅벌작전을 수행하라는 격려사를 하고 각각 건배한 후 피고인은 단도, 나이론 끈, 보자기, 벙거지, 차비 2,000원 등을 지급받고, 동월 27일, 10:30경 동 최원석의 집앞에 이르러 동 이학영, 동 차성환은 초인종을 누르고 대문을 열어주는 경비원 김염철(27세)에게 동 차성환은 "최 사장 댁입니까, 심부름을 왔습니다"고 말하면서 대문 안으로 침입, 명함을 제시하고, 동 이학영은 과도를 꺼내어 동 김영철의 목을 겨누면서 동소 왼쪽에 있는 화장실로 끌고 들어가 왼쪽 옆구리와 등을 각 1회 강타하고 끈으로 손과 발을 결박한 후 얼굴에 벙거지를 씌워 동인에게 요치 약 1개월의 흉부좌상 등을 가하고, 동 신향식과 동 박석삼은 대문을 통하여 건물 안으로 침입, 관리인 이광식(22세)을 과도로 위협한 후 끈으로 손과 발을 결박하고 얼굴에 벙거지를 씌워 각 항거불능케 하고 피고인은 대문을 통하여 정원까지 침입, 금품을 강취하려다 동 김영철의 "도둑이야"라는 고함소리를 듣고 인근주민들이 모여들자 도주하여 반국가단체의 구성원으로서 목적 수행을 위하여 강도상해하고…'[95] (후략)

이것이 남민전이 벌였다는 이른바 '강도행각'의 검찰 공소장이다. 검찰은 이 사건과는 별도로 김남주가 피신 중에 했던 번역일과 전단 살포행위 등을 '이적행위'로 간주했다.

동년 6월 초순 일자불상 경부터 동년 10월 초순 일자불상 경까지 동 이재문의 아파트에서 조직의 자금활동을 조달하기 위하여 동 이재문의 지령에 따라 밀로반 질라스 저 영문판 《새로운 계급》을 번역료 70만 원에, 일어판《아시아 아프리카

연감》을 번역료 50만 원에, 프레처 저 영문판《여자의 방》을 번역료 40만 원에 각 번역하기로 하고 이를 번역하여 동 이재문으로 하여금《새로운 계급》의 번역료 중 20만 원을,《아시아 아프리카연감》의 번역료 중 10만 원을 각 수급하게 하여 반국가 단체를 이롭게 하고, 동년 8월 하순 일자불상 22:00경 동 이재문의 아파트에서 동소에 함께 은신중인 남민전의 산하단체인 민학련의 지도위원 이수일로부터 동 민학련에서 주도하는 '꽃불 1호작전'의 전단 초안 내용을 검토해달라는 요청을 받고, 동 박석삼, 동 차성환과 함께 검토한 결과 저생활층에서는 이해하기 곤란하다고 판단, 각각 YH사건과 박정권 타도를 주체로 하여 전단초안을 작성, 제출한 "압제자 박정희를 타도하자"를 채택, 동월 28일 18:30경 동시 동대문구 청량리동 소재 청산학원, 동시 중구 무교동 소재 서울빌딩, 서울역 부근 등에 살포하게 하여 반국가단체를 이롭게 했다.[96]

김남주는 남민전 사건으로 인해 경찰서와 안기부, 검찰청으로 이어지는 60일 간의 수사기간 동안 혹독한 고문을 당해야 했다. 그리고 재판이 진행되면서 서대문 감옥에 수감되었다. 수사 과정에서 얼마나 고통이 심했으면 서대문 감옥에 들어와 "아 해방이다 살 것 같다"고 썼을까. 〈감옥에 와서〉의 전문이다.

김남주 평전

감옥에 와서

아 해방이다 살 것 같다 이제 죽어도 좋다!
허위로부터 위선으로부터
고문으로부터 공포로부터
60일간의 긴장으로부터 해방이다!

이제 남은 것은
남아서 기다리고 있는 것은
기계적으로 계산된 재판
죽음일지도 모른다

아무튼 좋다 일단 해방이다
마지막 순간까지 최선을 다하자[97)]

프랑수아 비용과 닮은 김남주

김남주와 남민전 지도부의 행위는, 정부가 국가보안법과 반
공법 위반 혐의로 구속하면서 '해방 이후의 최대 공안사건'이
라고 호들갑을 떨었던 것과는 많은 차이가 있었다. 앞서 인용

한 검찰의 공소장 역시 어디까지나 검찰의 시각이어서 실제와 얼마나 부합되는지도 의문이지만, 설혹 공소장 내용이 사실대로라 해도 그렇다. 하지만 '강도미수사건'이거나 '긴급조치위반' 정도의 사건을 과대 포장한 5공 사법부는 검찰공소사실을 대부분 그대로 인정하였다. 이로부터 시간이 흐른 2006년 3월, 국무총리 산하의 민주화운동 관련자 명예회복 및 보상심의위원회에서는 김남주 등의 재벌집 침입사건을 두고 위원들 사이에 논쟁이 일었다. 의병, 독립운동가들이 항일투쟁에 필요한 군자금을 마련하고자 친일부호나 일본은행을 털었던 사례들이 적시되었다.

논란 끝에 김남주 등은 첫째, 유신체제의 권위주의적 통치에 항거할 목적으로 남민전에 가입하여 활동한 것이며 둘째, 신청인들의 항거행위는 유신체제의 권위주의적 통치에 항거한 것이므로 민주화운동 관련자로 인정된다고 결론이 났다.

김남주를 보면 불현듯 프랑스의 프랑수아 비용(1431~ 1463?)이 생각난다. 비용은 〈소유언〉과 〈대유언〉을 쓴 이듬해 절도 혐의로 감옥에 들어갔다가 석방되었으나 '영원한 방랑자'가 되어 어디론가 사라져버렸다. 비용이 32세 되는 해, 눈이 펑펑 쏟아지는 날이었다. 그가 쓴 〈대유언〉의 한 연이다.

우리 비록 형장의 이슬로 사라질망정

그대들을 형제라 부르나니 비웃지 말라

세상 사람 모두가 다 한결같이

현명하다 장담할 수 없는 법이니라

우리가 처형을 당한 뒤에는

성모의 아들에게 죄사함을 빌어

지옥의 불길에서 우리를 건져내고

그 은총이 우리 위에 임하도록 하라

육체는 죽어도 영혼은 자유로우니

우리 죄사함만 하느님께 빌어 달라[98]

　독재자 박정희는 암살되었지만, 대한민국의 앞날은 아직 가시밭길을 걸어야 했다. 박정희의 총애를 받던 정치군인들이 12·12쿠데타로 군권을 장악하면서 모처럼 일어난 '서울의 봄'을 짓밟았기 때문이다. 이 정치군인 세력들은 간단없이 모두 권좌에 오르게 된다. 그런 격변기 속에서 권력에 길들여진 검찰과 사법부는 김남주를 비롯한 남민전 관련자들에 대한 재판을 속전속결로 진행하였다.

　1980년 2월 4일 열린 1심의 첫 공판에서 검찰은 김남주에게 무기형을 구형하고, 5월 2일 1심 판결에서 판사는 징역, 자격정지 15년을 선고했다. 9월 15일 열린 2심 판결도 1심과 다르지 않았으며, 12월 23일 대법의 최종심에서도 결국 징역

15년의 실형이 확정되었다.

1946년 태어나 신산한 젊은 날을 보내다가 28세 때에 구속되어 1년여를 복역한 뒤, 1979년 34세의 청춘의 나이에 두번째로 체포되어 15년의 실형을 선고받았던 김남주, 그의 기구한 삶은 여전히 그의 주위를 맴돌았다. 프랑수와 비용과 비슷한 생을 살아온 그의 삶은 이대로 바람처럼 사라져버릴 것인가?

김남주의 '남민전 편'을 마무리하면서 공안당국의 시각과 국내외 연구자의 평가, 그리고 남민전 가족의 시선을 소개한다.

남민전은 당시 한국 사회를 미제와 한국 민중간의 기본모순으로 이루어진 식민지사회라고 파악하고, 폭력투쟁으로 민족해방 민중민주주의 혁명을 수행해야 한다는 원칙하에 제국주의의 식민지 지배체제와 유신정권타도, 민족자주, 민주연합정권수립을 강령으로 내걸었다.
남민전은 전국적 차원의 폭발적 대중봉기를 기본으로 하고 도시에서의 무장전위대(혜성대)를 결합시킴으로써 정권을 타도하는 것을 전략으로 삼고 있었다.[99]

우리 현대사는 민족통일과 민주주의라는 무거운 짐을 지고 있다. 이 점과 관련하여 남민전을 평가하기 전에, 그리고 긍정적, 부정적 의미를 떠나 남민전 사건은 아직도 우리 역사 속에서 진행되고 있는 사건이라고 볼 수 있을 것이다.

남민전의 이론적 기초와 정치노선, 조직노선, 투쟁노선에 대한 깊은 연구, 평가와 당시의 사회상황, 운동 상황의 이해와 결합한 총체적 평가와 비판이 이루어지기를…[100]

정부당국 측이 단언했듯이 남민전은 김일성주의를 신봉하여 북한으로부터의 지령에 의해서 움직이는 조직이었다고 도저히 볼 수 없고 또 그런 사실도 없었다. 이재문 씨 등이 북한에 대해서 상대적으로 호의적인 평가를 갖고 있었다는 점은 사실이라 하겠으나, 이재문 씨 자신의 표현대로 "애벌레와 청개구리가 모두 등이 푸르다고 해서 애벌레를 청개구리라 말할 수 없는" 것이다.

정부당국 측이 북한과의 연관을 입증하려고 가지고 나온 '사실' 등은 얼핏 살펴보아도 쉽게 알아 볼 수 있는 어설픈 조작으로 꾸며진 것들이고, 때문에 거기에는 의문점이 농후하며, 또 당시의 북한 측의 공식문헌과 비교해 보아도 일치되지 않은 점이 쉽게 발견되고 있는 것들이다. 실제 정부당국 측도 당초의 프레임·업(조작·흥계) 이후 북한과의 연계라는 면에서 피탄압자들의 법적 투쟁에 의해 궁지에 몰리게 되었는데 이

점을 보아도 조작이었음을 스스로 드러내고 있다.[101]

남민전은 처음부터 비공개적 조직으로 구성되어 서로의 운동경력이나 활동분야를 모르는 것이 당연하기 때문에, 재판과정에서 밝혀진 것을 보자면 발기인으로 참여한 당시 40대 인사 수명은 50년대 중, 후반에 대학을 졸업하고 4·19민주혁명에 참여했거나, 4·19 이후의 혁신계활동, 민족자주통일운동에 참여한 인사들로서 8·15 이후의 이 나라 민족자주, 민주운동의 이념을 계기적으로 계승한 사람일뿐 그들이 북의 노선에 동조한 인사들이 아니라는 것은 남민전의 강령분석을 통해서도 명백하게 알 수 있는 일입니다.

그러나 지배 권력은 남민전 사건을 어떻게든지 정치적 볼모로 붙잡아 둠으로써 그들 최후의 반공이데올로기의 보루로 삼고 그것을 통해 모든 진보적 민족, 자주적 민주운동을 북한과 연결시켜 국민과 민족, 민주세력으로부터 분리시키고 민족민주 진영의 내부분열을 꾀하려 하고 있습니다.[102]

8장
- -
징역 15년,
박광숙의 옥바라지 제안

광주 교도소의 끔찍한 감옥실태

—

'사상범'이 된 김남주는 1980년 12월 23일 광주 구치소에 수감되었다. 주로 좌익수들이 감금된다는 특수 사동이었다. 전두환 일당이 휩쓸고 간 광주는 아직 핏자국이 선연하게 남아 있었다. 역사에는 가정이 없다지만 그가 남민전에 가담하지 않고 광주에 있었다면 십중팔구 항쟁의 선두에 섰을 것이고, 그 이후의 상황은 예측하기 어렵다. 운명의 여신은 가끔 이해하기 어려운 방식으로 손을 내밀기 때문이다.

반유신 투쟁을 전개해온 민주인사들이 독재자 박정희가 암살되면서 속속 석방된 데 반해 김남주는 그의 타도의 대상이 제거되었음에도 길고 험한 옥살이를 시작하게 되었다. 이것 역시 운명의 작희라고 해야 할 것이다. 승냥이를 몰아내려다 사나운 늑대를 만난 격이었다.

김남주가 좋아하는 네루다는 "오직 불타는 인내만이 최후의 승리로 인도할 수 있을 것이다"란 말을 남겼다. 인내 끝에 네루다는 노벨문학상 수상식장에 서게 됐으나 김남주는 0.7평의 감방에 갇히는 신세가 되고 말았다. 그러나 감옥에 갇힌 그의 신세가 그의 '시와 혁명정신'을 묶거나 멈추게 할 수 없었다. 아마 김남주는 네루다의 〈커다란 기쁨〉을 떠올리면서 옥고를 시작했을 터이다.

나는 민중을 위하여 쓰는 것이다
그들이 나의 시를 읽을 수 없다 하더라도
나의 생활을 일신시켜주는 대지여
언젠가 내 시의 한 줄이
그들의 귀에 다다를 때가 올 것이다(중략)
그리고 그들은 틀림없이 말할 것이다.
"이것은 동지의 시다" 라고![103]

김남주는 연인 박광숙 씨에게 보낸 옥중서한에서 1986년 9월 1일 전주 교도소로 이감될 때까지 6여 년을 보내게 되는 '보금자리' 광주 교도소의 실태를 소개하였다.

내가 수용되어 있는 사동은 소위 좌익수들이 감금되어 있는 특수 사동으로서 시멘트 복도를 사이에 두고 문패에 1.06평, 정원 3명이라고 씌여진 방이 서른여섯 개씩 있습니다.
평수가 1.06평이라고 씌여져 있으나 방에 딸린 변소(빵기통)를 빼면 0.7평 정도밖에 안되고 정원 5명이라고 씌여져 있으나 특수한 경우가 아니면 한 방에 한 명을 수용하고 있습니다.

이 사동을 일컬어 '특사'라 하기도 하고 '시베리아'라 하기도 하는데 그 까닭은 아마 이 사동에 수용되어 있는 수인들의 특수한 성격과 그 사동의 분위기가 한여름에도 찬바람이 부니까 붙여진 이름인 것 같습니다. '시베리아'라고 부른 또 다른 까닭은 이 사동이 정치범을 감금하고 있기 때문인지도 모르겠습니다.[104]

잡범들에게 감옥은 '지옥'이지만 정치범 또는 사상범들에겐 사유와 철학을 담금질할 수 있는 단련의 장소가 되기도 한다. 일일이 열거할 수 없는 인물들이 감옥에서 사상적 성장을 이루어 왔고 명저를 남겼다. 김남주가 좋아하고 영향을 받은 시인, 작가 중에 감옥을 다녀오지 않은 사람은 거의 없었다. 안토니오 그람시의 《옥중수고》를 비롯하여 세계적인 명저 상당수가 옥중에서 집필되었다. 함석헌은 감옥을 '인생대학'이라 불렀다.

김남주가 갇혔던 우주선의 '캡슐'을 좀 더 소개해 본다.

복도에서 가로 1미터 세로 1.5미터 철문을 끌어당기고 들어가면 비좁은 공간이 강요하는 압력 때문에 금방 가슴이 답답

해집니다. 그도 그럴 것이 천장이 바로 머리 위에서 누르고 양 옆의 벽이 바로 옆구리에서 조여오기 때문입니다. 거기다가 방에 붙어 있는 뺑기통에서는 지독한 냄새가 코를 찌릅니다. 숨통이 막히는 것이지요. 그러나 인간의 환경에 대한 적응 능력이란 게 대단한 것이어서 얼마 지나지 않으면 죽지 않고 살아지기는 합니다. 이런 데서 십년 이십 년 감금되어 있는 사람들의 말씀에 의할 것 같으면 닭이나 오리, 소나 말을 이런 곳에 처넣어 두면 며칠을 못 견디고 숨을 거둘 것이라는 겁니다. 사람이란 게 참으로 지독한 동물이라는 것입니다.[105]

김남주가 남민전 사건으로 수배되고 그 뒤 구속될 즈음 고향에 계신 아버지의 부음 소식이 들려왔다. 그는 여러 날 후에야 아버지의 부음 소식을 듣고 목 놓아 울었다. 왕조시대에도 국사범이 아닌 죄수가 부모상을 당하면 풀어줘 장례를 치르도록 하였지만 군사정권은 그런 인간의 기본적인 의례조차 없었다.

아들이 면서기라도 되어 평생 구부리고 살아온 허리를 펼 수 있게 염원했던 아버지는 '머리 좋은 둘째 아들'이 면서기는커녕 이름만 들어도 소름끼치는 국가보안법 위반 혐의로 수감된 상황에서 결국 운명하고 말았던 것이다.

아버지 별

아버지가 돌아가신 날
쫓기는 몸이었던 나
타관 어디 구석에 숨어 있었습니다
숨도 크게 못 쉬고
불도 밝게 못 켜고

그리워도 고향이
찾아갈 수 없었던 나
어린 시절의 아버지 생각 때문에
아버지의 성장과 노동과 좌절이 준 중압 때문에
잠을 이루지 못하다가
아무도 몰래 일어나 나는
남녘으로 난 창을 열었습니다 거기 밤하늘에
별 하나 가물가물 깜박이고 있었습니다

사로잡힌 몸이 되어
옥에 갇히고
어둠의 끝조차 보이지 않는 세상 끝에서
십오년 징역살이를 시작하던 날

어느새 따라왔는지 그 별도

저만치 내 철창 밖에서 빛나고 있었습니다

그날 이후

이날 이때까지

날이 흐리고 눈보라가 창살을 때리고

밤이 깊도록 그 별이 철창 밖에서 빛나지 않으면

날이 새도록 나는 잠을 이루지 못합니다[106]

건강 단련하며 굳건하게 버텨

이 방에 허용되어 있는 생활용품은 밥그릇 한 개, 찬그릇 두 개, 국그릇 한 개입니다. 밥과 찬과 국은 이 방의 철문이 나 있는 '식구통'으로 들어오는데 밥은 일제강점기부터 먹었다는 '가다밥'으로서 보리와 콩과 쌀로 범벅이 되어 있습니다. 찬 역시 일제 때부터 생긴 '옥용찬'으로서 한꺼번에 담갔다가 일 년 내내 먹일 수 있는 만큼 짜디짠 무나 오이무침입니다. 도 저히 사람이 입에 올릴 음식이라고 할 수 없습니다. 그래서 대부분의 수인들이 물에 빨아서 먹습니다.

국은 시래기국과 미역국이 주종인데 시래기국은 밭에서, 미

김남주 평전

역국은 바닷가에서 쓰레기를 주워와 삶아 놓은 것 같습니다. 흙탕물 같은 국물에 솔잎이 섞여 있는가 하면 담배꽁초가 떠 있고 어떤 때는 지푸라기와 머리카락이 '왕건지'에 얽혀 있습니다. 아마 돼지도 이런 구정물을 보면 고개를 홰홰 저을 것입니다.[107)

김남주가 6여 년을 버티며 살아간 광주 교도소의 실상은 편지를 통해 밖으로 전해졌다. 이러한 환경의 어려움 속에서도 김남주는 어쨌든 버텨내기 위해 힘을 모은다.

김남주는 혹독한 옥살이에서도 어떻게든 '살아남기 위해' 한겨울에도 변소에 들어가 냉수마찰을 하고, 비좁은 방안을 걷는 운동을 하면서 견뎌낸다. "건강을 위하여, 살아남기 위하여, 살아남아 뭔가를 다시 하기 위하여 … 서른 번 이상은 씹어 먹고 조미료 같은 것은 일체 사먹지 않고, 입맛이 없어도 억지로라도 일정량의 음식은 먹어치우고 있다"면서 몸을 단련하면서 건강을 잃지 않기 위해 강한 의지를 보였던 것이다.

내가 이렇게 건강에 집착하는 것은 살아남기 위해서만은 아닙니다. 하루를 살더라도 건강하게 살아야 한다는 내 생각 때문만도 아닙니다. 육체가 건강하지 않으면 정신 또한 건강하지 않기 때문만도 아닙니다.

아무리 곧은 생각, 굳은 의지를 갖고 있는 사람도 육체가 생각대로 의지대로 움직여 주지 않으면 어떤 일을 다구지게, 효과 있게 과감하게 실천하지 못하기 때문입니다. 육체적으로 나약한 사람은 무슨 일을 끈질기게 하지 못합니다. 행동도 나약하고 신경질적입니다. 바른 인식에 기초하여 바르게 실천하는 데 있어서 아무래도 한계가 있습니다. 육체적으로 건강한 사람에 비해서 말입니다. 사회에 좋은 일을 하고자 하는 사람은 자기의 건강을 소홀히 해서는 아니됩니다.[108]

광주 교도소에서 쓴 〈건강 만세 2〉는 이와 같은 김남주의 심경을 잘 보여준다.

건강 만세 2

뜨듯하게 등짝을 지질 아랫목도 없고
깡소주에 붉은 고춧가루를 넣어
단숨에 들이켤 술좌석도 없는
삭풍에 시달린 벽뿐인 겨울 속에서
얼음장 같은 마룻장 위에서
감기 한번 잘못 걸렸다 하면

일주일은 꼬박 죽는다 천하장사라도

그러면 고생은 고생대로 하고

죽도록 몸은 몸대로 축나고

그동안 일주일 동안은 살아 있는 송장이다

그래서 나는 감기란 놈이

목으로 코로 쳐들어올 기미만 보이면

책이고 뭐고 생각이고 뭐고 운동이고 뭐고

싸그리 집어치우고 누워버린다

칭칭 수건으로 목을 감고

있는 옷 없는 옷 죄다 꺼내 입고

열장이고 스무장이고

담요라는 담요는 모조리 깔아놓고

그 위에 몸을 눕혀 두루마리로 똘똘 말아

통나무처럼 자버린다

녹초가 되도록 뻘뻘 땀 흘려버린다

그러면 감기란 놈도 침입을 포기하고

슬슬 퇴각하기 시작한다

그러면 몸이란 놈도 죽기를 거부하고

슬슬 살아나기 시작한다

문제는 예방이고 준비이고 방심 안하기다[109]

구원의 여성, 박광숙

감옥에서 10년 이상 보내는 장기수는 별도 관리의 대상이다. 특히 '좌익수'로 분리되는 수인은 일거수일투족이 관리되는데, 옆 사람과 통방은 물론 운동 시간에 다른 수인과 접촉하는 것조차 철저히 감시당한다. 우편물의 검열은 필수과목이다.

유신 시대나 5공화국 때 잡혀 들어간 민주화운동가들이 감옥에서 가장 견디기 어려웠던 일은 도서의 차입을 금지당하는 것이라 한다. 성서나 불경 등 종교서적 이외의 어떤 책도 불허되었으며, 집필조차 금지되어 연필이나 종이를 갖고 있는 것도 허용되지 않았다.

일제강점기에도 안중근은 뤼순감옥에서 "동양평화론"을 짓고 한용운은 서대문형무소에서 "조선독립이유서"를 쓸 수 있었다. 이 부문은 다시 쓰기로 하고, 김남주가 서대문구치소에 구금되어 재판을 받고 있을 즈음 '구원의 여성' 박광숙 씨와 만나게 된 사연부터 알아보자.

어느 날 불현듯 징역 15년을 선고받은 장기수 앞으로 한 통의 짧은 편지가 도착한다. 그 편지는 젊은 여성이 보낸 것이었는데, 내용인즉슨 김남주를 옥바라지 하겠노라는 다짐이었다. 이 다짐은 10년 동안 지켜졌고, 김남주의 출옥 후에는 결혼으로 결실을 맺었다. 20세기 후반 한국 사회에서는 찾기 드문 애절한, 그러나 뜨거운 순애보가 아닐 수 없다. 김남주가 회고하는 '순애보'의 사연이다.

1심 재판에서 징역 15년을 언도받고 서대문구치소에 수감되어 있었다. 그런데 하루는 담당교도관이 내게 편지를 건네주면서 "애인한테서 온 편지인 모양이지요? 좋겠습니다."하고는 사람 좋게 웃는 것이었다. 나에게는 애인 같은 것이 없었기 때문에 이름이 여자 이름 같은 친구한테서 온 것이겠지 하고 생각하여 나는 편지의 발신인을 보았다. '박광숙 드림'이라고 쓰여 있었다.

박광숙이란 여자라면 나와 같은 사건에 연루되었다가 1심 재판에서 집행유예로 출소한 사람이었다. 그녀와 나는 조직의 한 부서에서 한두 달 동안 함께 일한 적이 있었다. 일이란 게 유인물의 문안을 작성하거나 그것을 인쇄하는 것이 전부였다. 어쩌다가 주말 같은 때는 인적이 드문 산이나 술집에서 사람들의 눈과 귀를 피해 조직의 상층 사람과 '사업'에 관한 이야기를 나눈 적이 있기도 했으나 그런 경우는 자주 있지 않았다. 그러다가 나는 조직의 다른 부서로 옮기게 되었는데 그동안 우리는 서로 얼굴이나 알았지 헤어질 때까지 이름을 밝히지 않았다. 그도 그럴 것이 조직의 성원들 사이에는 가명으로 통하고 있었기 때문이다. 내가 그녀의 본명과 나이와 그 외의 것을 알게 된 것은 재판을 받는 과정에서였다.[110]

김남주와 박광숙은 남민전 조직의 문화선전선동부에서 부장과 부원으로 활동하였다. 조직의 특성상 모두 가명을 사용하였고 개인의 사생활 같은 데 관심을 가질 계제가 아니었다. 아마 박광숙 씨는 이때에 김남주의 인물됨을 알았을 것이고, 함께 재판을 받으면서 당당한 모습을 지켜보았을 터다. 김남주의 회고를 더 들어보자.

여기서 한 가지 밝혀 둘 것은 한두 달 동안 그녀와 함께 일하면서 나는 그녀를 동지 이상으로 대한 적은 한 번도 없었다는 것이다. 다시 말해서 나는 그녀를 이성으로 생각한 적이 없었다는 것이다. 그녀가 나를 어떻게 생각했는지에 대해서는 생략하기로 한다.

그건 그렇고, 그녀가 나에게 보낸 편지의 내용은 간단했다. '옥바라지를 해드리고 싶어요. 허락해 주세요.' 그뿐이었다. 나는 그녀의 모습을 머릿속에 그려 보았다. 허약했다. 나는 또한 계산해 봤다. 그녀 나이 서른 살, 내 나이 서른네 살, 내가 15년 징역을 다 살고 나가면(당시 사건의 성격으로 봐서 우리 사건의 관련자들은 일반 시국사건의 관련자와는 달리 만기를 채우리라는 판단을 내리고 있었다) 내 나이 마흔아홉 살, 그녀 나이 마흔다섯 살. 캄캄했다. 결국 나는 그녀의 제의를 받아들이지 않기로 결정했다.

내가 옥바라지를 해주겠다는 그녀의 제의를 물리치기로 결정한 것은 나이 때문만은 아니었다. 나는 평소에 결혼의 대상으로서 여자를 생각해보지 않았던 것이다.[111]

박광숙은 당찬 여자였다. 그리고 재판정 최후 진술에서 윤동주의 〈서시〉를 울먹이며 읊었던 순수한 여성이었다.

죽는 날까지 하늘을 우러러
한 점 부끄럼이 없기를
잎새에 이는 바람에도
나는 괴로워했다
별을 노래하는 마음으로
모든 죽어가는 것을 사랑해야지
그리고 나한테 주어진 길을
걸어가야겠다

오늘 밤에도 별이 바람에 스치운다

혁명을 꿈꾼 순정한 시인 김남주는 "죽는 날까지 하늘을 우러러 한 점 부끄럼이 없기를" 바라는 순수한 여성에게 마음을 열지 않을 수 없었다. 그러나 그러기까지는 여러 날의 고뇌와 갈등이 뒤따랐다. 혁명전선에는 거침없이 뛰어들었던 사람이 한 여인의 마음을 받아들이는 데에는 많은 시간이 소요되었던 것이다.

여자는 나의 결정을 따르지 않았다. 여자는 일방적으로 자기의 의사를 관철시켜 나갔다. 처음 며칠 동안은 책과 돈을 구치소에 차입하더니 나중에는 속옷까지 넣는 것이었다. 나는 가족을 통해서 그러지 말라고 했다. 그러나 여자는 막무가내였다. 여자는 내게 보내는 책갈피에 자기의 감정과 의지를 담은 몇 줄의 글을 써 놓는다거나 자기의 감정과 일치되는 문장에 볼펜으로 줄을 그어 내 눈에 띄도록 했다.

솔직히 말해서 여자의 이런 행위에 내 마음이 전혀 움직이지 않는 것은 아니었다. 그러나 나는 거기에 개의치 않으려 하면서도 다음과 같은 상상을 해보게 되었다. 그것은 2심 재판에서 내 형량이 10년이나 7년쯤으로 감형되면 내 마음 한 구석에 어떤 변화의 바람이 불어서 그녀의 옥바라지를 바라게 될지도 모른다는 것과 만약에 15년의 내 징역이 그대로 확정되면 그녀의 생각도 바뀌어져 나를 포기하게 될 지도 모른다는

김남주 평전

것이었다.[112]

　박광숙 씨는 서울 출생으로 숙명여대 국문과를 졸업하고 4
년 동안 중학교 국어교사로 재직하였다. 그런 중에 남민전 조
직에 참여하게 되었고, 그 사건으로 구속되어 집행유예 2년
을 선고받고 석방되었다. 그리고 의열 시인이자, 장기수인 김
남주에게 모든 것을 희생하기로 결심한 열혈 여성이었다. 김
남주의 진술은 계속된다.

　　그러나 여자의 생각은 바뀌지 않았다. 그녀는 계속해서 내 옥
　　바라지를 해주는 것이었다. 어쩌자고 이러는 것일까? 그녀가
　　측은하기도 했다. 깊이 사귀던 남자가 무슨 일로 재판을 받게
　　되어 3년 이상을 받으면 그동안 옥바라지를 열심히 하던 여
　　자도 교도소 문자로 고무신을 거꾸로 신는 것이 통례라고 하
　　는데 손목 한 번 서로 잡아 본 적이 없는 것이 그녀와 나와의
　　관계인데 무슨 생각으로 그녀는 15년의 징역쟁이인 나를 옥
　　바라지 해주겠다고 고집을 부리는 것일까.
　　아무튼 나는 이 지경에서 다시 나에 대한 그녀의 옥바라지를
　　단호하게 거절하든지 아니면 그것을 받아들이든지 양자택일
　　을 해야만 했다. 그것이 그 여자에게도 좋을 것이었고 나에게
　　도 마음편할 일이었다. 애매모호한 것처럼 사람의 마음을 괴

롭히는 것은 없는 것이다.[113]

박열, 가네코와 김남주, 박광숙
—

김남주와 박광숙이 감옥이란 철벽을 사이에 두고 나누게 되는 믿음과 사랑을 지켜보면 문득 떠오르는 사람이 있다. 1920년대 초반 일본 도쿄에서 일왕 부자를 폭살하려다 미수에 그쳐 국사범으로 체포되어 사형선고(무기로 감형)를 받았던 독립운동가 박열과 그의 동지이자 연인이었던 일본여성 가네코 후미코다. 그들도 불꽃같았던 사랑과 신념의 이야기를 남겨두었다.

아나키스트였던 두 사람은 국경을 넘어 반제 이데올로기의 동지가 되었고, 마침내 일본제국의 상징인 일왕을 척살하고자 하였다. 국가주의, 폭력주의를 거부하면서 활동했던 이들은 20대의 새파란 청춘을 감옥에 헌납해야 했고, 그 과정중에 가네코는 의문의 죽임을 당하였다. 박열은 오랜 기간 감옥에서 생활하다가 일제가 패망하면서 22년 만에 석방되었다. 다음은 감옥에 있을 당시 박열이 가네코에게 쓴 시다.

철창의 겨울밤은 이슥히 깊었는데

찬 기운 살을 에고 먼 하늘에 주린 듯

허리 굽은 그믐달을 철창으로 엿볼 제

우당탕 지겟문을 흔드는 찬바람

저 달이 몸서리친다, 달아 반가운

명절은 왔건만은 닥쳐오는 기한은 어찌하랴

부와 귀에 추세하는 명절이 헐벗고

주린 우리에게 하 그리 반가우랴

고르지 못한 세상 생지옥의 세상

아, 원수의 생지옥, 달아 기한에

수족이 얼었으리니 추하나마 쉬어 가라

달아, 이 밤에 나와 함께 이곳에서[114]

다음은 가네코가 옥중에서 쓴 시의 일부이다.

꽃은 진다

꽃은 지더라도 기요탄(사형기구)에서

지더라도 꽃피어라 혁명의 친구

기요탄에 사라진 넋이런가

들에 핀 진달래의

붉은 시선[115]

194

김남주와 박광숙, 두 사람은 박열과 가네코를 닮았던 것일까, 김남주의 생각이다.

나는 그녀의 옥바라지를 받아가면서 옥살이를 하면서도 가끔씩 괴로워하기도 했다. 언제 끝날지 모르는 내 징역살이와 그녀의 나이를 생각하면서, 다음 시는 그런 나의 심경을 적어놓은 것이다.

잡아 보라고
손목 한 번 주지 않던 사람이
그 손으로 편지를 써서 보냈다오
옥바라지를 해주고 싶어요 허락해 주세요

이리 꼬시고 저리 꼬시고
별의 별 수작을 다해도
입술 한번 주지 않던 사람이[116]

김남주가 10여 년의 혹독한 옥살이를 이겨낼 수 있었던 데는 그의 혁명가적인 신념, 정신력과 더불어 박광숙 씨의 헌신적인 옥바라지 또한 크게 기여한 것이라 짐작할 수 있다. 김남주는 훗날 박광숙이 자기 곁에 나타난 것을 두고 〈내가 드

리는 사랑의 시〉를 통해 뜨거운 마음을 전한다. 시의 두 연을
소개한다.

그대는 내게 왔다 기적처럼
마지막 판가름 한판 승부에서
보기 흉한 패배로 내가 누워 있을 때
해적의 바다에서
난파선의 알몸으로 내가 모든 것을 빼앗기고

떠돌 때
그대는 왔다
파도 속의 독백처럼
비밀을
비밀 속의 비밀을 속삭이면서

세계를 잃고 그대 하나를 내 얻었나니
그대 이름 하나로 우주와 바꿨나니
나는 만족하나니
지금은 다만 그대만이 그대 사랑만이
내 안에 가득한 행복이나니[117]

한편 한 순정한 시인이 감옥에서 견디기 어려운 옥고를 치
루고 있을 때 전두환 정권은 거칠 것 없이 폭주하고 있었다.
김재규를 비롯한 박정희 살해 관련자 5명에 대해 사형을 집
행하고, 당시 야당 대표인 김대중을 학원 소요 및 광주 민중
항쟁 배후조종과 내란음모 혐의로 군법회의에 회부했다. 그
런가 하면 언론통폐합 등으로 정부에 비판적인 언론에 족쇄
를 채우거나 폐간하고, 정부에 비판적인 172개 정기간행물을
등록 취소시켰다. 전두환의 신군부는 헌법을 국민투표에 부
쳐 91.6퍼센트의 찬성을 받았다고 발표하면서 5공화국 정권
을 출범시켰다. 5공화국이 들어서자 가장 먼저 한 것은 국가
보위입법회의를 조직하고, 언론기본법, 노동법 등 각종 악법
을 만든 것이었다. 그리고 마침내 1981년 3월 전두환은 대한
민국 제12대 대통령에 취임하게 된다.

이처럼 참혹한 반동의 역사를 옥중에서 관제언론을 통해
들으면서 김남주는 러시아의 혁명적 민주주의자 체르나이셰
프스키의 말을 곱씹었다.

역사의 길은 네프스키광장의 탄탄대로와 같은 것은 아니다.
때로 그것은 광야를 횡단하고 어떤 때는 나락(奈落) 위를 넘는
다. 여기서는 흙모래를 뒤집어쓰고 저기서는 진창에 빠진다.
흙모래 뒤집어쓰기를 두려워하고 자기의 신발이 흙탕물에 더

럽혀지는 것을 꺼려한 사람은 사회적 활동에 관여하지 않는 게 좋다.[118]

9장

철창을 뚫은 저항시와
사랑의 연서

시인 아니면 농부가 되었을 것

—

시인인가 하면 혁명가이고, 혁명가인 듯 하지만 본령이 시인인 것 같은 사람, 그리하여 김남주는 '시인전사'이고 '전사시인'이다. 또한 격렬한 저항시인인가 하면 사랑의 연서를 쓰는 낭만주의자이며, 사고와 행위가 자유분방한 아나키스트인 듯하다.

그의 시는 강건하면서도 절제되고 예리하면서도 투박하여, 그래서 더욱 치열하고 순수하다. 그런 그가 자신은 시인 아니면 농부가 되었을 것이라고 말한다. 〈시인과 농부와〉의 1연이다.

> 시인이 되지 않았더라면
> 틀림없이 나는
> 농부가 되어 있을 것이다
> 지금 이 땅에서
> 자손 대대로 가난한 것은
> 농부이니까[119]

절대왕정과도 같았던 박정희의 유신정권 7년을 겪고, 전두환의 파시스트 체제아래 7년을 보내야 했던 초입, 광주 교도소에 수감된 김남주는 그러나 시인도, 혁명가도, 농부도 아닌 무력한 삼손이 되었다. 그에게는 시를 쓸 필기구도, 바라는 책 한 권도 차입되지 않은 절해고도와 같은 앞날이 끝없이 펼쳐져 있었다.

하지만 철옹성을 뒤엎는 것이 혁명이고, 땅바닥이나 구름 위를 가리지 않고 손가락으로 휘갈기는 것이 시인이다. 농부는 자갈밭이라도 봄이 되면 씨를 뿌린다. 김남주는 담배를 싸는 은박지와 우유곽 위에 못으로 한 자 한 자 마음을 담았다. 지필묵이 없는 감옥에서 정제된 생각을 옮기는 데는 시라는 장르가 적격이다. 더욱이 그는 시인이었다.

김남주는 성격상 아무리 수인의 신분이라도 결코 부당한 처사에는 순종하지 않는 편이었다. 그는 유엔인권선언 등을 들어 양심수들에게 서적의 자유로운 차입과 필기도구를 끈질기게 요구했다. 하지만 허사였다. 파스시트의 사냥개들은 주인에게만 순종하듯, '도척(盜跖)의 개'가 공자를 보고도 짖듯이 파스시트의 개는 시인 김남주에게 펜과 종이를 허락하지 않은 채 짖어대기만 했다.

간혹 교도관 중에는 양심적인 사람도 없지 않아서 은밀히 그의 편의를 봐주거나 볼펜과 종이를 건네기도 하였지만, 여전히 김남주에게는 불허하는 경우가 많았다. 김남주는 감옥에서 줄기차게 펜과 종이를 요구했다. 그는 감옥에서는 상당한 위치인 교무과장을 상대로 자신에게 펜과 종이를 줘야 하는 이유와 사례를 절절하게 들었다.

> '시인에게 펜을!' 이것이 내 절실한 요구입니다. 나의 이 절실함 때문에 언젠가 나는 모 교무과장에게 밥 한 끼를 안 먹을 테니까 하루에 한 시간씩만 펜과 종이를 허락해 줄 수 없냐고 제의한 적이 있습니다.
> 그리고 그 자리에서 나는 문학하는 사람에게 펜과 종이를 주지 않는 아니, 문인에게 펜과 종이를 빼앗아가는 나라는 동서고금에 없다는 것을 역사적인 예를 들어 쫙 늘어놓았습니다.[120]

고대 노예제 사회에서도 정치범에게 펜을 앗아가지 않았다. 유린당한 조국을 해방하기 위해 일을 꾸미다가 투옥되었던 로마의 철학자 보에티우스는 감옥에서 《철학의 위안》이란 저서를 썼다. 노예제 사회에서 말이다. 그것도 자신의 민족을 침입했던 나라에서 말이다.

"소위 인간사의 암흑기라고 하는 중세 노동제 사회에서도 정치범에게서 펜과 종이를 빼앗아가지 않았다. 당신도 잘 알

다시피 세르반테스는 이민족의 감옥에서 《돈키호테》를 썼고, 마르코 폴로는 베니스인가 베네치아인가의 어떤 감옥에서 《동방견문록》을 구술하여 쓰게 했다.

뿐인가, 차르 전제 군주를 비판하다가 투옥된 러시아의 혁명적 민주주의자 체르니셰프스키는 그 후의 러시아 혁명가들에게 결정적인 영향을 끼치게 했던 소설 《무엇을 할 것인가》를 썼다. 당국에서는 그 소설의 내용이 '불온'한 것인 줄 빤히 알면서도 저자에게서 펜과 종이를 끝내 앗아가는 야만적인 조치는 취하지 않았다.

뿐인가, 영국의 식민지인 인도에서 네루는 제국주의와 싸우다가 투옥되어 식민지 감옥에서 자기 딸에게 보내는 편지 형식을 빌어 《세계사 편력》이란 역사책을 썼다. 그리고 일본 제국주의의 식민지였던 조선에서도 신채호는 여순감옥에서 그의 불멸의 명작 《조선상고사》를 저술하였고 만해선사는 서대문형무소에서 《조선의 서》를 집필했다." [121]

우유곽과 은박지에 쓴 저항시

—

파시스트 두목이나 '도척의 개'들이 양심수들의 절박한 마음을 헤아릴 리 없었다. 끼니를 굶더라도 필기구를 원하는 사람들과 그들은 '인간종'의 부류가 다른 것이다.

김남주는 담뱃갑 은박지에다 운동시간에 주어온 녹슨 못을 시멘트 바닥에 갈아서 틈틈이 떠오른 생각을 글자로 옮겼다. '종이'가 아까워서 개작도 퇴고도 어려운 글쓰기였다.

거기에 쓰인 글은 어느 날은 연서가 되고 어느 날은 시가 되었다. 그리고 그는 면회 오는 가족과 출옥하는 사람을 통해 그의 글이 쓰인 은박지나 우유곽을 은밀히 밖으로 내보냈다. 차츰 연인 관계가 되어가는 박광숙에게도 건네졌다. 사상범에게는 직계 가족에게만 면회가 허락되기 때문에 박광숙은 여동생의 신분으로 위장하고 자주 면회를 왔다.

> 두 번째 옥살이 때도 당국은 나에게 연필과 종이를 주지 않았다. 그래서 나는 교도관 몰래 시를 쓸 수밖에 없었다. 감옥살이 초기에는 우유곽을 해체하여 은박지에 못 끝으로 눌러썼고, 교도관의 은밀한 도움을 받으면서부터는 밑씻개 용으로 하루에 스무 장씩 지급되는 손바닥 만한 크기의 똥색 종이에 볼펜으로 쓰기도 하고 인쇄되지 않은 책의 페이지를 뜯어서 그 위에도 썼다.[122]

김남주는 옥살이 10여 년 동안 500여 편의 시를 썼다. 산술적으로 계산하면 1년에 50편, 한 달에 4~5편 정도이니 결코 양적으로 많다고 하긴 어렵다. 하지만 모름지기 글은 양보다는 질에 있을 터다. 물론 질량에서는 함께 값을 매길 수 있는 사마천이나 신채호와 같은 사가도 있고, 이백이나 두보와 같은 시인도 있다. 이렇게 쓰인 김남주의 옥중시는 바깥 사람들에게 전해졌고, 그 시는 사람들의 마음에 꽂히는 독화살이 되었다.

> 그 시절 감옥에서 흘러나온 김남주의 옥중시를 극도의 보안 속에 건네받아 읽을 수 있었다. 〈권력의 담〉, 〈학살〉 연작시 등의 시편은 나약과 함께 침체에 빠진 운동권에 일대 충격과 활력을 불어넣어 주었다. 당시 언론은 물론이거니와 그 어떤 지식인도 감히 광주의 참상과 5·18의 진실을 입 밖에 꺼낼 수조차 없을 때 그는 죽음을 각오하고 이를 혁명적 언어로 시작화(詩作化)함으로써 압제와 폭력의 어둠 속에서도 해방과 자유를 노래하였다.[123]

광주학살과 무자비한 공안통치, 언론탄압 등으로 숨죽이고 살았던 1980년대 초기의 동토에서, 소수나마 깨어 있는 식자들이 은밀히 돌려가며 읽었던 〈권력의 담〉이다.

권력의 담

나는 나가야 한다 살아서
살아서 더욱 튼튼한 몸으로

나는 보여줘야 한다 나가서
나가서 더욱 의연한 모습을

나는 또한 보여줘야 한다 놈들에게
감옥이 어떤 곳이라는 것을
전사의 휴식처 외 아무 것도 아니라는 것을
무기를 바로 잡기 위해
전선에서 잠시 물러나 있었다는 것을

보라 창살에 타오르는 이 증오의 눈을
보라 주먹으로 모아지는 이 온몸의 피를

장군들은 이민족의 앞잡이들
압제와 폭정의 화신 자유의 사형집행자들
기다려라 기다려라 기다려라
나는 싸울 것이다 살아서 나가서 피투성이로

빼앗긴 내 조국의 깃발과 자유와 위대함을 되찾을 때 까지
토지가 농민의 것이 되고
공장이 노동자의 것이 되고
권력이 민중의 것이 될 때까지[124]

김남주가 대학을 다니며 반유신 투쟁을 하고 첫 번째에 이어 두 번째 감옥살이를 하고 있는 민주주의의 진원지 광주는 정서적으로는 그의 제2의 고향이지만, 사상적으로는 5·18의 현장이었다. 마치 그곳은 1871년의 '파리코뮌'처럼 시민들이 봉기하여 압제자와 싸운 현장이었다. 해서 〈학살〉이라는 제목으로 그는 네 편의 시를 쓰게 된다. 이 시는 감옥에서 세상 밖으로 '탈출'하여 사람들에게 뜨겁게 읽혔다. 여기서는 세 편을 차례로 싣는다.

학살 2

몸매가 작아 내 누이 같고
허리가 길어 내 여인 같은 나라여
누구의 하늘도 침노한 적이 없고
누구의 영토도 넘본 적이 없는
비둘기와 황소의 나라 내 조국이여

김남주 평전

누가 너를 남과 북으로 갈라놓았느냐

누가 네 마을과 네 도시를

아비규환의 아수라로 만들어놓았느냐

누가 허리 꺾인 네 상처에

꽃잎 대신 철가시바늘을 꽂아놓았느냐

판문점에서 너를 대표한 자 누구이며

도마 위에 너를 올려놓고 초 치고 장 치고 포 치고 차 치고

내 조국의 운명을 요리하는 자 누구냐

입으로는 자유와 평화를 사랑하고

뒷전에서는 원격조종의 끄나풀로 꼭두각시를 앞장세워

제 조국의 해방과 독립을 위해 싸우는 민중들을

계획적으로 학살하는 아메리카여

보아다오, 너희들과 너희들 똘마니들이 저질러놓은 범죄를

보아다오, 음모와 착취로 뒤덮힌 이 땅을

보아다오, 너희들이 팔아먹은 탄환으로 벌집 투성이가 된 내
조국의 심장을[125]

전두환 일당에 보내는 성토시
—

김남주는 감옥에서 전두환 일당의 광주학살에서 드러난 그

잔혹함과 반인류성에 분노하면서 '학살시리즈'를 썼다. 1980
년대 초 국내에서 이만큼 직설적인 언어로 '광주학살'에 대해
쓴 시문은 찾아보기 어렵다. 〈학살 3〉은 특히 그러하다.

학살 3

학살의 원흉이 지금

옥좌에 앉아 있다

학살에 치를 떨며 들고일어선 시민들은 지금

죽어 잿더미로 쌓여 있거나

감옥에서 철창에서 피를 흘리고 있다

그리고 바다 건너 저편 아메리카에서는

학살의 원격조종자들이 회심의 미소를 짓고 있다

당신은 묻겠는가 이게 사실이냐고

나라 국경 지킨다는 군인들이 지금

학살의 거리를 누비면서 어깨총을 하고 있다

옥좌의 안보를 위해

시민의 재산을 지킨다는 경찰들은 지금

주택가에 난입하여 학살의 흔적을 지우기에 광분하고 있다

김남주 평전

옥좌의 질서를 위해

당신은 묻겠는가 이게 사실이냐고

검사라는 이름의 작자들은
권력의 담을 지켜주는 셰퍼드가 되어 으르렁대고 있다
학살에 반대하여 들고일어선 시민들을 향해
판사라는 이름의 작자들은
학살의 만행을 정당화시키는 꼭두각시가 되어
유죄판결을 내리고 있다.
불의에 항거하여 정의의 주먹을 치켜든 시민을 향해

당신은 묻겠는가 이게 사실이냐고.

보아다오 파괴된 나의 도시를
보아다오 부러진 낫과 박살난 나의 창을
보아다오 살해된 처녀의 피 묻은 머리카락을 잘려나간 유방을
보아다오 학살된 아이의 눈동자를

장군들, 이민족의 앞잡이들
압제와 폭정의 화신 자유의 사형집행인들

보아다오 보아다오 보아다오

살해된 처녀의 머리카락 그 하나하나는

밧줄이 되어 너희들의 목을 감을 것이며

학살된 아이들의 눈동자

그 하나하나는 총알이 되고

너희들이 저질러놓은 범죄

그 하나하나에서는 탄환이 튀어나와

언젠가 어느날엔가는

너희들의 심장에 닿을 것이다[126]

학살 4

대검이 와서

그의 가슴을 찌르자 뒤에서는

개머리판이 와서 그의 뒤통수를 깠어요

으윽 – 한낮의 신음 소리와 함께

그가 고꾸러지자 이번에는

군홧발이 와서 그의 턱을 걷어찼어요

피를 토하며 거리에

푸르고 푸른 하늘에 오월에

붉은 피를 토하며

벌렁 그가 대지에 나자빠지자

기다렸다는 듯이 기다렸다는 듯이

미제 군용 트럭이 와서 그를 실어갔어요

갈고리로 그의 목을 찍어 올려[127)

살아남은 자들이 있어야 할 곳

한 나라의 대통령이란 자가

외적의 앞잡이이고

수천 동포의 학살자일 때

살아남은 사람들이 있어야 할 곳

그곳은 어디인가

전선이다 감옥이다 무덤이다

도대체

동포의 살해 앞에서 저항하지 않고

누가 있어 한낮의 태양 아래서 자유로울 수 있단 말인가

누가 있어 한밤의 잠자리에서 편할 수 있단 말인가

동지여

제국주의에 반대하여 싸우지 않고

압제와 착취에 시달리는 민중들을 옹호하여

무기를 들지 않는다면

혁명의 새벽을 어디서 찾을 것인가[128]

　김남주의 이러한 옥중 저항시에 대해 한 시인은 이렇게 평가하고 있다.

> 김남주에게 감옥은 창작의 산실이자 투쟁의 현장이 되었다. 그는 감옥 안에서 변혁운동의 무기로서 그의 시어를 숫돌에 갈았다. 그동안 시인들이 '거칠다 해서 위험한 용어라 해서, 정치적으로 금기시 되어왔다 해서 쓰지 않던 기피용어들'을 서슴없이 시 속에 사용했다. '부자'와 '미국놈'에 대한 노골적인 증오의 표현은 해방 이후 아무도 시도한 적이 없는 것이었다. 그 당시 김남주의 옥중시들은 대학생들의 의식화 교재가 되었고, 노래패는 그의 시를 노래로 만들어냈다. 암울했던 그 시대에 그의 시는 가장 선동적인 격문이었고 가장 투쟁적인 노래였다.[129]

연인에게 보내는 연서

—

김남주는 옥중에서 연서도 많이 썼다. 주로 박광숙과 주고받은 연서였는데, 연서의 내용 중에는 민족주의, 통일, 민주민중, 반제국주의, 서민 등 평소 그가 관심을 보였던 주제들이 담겼다.

김남주는 광주 교도소에 수감되었을 초기 자신의 연인인 박광숙을 원화(源花)라고 불렀다. 박광숙이 차용해 준 단재 신채호의 책에서 화랑의 여교사인 원화라는 인물에 감동되어서 여교사 출신인 연인 박광숙에게 그렇게 명명했던 것이다.

입감 후 연인에게 처음으로 (1980년 6월 21일) 쓴 연서인 "몸 전체가 평화요 사랑인 그대"에 이어 몇 편을 소개한다. '연서'에 해당하는 글은 한 달에 한 번 규정에 의해 제공해 주는 봉합엽서에 쓴 것이다.

몸 전체가 평화요 사랑인 그대

그대는 내 안에 든 작은 새요, 내 품 안에 꽉 찬 작은 새란 말씀이오. 나는 그대의 이마며, 눈이며, 콧날이며, 입술을 공격하고 싶은 거요. 그러나 몸 전체가 평화요 사랑인 그대는 내 곁에 없소. 이게 절망이 아니고 무엇이란 말이오. 나의 삶은 급하고 세월의 흐름은 더 빠르고 … 이게 절망이 아니고 무엇이란 말이오!

그대 부탁에 따라 한문 공부 열심히 하겠소. 대신 내 부탁도 들어주오. 일본말 배우시오. 배우기 쉽소. 우리말로 옮겨진 책은 사실 읽을거리가 거의 없다 해도 내 건방진 말은 아닐 것이오. 나는 그대가 어서 일본어를 배워 제3세계의 문학과 사상을 접해 보았으면 하오. 그리고 러시아 작가들 특히 고리끼, 에세닌, 마야코프스키의 문학을!

특히 고리끼의 《어머니》를 꼭 읽어 보아야 소위 리얼리즘 소설의 전형을 알게 될 것이오. 그대가 없이는 난 헛되이 봄을 기다리는 결과가 될 것이오.[130]

"원화를 위하여"는 1980년 7월 8일 봉함엽서에 쓴 두 번째 연서이다.

원화를 위하여

무엇보다 건강해야 하오. 강해져야 하오. 강해져야 하오. 이 나라에서 좋은 일을 하여야 할 사람은 자기 몸을 소홀하게 생각해서는 안 되오.

열 길 담장이 우리의 길을 가로막고 있지만 언젠가는 자욱한 안개 걷히고 그 담장 너머로 서로가 다문 입술, 붉은 볼로 떠오르는 태양을 볼 것이오. 기다려라 기다려라 기다려라. 오! 세월이여, 지금은 시의 흐름, 인생의 흐름이 막혀 있지만 언젠가 제방이 터져 격렬하게 흘러내릴 때가 있을 것이오.

내 억센 농부의 팔뚝으로 나의 희망이요, 벌판이요 대지인 그대를 파헤쳐 튼튼한 아기를 태어나게 하고 싶소, 미래의 아이를.

몸을 아껴요, 힘을 축적해요. 지금은 지옥과도 같은 용광로 속에서 시련을 견뎌내야 할 때요. 언젠가는 타오르는 불꽃을 보기 위해.[131]

"산이라면 넘어주고, 강이라면 건너주고"는 1980년 8월 2일에 역시 봉함엽서에 썼다. 출감 후에 나온 '옥중연서'의 표제어로 실린 글이다.

산이라면 넘어주고, 강이라면 건너주고

내가 지금 처해 있는 위치 때문에 광숙이가 가족들로부터 여간 시달림을 받고 있지 않나 하는 생각이 드오. 이에 대해 나로서 이러쿵저러쿵 할 말이 없을 것 같소. 또한 그럴 성질의 것도 아닌 것 같고요. 다만 나로서 그대에게 보내고자 하는 말은 사랑이란 호락호락 쉬이 얻어지는 것이 아니라는 것이오. 한 산을 넘으면 바위로 험악한 또 하나의 산이 있고, 물을 건너면 파도로 사나운 또 하나의 바다가 있듯 우리의 사랑의 길은 고달프고 멀다는 것. 그러니 산이라면 넘어 주고, 물이라면 건너 주겠다는 심정으로 우리의 이 애틋한 사랑을 키워 갑시다. 순간마다 나는 그대에게 입맞춤의 소낙비를 보내고 있소.

그대에게 내가 화를 냈다고 했는데 잘못된 것이오. 보다 그대를 사랑했을 뿐이오. 당신의 글에서 내가 조금은 섭섭하게 여기고 있는 것은 뿌리깊은 그대의 관념성과 소시민성과 리버럴리즘일 것이오. 허나 이것 또한 나로선 자신있게 말할 수 없는 것이오. 음악을 듣고 꽃을 노래하고 종교에 의지하고… 어찌 내 이런 그대의 감성과 서정성을 탓이나 하겠소. 나도 어엿한 한 시인인데 말이오.

이참에 내가 당신에게 부탁하고 싶은 것은 어떤 대상을 보는 데 있어서 관념으로써가 아니라 실제적인 구상으로써 사물과 인간을 체험하도록 노력해 봤으면 하는 것이오. 그리고 어떤 사물과 인간을 보는 데 있어서도 물질적인 것과 경제적인 요인을 소홀히 하지 말라는 것이오. 아니 오히려 경제적인 요인을 주된 것으로 하여 관찰해 보시오. 우리가 소위 인간을 해방한다고 입버릇처럼 말하고들 있지만 관념과 신과 신화로서 인간과 역사와 사회를 체험해 가지고서는 인간해방은 불가능하리라는 생각이오. 우선 관념으로부터의 해방! 나는 이렇게 말하고 싶소. 그리고 인간해방을 위한 처방을 천착해 보자는 것이오.

그대 어린 시절의 추억들은 나로 하여금 내 어린 시절의 일들을 떠올리게 하였소. 기뻤소. 즐거웠소. 속편은 좀 길게 써서 보내 주시오.

당신과 함께 옛 추억을 되살리며 시골의 들길을 걷고 싶소. 그때가 언제가 될런지 난 모르오. 난 모르오. 아, 그러나 이제 나도 이처럼 외로울 때, 고적할 때 잡을 손이 있고 부를 이름이 있다는 게 얼마나 다행하고 행복한가! 가뭄의 굵은 빗방울이 대지에 박히듯 내 뜨거운 입술이 그대 마른 몸에 박힐 날이 언제일런고![132]

"모든 길은 그대에게로"는 1980년 7월 23일자에 쓴 글이다.

모든 길은 그대에게로

모든 길은 로마로! 나는 이것을 다음과 같이 바꾸어서 생각해 왔었소. 모든 길은 레볼루찌온으로! 그러나 이제는 또 바뀌어서 이렇게 명명하고 있소. 모든 길은 그대에게로! 라고 말씀이오.

왜냐하면 이제 그대는 나에게 있어서 로마이고, 레볼루션이고, 평화이고, 자유이고, 시이고, 생명이기 때문이오. 다시 말해서 나 자신이 그대이고 그대 자신이 나이기 때문이오. 나의 모든 것은 이제 오직 그대를 통해서만이 실현될 것이오. 나의 전 신경, 나의 모든 힘줄, 나의 숨결 하나하나는 그대에게로 향할 것이며 그대의 신경과 결합하고, 그대의 힘줄과 합일하고 그대의 숨결과 화합하여 우리의 이상향을 창조하고 맥박치며 살아갈 것이오.

"님이 날 생각해도 긴가민가 하여라"고 그대는 탄했소. 그런데 나는 묻고 싶소. 내 이미 그대 이마 위에, 눈 위에, 콧날 위에, 입술 위에 내 입술을 포개어 놓았는데, 내 이미 그대를 파헤쳐 대지 저 길바닥에서 튼튼한 아이를 태어나게 하였는데, 더 이상 무슨 말을 하란 말이오!

그대가 나를 떠나, 그대 떠남으로 인해 나의 죽음을 재촉하지 말아 주시오. 나는 성자도 신사도 아니고 아니 될 것이오. 나는 레볼루찌오니스트이며 시인으로서 죽어갈 것이며, 증오하고 사랑하며 살아갈 것이며, 노래하고 싸우다 죽어갈 것이오. 그대 만일 나를 떠나 나로 하여금 화나게 한다면 그때 나는 투석기 돌이 되어 그대 머리 위에 부서질 것이며, 그때 나는 시위를 떠난 화살 되어 그대 심장에 꽂힐 것이며, 암벽에 부서지는 파도가 되어 증오의 벽을 뒤엎고 죽을 것이오.

여백이 남아 있어 내 속마음 하나 적어 놓으니 절실하게 받아 주시오. 그대가 지금 걸치고 있는 실오라기 하나하나에 우리네 직녀들의 피와 땀과 눈물의 결정이라는 것을, 그네들의 피맺힌 한이라는 것을, 그대가 지금 먹고 있는 쌀 한 알 한 알은 우리네 농자(農者)들의 피요 땀이요 눈물이라는 것을, 우리의 모든 생각과 모든 행위와 행동은 이들 앞에서 결정될 것이며 이들만이 판단할 것이오. 이들이야말로 나의 희망이요, 길이요, 빛인 것이오. 와신상담으로 그대를 통해 내가 살고 더욱 튼튼한 몸으로 나가고자 하는 것도 모두가 한결같이 이들 때문이란 것을 꿈에라도 잊지 말기를 바라오. 이들이야말로 나의 유일한 판관이오. 농자와 직녀만이.[133]

10장

철창을 뒤흔든 저항시인의 맥박

민족모순과 계급모순에 저항하다

—

김남주는 10년 동안 옥중에서 천상의 별보다 많고, 지상의 모래알보다 적지 않은 시어(詩語)들과 대화하면서 풍진 세상과 등지고 살았다. 세월은 가도 하늘의 별들이 줄지 않고, 바닷가 모래알이 줄어들지 않듯이, 그의 저항정신과 서정의 시심은 나날이 새롭기만 했다.

일제강점기 독립운동가들의 중심테제가 지배와 피지배의 민족모순이었다면, 해방 후 민주운동가들의 중심테제는 계급모순의 타파가 항거의 기치였다. 해방 후 특히 군사독재 기간 동안 민족민주진영에서는 분단모순과 더불어 계급모순에 저항의 깃발을 들었다.

"계급해방과 민족해방은 그에게 분리된 목표가 아니었으며, 전통시대의 순박한 농민정서와 어린시절부터 익히 보았던 농촌 풍광은 진보적 이상의 추구에 힘과 진정성을 부여하는 감성적 토대가 되었다."[134]

김남주의 옥중시 중에는 계급모순의 타파를 위한 주제가 적지 않았다. 자본주의 체제가 생산한 필연적인 결과물인 수

탈과 착취에 대한 저항이었다. 사회주의를 동경하는 것이 아니라 잘못된 사회를 고치려는 저항이었다. 하지만 이 같은 시인의 저항은 독재자와 붉은 색안경을 쓴 단세포들에게는 늘 '불순', '불온'의 대상으로 비쳤다.

그는 옥중에서 독재권력의 포악함과 더불어 문명이 발달하고 국부(國富)가 늘어날수록 농어민과 노동자들은 더욱 빈곤해지는 '대중빈곤의 본질'에 관해 탐구하고 착취 계급에 대해 분노의 화살촉을 갈았다.

한편 전두환 정권의 체제가 굳어질수록 옥살이는 더욱 어려워졌고, 바깥 사회의 살얼음판은 녹을 줄 몰랐다. 더욱이 양심수들은 바깥 정세에 민감할 수밖에 없었다.

김남주는 어떤 상황에서도 좌절하지 않았다. 체념하지도 않고 전향하거나 투항하지도 않았다. 더욱 풍성하고 예리해진 민족어를 갈고 닦아 허리 꺾인 체제의 아픔과 사지가 묶인 민초들의 설움을 토해냈다.

문학평론가 김진경 씨는 "김남주의 시는 민족어 속에 깊은 뿌리를 내리고 있는 한용운, 이상화, 이육사 등의 예언적 정신과 맥락을 같이 하고 있다… 그러나 이들의 목소리가 다소 추상적이고 과거지향적으로 느껴지는 반면, 김남주의 그것은 구체적이고 역동적인 미래로 가득 차 있다"[135]고 평한다. 문학평론가이자 소설가 위기철 씨는 "단호함의 시정신"이라는 글에서 "무엇보다 그의 시가 가지고 있는 장점은 역사적이고 과학적인 인식에 근거한 세계관과 그 실천적 태도의 단호함에 있다"고 전제하면서 다음과 같이 말한다.

> 사실상 그의 시는 우리가 '이런 말을 해도 될까' 싶을 정도로, 혹은 '대중들이 거부감을 갖지 않을까' 싶을 정도로 대담한 선언성을 지니고 있다. 즉 우리가 수긍하되 말하기를 꺼려하는, 그래서 그의 시를 읽으면 우리는 십년 천식의 가래침을 뱉아낸 듯 후련하다.[136]

김남주의 옥중시 350여 편 중 큰 비중을 차지하는 것은 저항시이다. 그의 시 어느 것 하나도 소홀히 하기 어려운 시편들이다. 김남주는 수사 과정에서 얼마나 심하게 당했던지, 그들이 공로 다툼에 얼마나 비인간적이었는지를 〈편지〉에서 매우 사실적으로 보여준다. 박정희, 전두환 시대 정보, 사법기관의 고문 실태는 일제 때와 다르지 않았다.

편지 3

어머니 이곳 사람들이
나를 잡아가면서 어떻게 한 줄 아셔요

- 내가 먼저 봤다

- 내가 먼저 잡았다

아웅다웅 원수처럼 싸운답니다

내 모가지에 거금의 상금이 걸렸다나요

어머니 이곳 사람들이

나를 잡아다놓고 어떻게 한 줄 아셔요

-남주, 내가 잘 봐줄 테니까

석률이 형제 있을 만한 곳을 암시만 해줘 응

살래살래 삽사리처럼 꼬리를 흔든답니다

나 같은 놈 한둘만 더 잡으면 한 계급 특진된다나요

어떻게 보면

부잣집 담을 지켜주는 불독 같고

어떻게 보면

부잣집 마나님 앞에서 재롱을 피우는 삽살개 같고

사람 같기도 하고 사람 같은 개새끼 같기도 하고

개새끼 같기도 하고 개 같은 사람 새끼 같기도 하고

어머니 이곳 짐승 같은 사람들이

나를 고문실에 가둬놓고 어떻게 한 줄 아셔요

십자가 모양의 판자때기에 내 사지를 펴놓고

개 패듯 장작으로 팬답니다

사형대 모양의 가로대에 내 발목을 매달아놓고
콧구멍에 고춧가루를 먹인답니다
바늘 끝으로 손톱 밑을 쑤시기도 하고
두 다리가 맞닿는 그 곳에
심지를 꽂아놓고 담뱃불로 불을 당긴답니다

어머니 이런 순간에는
인사불성으로 내가 나를 저주하는 이런 순간에만은
이 땅에 내가 태어난 것을 거부하고 싶답니다[137]

피여 꽃이여 이름이여

—

〈피여 꽃이여 이름이여〉는 시집《조국은 하나다》초판에는
〈이름이여 꽃이여〉,《사랑의 무기》에는 〈꽃이여 이름이여 자
유여〉로 수록되어 있다. 여기서 인용하는 시는《김남주 시전
집》에 실린 것이다.

피여 꽃이여 이름이여

내란의 무기 위에 새겨진

피의 이름

시가전의 바리게이드에서 피어나는
꽃의 이름

자유여 나는 부르지 않으리
함부로 그대 이름을

그대가 한발자국 전진하면
그 뒤에는 피가 강물이 되어 흐르고

그대가 한발자국 물러나면
그 앞에는 시체가 산이 되어 쌓이고

오 자유여 무서운 이름이여
나는 부르지 않으리 그대 이름을 함부로

내란의 무기 위에서 시가전의 바리케이드에서
피의 꽃으로 내가 타오르는 그 순간까지는[138]

김남주가 출소하던 1988년에 태어난 후배시인 황인찬 씨는 김남주의 시가 귀중한 것은 "당대를 위협하는 불온함" 때문이라 지적한다.

> 그의 시가 귀중한 것은 그것이 지극히 불온한 까닭이다. 한국 문학사에서 문학의 자존심은 언제나 그 자신의 불온함에 근거했으며, 그 존재만으로도 당대를 위협하는 불온함, 그것이 우리로 하여금 그와 그의 시를 기리도록 하는 것이라 믿는다. 그런데 문제는 진정으로 불온한 것을 찾아보기 어려운 시대에 우리가 살고 있다는 데 있다.[139]

〈나의 칼 나의 피〉도 '불온'하기로 말하면 어떤 시에 뒤지지 않는다. 그러나 자세히 읽으면 제목의 '섬뜩함'과는 달리 눈과 햇살, 토지와 농부 등 인간 세상의 원형질을 노래하고 있다.

나의 칼 나의 피

만인의 머리 위에서 빛나는 별과도 같은 것
만인의 입으로 들어오는 공기와도 같은 것
누구의 것도 아니면서
만인의 만인의 만인의 가슴 위에 내리는

눈과도 햇살과도 같은 것

토지여
나는 심는다 그대 살찐 가슴 위에 언덕 위에
골짜기의 평화 능선 위에 나는 심는다
평등의 나무를

그러나 누가 키우랴 이 나무를
이 나무를 누가 누가 와서 지켜주랴
신이 와서 신의 입김으로 키우랴
바람이 와서 키워주랴
누가 지키랴, 왕이 와서 왕의 군대가 와서 지켜주랴
부자가 와서 부자들이 만들어놓은 법이
법관이 와서 지켜주랴

천만에! 나는 놓는다
토지여, 토지 위에 사는 농부여
나는 놓는다 그대가 밟고 가는 모든 길 위에 나는 놓는다
바위로 험한 산길 위에
파도로 사나운 뱃길 위에
고개 너머 평지길 황톳길 위에

김남주 평전

사래 긴 밭의 이랑 위에

가르마 같은 논둑길 위에 나는 놓는다

나는 또한 놓는다 그대가 만지는 모든 사물 위에

매일처럼 오르는 그대 밥상 위에

모래 위에 미끄러지는 입술 그대 입맞춤 위에

물결처럼 포개지는 그대 잠자리 위에

투석기의 돌 옛 사람의 무기 위에

파헤쳐 그대 가슴 위에 심장 위에 나는 놓는다

나의 칼 나의 피를

오 평등이여 평등의 나무여![140]

5공 폭력성에 피맺힌 저항시

—

김남주의 저항시는 역사적 시대적 산물이다. 외세와 분단, 압제와 전횡, 독선과 착취가 빚은 비정상의 적폐가 착하디착한 심성의 청년을 시대와 불화하게 만들고, 불온한 시와 행동을 농축시켰다. 조선후기 삼정문란과 폭정이 아니었으면 전봉준은 시골 마을의 한의사 노릇을 하면서 살았을 터이고, 일제의 침략과 폭압이 없었다면 김원봉은 굳이 의열단을 조직하지 않았을 것이다.

다음은 김남주가 파악했던 당대의 실상이다. 어떤 야당 정치인, 언론, 학자의 평론보다 예리함을 보인다.

> 지금 우리 민족은 그 자주성을 이민족에게 빼앗기고 있고, 나라는 진정한 독립을 되찾지 못하고 있고, 조국의 반쪽 지역의 근로대중들은 외래침략자들과 정치적 경제적 이해관계에서 한통속인 지배계급에서 신체의 자유, 표현의 자유, 집회 결사의 자유 등 인간으로서 당연히 누려야 할 기본권을 빼앗김 당하고 있다.
>
> 뿐만 아니라 우리의 근로 대중들은 고귀하고 아름다운 피와 땀의 결실인 노동의 성과를 그들에게 빼앗김으로써 인간으로서 최저한 생활도 보장받지 못하여 끊임없이 생존의 위협에 시달리고 있는 실정이다.[141]

용암처럼 들끓는 김남주의 시 정신은 긴긴 옥살이에도 식을 줄 몰랐다. 그것은 시대가 바뀌지 않고 바깥 사정이 달라지지 않았기 때문이다. 5공 시대는 광주학살과 시민, 학생, 노동자들의 죽음을 밝히고자 하는 가족들을 쇠파이프로 내리치고, 감옥에 처넣은 일이 다반사였다. '전두환 5공'의 폭력성에 대해 손오공의 재주로도 이 시보다 더 사실적으로 그리기는 쉽지 않을 것이다. 〈이 좋은 세상에〉를 보자.

이 좋은 세상에

아들은 쇠파이프에 머리가 깨친 채
피바람 오월 타고 저세상으로 가고

아버지는 아들의 죽음에 저항하다
쇠고랑 차고 감옥으로 가고

어머니는 감옥에 저세상에 남편과 자식을 빼앗기고
가슴에 멍이 들어 병원으로 가고

옷가지 챙겨들고 아버지 보러 감옥에 가랴
밥 반찬 보자기에 싸들고 어머니 보러 병원에 가랴

누나는 세상 사람들에게 눈물 보일 겨를도 없다면서
꽃 한송이 사들고 내일은 동생 보러 무덤 찾겠다네[142]

김남주는 '조국'을 뜨겁게 사랑했다. 분단과 이념으로서의
조국이 아닌 어머니의 나라 모국인 조국을 말이다.

그의 조국은 남이냐 북이냐의 선택이 아닌 '하나의 조국'이었다. 조국을 너무 사랑했기에 그는 매국노, 분단세력, 사대주의자들에게 분노하였고 이들을 증오하였다. 그가 노래하는 〈조국〉이다.

조국

우리가 지켜야 할 땅이
남의 나라 군대의 발아래 있다면
어머니 차라리 나는 그 아래 깔려
밟힐수록 팔팔하게 일어나는 보리밭이고 싶어요
날벼락 대포알에도 그 모가지 꺾이지 않아
남북으로 휘파람 날리는 버들피리이고 싶어요

우리가 걸어야 할 길이
남의 나라 병사의 군화 밑에 있다면
어머니 차라리 나는 그 밑에 밟혀
석삼년 가뭄에도 시들지 않는 풀잎이고 싶어요

우리가 이루어야 할 사랑이
남의 나라 돈의 무게 아래 있다면

어머니 차라리 나는 그 아래 깔려

가슴에 꽂히는 옛사랑의 무기이고 싶어요

우리가 지켜야 할 땅이 흰둥이 군대의 발아래 있고

우리가 걸어야 할 길이 깜둥이 병사의 발밑에 있고

우리가 이루어야 할 사랑이 달러의 중압 아래 있고

마침내 우리가 불러야 할 자유의 노래가

점령군의 총검 아래서 숨 쉬는 그림자라면

어머니 차라리 나는 차라리 나는

한사람의 죽음이고 싶어요

천사람 만사람 일으키는 싸움이고 싶어요[143]

매국노 타매한 선구자적인 시문

—

김남주의 남민전 전력과 관련하여 소심한 문인들과 문학지들은 아예 그와 근접하기를 꺼렸고, 보수언론들은 그를 간단없이 좌경으로 색칠하였다. 그들은 그의 시 한 편도 읽으려 하지 않았고, 그의 시를 지면에 싣지도 않았다. 특히 일제와 군사정권에 적극 협력했던 문인이나 언론사가 가장 심했다. 한 외국인의 평가다. "(김남주가) 남민전에 참가했던 것은 당시

'한국사회 속에서 국가에 대한 대중의 요구를 매개할 만한 아무런 통로도 없었'(최장집)던 현실을 감안해 볼 때, 가장 예민하게 시대의 동향을 끌어안아서 용기 있는 행동을 한, 선구자적인 모습이었다고 할 수 있다. 1979년 검거되어 이후 장기간에 걸친 옥중생활을 할 수밖에 없었는데, 그러한 상황이 김남주라는 독특한 시인을 탄생시켰던 것이다."[144]

김남주의 '애국시' 분야에서 도드라진, 어느 독재자를 연상케 하는 시는 〈매국〉이 아닐까 싶다. 물론 반어법이다.

매국

매국의 칼로

나라의 허리를 잘라 그 아랫도리를

이민족의 코앞에 바치고 그 댓가로

제 동포의 머리 위에 군림하는 자

이에 분노하여 사람들이

주먹을 치켜들면 그 팔목을 자르고

이에 격노하여 사람들이

발을 굴러 땅을 치면 그 발목을 자르고

자르고 잘라 능지처참으로 잘라

애국투사들을 역적으로 묶어

지하의 세계로 내모는 자

그런 자를 나는 무어라 불러야 하나

이민족의 용병으로 고용살이하면서
어느날 갑자기 반공 쿠데타로 일어나
살아 숨 쉬는 활자 하나가
자유를 노래하면 그 입술에
꽃잎 대신 재갈을 물리고
살아 움직이는 몸짓 하나가
노동자 농민 쪽으로 기울어지면
좌경이라 하여 왼쪽 어깻죽지를 자르는 자
그런 자를 나는 무어라 불러야 하나

아메리카의 우방에서 흔해빠진 이름
독재자로 불러야 하나
뒷골목의 주먹깡패들도 거들떠보지 않는
군사깡패라 불러야 하나
백악관에서 입안되고
CIA에서 변조되고
미8군에서 급조되어

제국주의 총구에서 튀어나온 상품
새 시대 새 인물이라 불러야 하나

그 이름 입에 올리면
내 이름이 먼저 더러워지는 이름
나는 부르지 않겠다
독재자라고도 부르지 않겠다
군사깡패라고도 부르지 않겠다
새 시대 새 인물이라고도 부르지 않겠다
극우다 뭐다 반동이다 뭐다
그 따위 이름으로도 부르지 않겠다

나는 부르겠다 그들을
민중의 고혈에 취해 갈팡질팡하다가
여차하면 한보따리 돈 보따리 챙겨들고
나라 밖으로 도망치는 산적들이라고
민족을 팔아 제 배 속을 채우다가 들통이 나면
허겁지겁 미제 비행기를 타고 줄행랑을 놓는 매국노들이라
고[145]

김남주 평전

친일·친미·친독재 매문세력에 맞서

김남주가 옥중에서 '매국(노)'을 성토할 때 족벌신문과 어용 문인들은 '그 자'를 칭송하기에 바쁘고, 종교계 지도자들은 조찬기도회를 열어 만수무강을 빌었다. 어떤 언론(인)은 광주 민주항쟁을 '폭도'라고 매도하고, 그 신문 사설은 학살 군인들이 "자제에 자제를 거듭했다"거나, "상상했던 것보다 훨씬 극소화한 희생만으로" 사태를 진정시켰다는 따위의 망발을 서슴지 않았다. 일왕의 사진을 신문 제호 위에 실었던 '적폐'가 하나도 바뀌지 않았던 것이다.

김남주의 '사상적 교사' 네루다는 말한다.

> 덩굴 식물 같은 비평가들이 있다. 남들에게 뒤떨어져 보일까 두려워서 덩굴손으로 최신 유행만 뒤쫓는다. 그러나 뿌리는 여전히 과거 깊숙이 박혀 있다. 우리 시인들은 행복을 누릴 권리가 있다. 단, 우리가 민중과 강고한 유대를 맺고, 민중의 행복을 위해서 투쟁한다는 단서가 붙을 때만.[146]

김남주가 초등학교 때부터 대학까지 다니고 사회활동을 하는 동안, 그를 감옥에 집어넣은 대통령들은 하나 같이 폭군이고 학살자들이었다. 〈대통령 하나〉라는 시를 보면 극명하게 드러난다.

대통령 하나

성조기 아래서 대한민국이 태어나고 마흔다섯해
그동안 대통령도 서너개 생겨났다 없어졌다
하나는 제 나라에서 살지 못하고 남의 나라 섬으로 쫓겨났다
하나는 제 심복의 총에 맞아 술잔에 코 박고 쓰러졌다
하나는 제 집에 살지 못하고 절간에 유배되었다

이런 대통령들 밑에서 나 태어나고 자라고 마흔다섯 살
왜 내 머리는 그들을 나를 친애까지 했던 그들을
대통령이라는 이름으로 기억하지 못하고
폭력배 사기꾼 정상모리배 매국노……
그따위 못된 이름으로밖에 떠올리지 못하는 것일까
내 입이 워낙 더러워서 그러는 것일까
내 심보가 워낙 고약해서 그러는 것일까

나 태어난 이 나라 금수강산에서
아름다운 추억의 대통령 하나 갖고 싶다
나 죽어 이 땅에 묻히기 전에

　　　　　　　　　　　　　　　김남주 평전

존경하는 이름의 대통령 하나 갖고 싶다

자본가들 헌금이나 미제 총구에서 나오는 그런 대통령이 아

니라

산과 들에서 공장에서 조국의 하늘 아래서

땀 흘려 일하는 사람들의 손으로 만들어진 대통령 하나[147]

독재자를 비판하면 '대한민국의 정체성을 부정한다'고 협
박하는 '언론의 탈을 쓴' 언상배들, '기레기'들은 여전히 건재
했다. '천황만세', '귀축영미'를 부르짖다가 '아메리카 만세',
'국부 이승만', '유신만이 살길이다', '새 시대의 지도자', '광주
폭도'를 '일관되게' 주창해온 언론인, 지식인, 문인들은 늘 있
어왔다. 종교인, 정치인, 교수들도 그러했다. 그렇지만 그들은
여전히 건재하다.

그나마 김남주를 비롯하여 혹독한 탄압 속에서도 소수나
마 당당하게 정도를 걸어 간 비판적인 식자들이 있어서, 가느
다란 민족사의 정사(正史)와 정맥(正脈)이 지켜질 수 있었다.

한 가닥 '민중의 힘' 믿어

김남주는 옥중에서도 민중의 힘을 믿었다. 동학농민을 믿었

고, 의열단과 독립군을 믿었고, 4·19를 일으킨 학생들을 믿었다. 역류와 반동으로만 치닫는 현대사의 질곡에 갇혀있는 세상에서 믿을 것이라곤 정의의 힘, 민중의 힘뿐이었다. 그는 아호를 '물봉'이라 하자 "새벽의 벌이지 그냥 물봉은 아니다"고 하였다. 그는 '새벽의 벌'이었다. 〈한자 풀이〉에 나타난 '민중의 힘'이다.

한자 풀이

벌 봉(蜂)자에 일어날 기(起) 봉기(蜂起)라
참 좋은 말이다
두드릴 타(打) 자에 넘어질 도(倒) 타도(打倒)라
참 좋은 말이다
그러니까 벌떼처럼 들고 일어나 마구 두들겨패서
마침내 쓰러뜨린다는 뜻이렷다
시황제가, 씨저가 이렇게 쓰러졌것다
루이가 짜르가 또한 이렇게 쓰러졌것다
바띠스따가 쓰모사가 팔레비가
이 아무개 박 아무개도 이렇게 쓰러졌것다
세상 어느 놈도 민중의 자유를 누르고는
제명대로 살지 못하렷다[148]

김남주 평전

김남주는 감옥에서 늘 전봉준과 갑오농민들을 생각하면서
마음을 달랬다. 《조국은 하나다》에는 〈아직도 우리에게 소중
한 것〉이란 제목으로 실린 〈돌과 낫과 창〉이란 시가 있다. 지
금 읽어도 등이 서늘해지는 내용이다.

돌과 낫과 창

갑오농민에게 소중했던 것 그것은
한술의 밥이었던가 아니다
구차한 목숨이었던가 아니다
다 빼앗기고 양반과 부호들에게
더는 잃을 것이 없는 우리 농민들에게 소중했던 것
그것은
돌이었다 낫이었다 창이었다

돌은
낫을 갈아 창을 깎기 위해
낫은
양반과 부호들의 머리를 베기 위해
창은
외적의 무리를 무찌르기 위해

소중했던 것이다[149]

다음으로 짧디 짧은 그러나 너무나 속 깊은 시 〈종과 주인〉
을 소개한다.

종과 주인

낫 놓고 ㄱ자도 모른다고
주인이 종을 깔보자
종이 주인의 목을 베어버리더라
바로 그 낫으로[150]

11장
- -
불굴의 투혼과 불혹

불의의 시대에 침묵할 수 없다

—

통일에 대한 김남주의 기본 가치 또는 목표는 평화통일이었다. 독재자와 정상배들의 정략적인 '통일'이 아닌 순수한 시인으로서 그리고 순결한 혁명가로서의 통일 말이다. 그렇기 때문에 시인 김남주는 평화통일을 거부하는 매국노와 민족배반자, 사대주의자들을 비판하는 시도 적잖이 썼다. 순수시란 명목으로 민족모순, 계급모순을 외면하는 문인들도 그의 시적 비판의 대상이었다.

일찍이 다산 정약용은 말했다. 시대를 가슴아파하고 시 속에 분개하지 않으면 시가 아니다.

不傷時憤谷非詩 (불상시분속비시)

브레히트도 말했다.

암울한 시대에도 / 그래도 노래를 부를 것인가 / 그래도 노래를 부를 것인가 / 암울한 시대에 대해서

자신이 세운 대의에 온 몸을 던진 김남주는 한시도 침묵할 수 없었다. 불의의 시대를 가슴아파하고 시를 통해 분개하면

서 암울한 시대에 암울한 상황을 노래불렀다. 불의에 대한 도전은 그의 영원한 과제이며 숙명이었다. 다른 시인들이 외압과 내압, 자기검열과 타자검열의 덫에서 헤어나지 못할 때도, 그는 거침없이 순결한 원색의 칼을 뽑았다.

> 내 생각에 김남주의 싸움에 있어서 가장 위대한, 남이 대신하기 어려운 무기는 그의 대책없는 순결성이다. 재산이라든가 경쟁이라든가 또는 질투, 의심, 욕심, 허영 따위 자본주의 사회의 일상화된 정서들이 남주에게는 처음부터 효력없는 폐품으로 무화되고 있는데, 이것이야말로 그의 문학적 사고의 감당할 수 없는 장점이다.[151]

남민전 사건으로 함께 옥살이를 한 문학평론가 임헌영 씨는 광주 교도소에 갇혔을 때 김남주의 옆방에 있었다. "저녁 식사가 끝난 뒤 변기를 딛고 창가에 선 우리들을 가장 웃기던 남주는 가끔 혼잣말처럼 '아! 앞이 안 보여, 10년이라면 앞이 보이는데 15년이라서 그 뒤가 안 보여…'라고 중얼거렸다. 그 고뇌의 한 가운데서도 그는 스스로 일어섰다"고 회고하면서 그는 김남주의 〈포효〉란 시를 소개하였다.

포효

고약한 시대 험한 구설을 만났다. 나는 버림 받았다
황혼에 쓰러진 사자처럼 무자비한 발톱처럼 나는 누워 있다
비비댈 언덕인들 있으랴
잡고 일어설 풀 한포기 없고
나무들 있어 손을 내밀지만 부여잡고 사정하기엔
너무 좀스럽다
아서라 세상사 쓸 것 없다 이대로 내버려둬라
때가 되면 일어나 포효하리니[152]

마음 한 켠에 있는 외로움과 슬픔

—

김남주의 의지가 아무리 강철 같이 굳세더라도, 마음 한 켠에
는 외로움과 슬픔 그리고 그리움 같은 것이 깃들지 않을 수
없었을 것이다. 그는 이러한 인간적인 슬픔을 곱씹으면서도
'때가 되면' 일어나 포효하고, 항진할 것을 다짐하였다. 옥중
에서 쓴 〈눈을 모아 창살에 뿌려도〉에는 이 같은 심경이 오롯
이 담겨있다.

눈을 모아 창살에 뿌려도

지하의 시간이다
눈을 모아 창살에 뿌려도
그리움의 햇살 빛나지 않고
귀를 모아 벽에 세워도
그리움의 노래 담을 수 없다

이제
어둠이 너의 세계다
너의 장소 너의 출발이다
너는 지금
죽음으로 넘어가는
삶의 절정에 서 있다
떠나버린 과거를 향해
고개를 돌려서는 안 된다
예측할 수 없는 내일을 두고
사지를 움츠려서는 안 된다
기다려야 한다, 꺼져가는
마지막 불씨를 부둥켜안고
나의 참음으로 기다리게 해야 한다

김남주 평전

오 지하의 시간이여 표독한

야수의 발톱에 떨어진

살점이여 살점으로 뒹구는

육신이여 영혼이여

죽어서는 안된다

살아남아야 한다

살아서 이 어둠을

불살라버려야 한다[153]

　'감옥 동기' 임헌영 씨는 "김남주의 시인과 혁명으로서의 삶은 1979년 광주로부터 피신하기 위하여 서울로 와 남민전에 투신한 사건을 전후해서 달라졌다고 나눠 볼 수 있다"면서 이렇게 분석한다.

　김남주의 시는 함성과 성난 파도처럼 우리 시대를 질타하는데 그 초기 단계에서는 주로 자신이 숙명처럼 지녔던 농촌과 농민문제에 대한 부채의식에서 출발하고 있음을 볼 수 있다. 머슴이었던 아버지와 그로부터 본능적으로 체질화된 농민의식으로서의 삶의 바탕은 김남주에게 소박성과 진솔성에다 끈질긴 투쟁의식까지를 두루 갖추게 만든 요건이 되었다. 첫 시집《진혼가》에 살려 있는 작품은 모두가 김남주의 제1기적인

시세계를 엿볼 수 있는 1979년 이전의 작품들이다.[154]

시인에게도, 전사에게도, 혁명가에게도 '슬픔'은 있을 것이다. 김남주도 하늘을 이고 땅에 발을 딛고 사는 이족동물(二足動物)일 터인데, 그라고 하여 어찌 장기수의 슬픔이 없겠는가. 〈슬픔〉이다. 그의 진솔한 내면을 보여주는 시이다.

슬픔

내가 시를 쓸 때는
뜨겁지도 차갑지도 않고
그저 미지근한 시를 쓰고 있을 때는
제법 보아주는 얼굴이 있고 이름 불러주는 이도 있더라

내가 노래를 부를 때는
맑지도 않고 흐리지도 않고 높지도 않고 낮지도 않고
마냥 술에 물 탄 듯 물에 술 탄 듯한 소리로 노래를 부를 때는
제법 들어주는 귀도 있고 건네주는 술잔도 있더니

없구나 이제는 시여 노래여
날 받아 줄 가슴 하나 없구나

날 알아주는 얼굴 하나 없구나

칼을 품고 내가 거리에 나설 때는
쫓기는 몸이 되어 떠도는 신세가 되었을 때는[155]

옥중에 있을 때 출간 된 시집《진혼가》
—

옥중의 김남주가 39세이던 1984년, 도서출판 청사에서 그의
첫 시집《진혼가》가 출간되었다. 아직 5공의 피바람이 멈추지
않은 시기였던 터라 출판사에서 그의 시집을 낸다는 것은 여
간한 용기가 없으면 불가능한 일이었다. 이 시집에는 1970년
대 후반 5년 간 발표했던 25편이 묶였다. 거기에는 〈진혼가〉,
〈솔직히 말해서 나는〉, 〈잿더미〉, 〈눈을 모아 창살에 뿌려도〉,
〈한 입의 아우성으로〉 등이 실렸다. 한 평론가의 분석이다.

자유와 민주주의에 대한 소박한 신념 하나만 가지고 뛰어든
현실세계로부터 그에게 돌아온 대답은 엄청난 물리적 폭력
이었다. 최악의 육체적 학대에 직면하여 '나의 양심' '나의 싸
움'은 순식간에 박살이 나고 참담한 패배를 자인하지 않을 수
없게 된다. 〈진혼가〉는 바로 그런 육신의 고통을 통해 획득한

준엄한 자기확인이다.[156]

시집 《진혼가》에 실린 〈솔직히 말해서 나는〉의 첫 연을 보자.

솔직히 말해서 나는

아무것도 아닌지 몰라

단 한방에 떨어지고 마는

모기인지도 몰라 파리인지도 몰라

뱅글뱅글 돌다 스러지고 마는

그 목숨인지도 몰라

누군가 말하듯 나는

가련한 놈 그 신세인지도 몰라

아 그러나 그러나 나는

꽃잎인지도 몰라라 꽃잎인지도

피기가 무섭게 싹둑 잘리고

바람에 맞아 갈라지고 터지고

피투성이로 문드러진

꽃잎인지도 몰라라 기어코

기다려 봄을 기다려

피어나고야 말 꽃인지도 몰라라[157]

김남주는 은밀하게 차입된 자신의 시집《진혼가》를 받아들고, 어려움 속에서도 시집을 간행해 준 동지들에게 한없는 고마움을 느꼈다. 그는 자신의 첫 시집을 받아들면서 〈시집 '진혼가'를 읽고〉라는 시를 지었다. 옥중에서 자신의 시집에 대해 시를 쓴 경우는 흔치 않은 일이었다. 시의 후반부이다.

시집《진혼가》를 읽고

노동의 적, 짐승이고 버러지이고 기생충인 인간의 적은 죽어야 합니다
짐승이라면 그는 창으로 찔려 죽어야 제격입니다
버러지라면 그는 말발굽에 밟혀 죽어야 제격입니다
기생충이라면 그는 독약으로 독살되어야 제격입니다
그들이 사람의 형상을 했다 해서 딴생각을 가져서는 아니됩니다
적과의 싸움에서 감상은 죄악입니다

나의 시는 내가 싸운 싸움의 부산물 외 아무것도 아닙니다
내가 한 싸움이 내 맘에 들지 않는 것과 마찬가지로
내가 쓴 시가 내 맘에 들지 않습니다
하물며 독자의 마음에야! 부끄럽고 부끄럽습니다[158]

김남주의 시집과 관련해 문학평론가 염무웅 씨는 서평을
통해 대단히 의미 있는 분석을 남겼다.

80년대에 들어와 쓰인 김남주의 시들은 우리 시문학사상 그
누구와도 비교될 수 없는 첨예한 의식과 혁명적으로 순결한
정신을 열정적으로 단호하게 때로는 냉정하게 단순화시켜 노
래한다. 그는 선명한 어휘로 또 결연하고 확고한 자세로 민족
과 민중의 반대자들에 대한 불타는 적대를 언표하여 민족, 민
주전선에서의 시인의 드높은 사명을 확신에 넘쳐 공포한다.
물론 〈슬픔〉, 〈포효〉, 〈봄〉 같은 작품들을 얼마간 예외적으로
"나는 버림받았다"는 개인적 원한과 고절감을 드러내기도 한
다. 또, 〈장난〉, 〈햇살 그리운 감옥의 창살〉, 〈수인의 잠〉 같
은 작품들은 차단된 삶의 일상적 순간을 소박하게 스케치한
다. 그 점에서 어쩔 수 없이 쓴웃음을 자아내는 시가 〈청승맞
게도 나는〉 같은 작품으로서 여기에는 고통과 해학의 적절한
배합을 통한 정화된 비애가 있다. 그러나 나머지 절대다수의
작품들은 동요 없이 일관된 전투적 정열과 물러설 줄 모르는
투지로 가득 차 있으며 계급적, 민족적 모순의 문제에 타협
없이 완강한 시선을 보낸다.[159)]

김남주 평전

40세, 불혹을 맞아

——

1985년 10월 16일 김남주는 만 마흔 살이 되었다. 옥중에서 어언 5년 여의 세월이 흐른 것이다. 행복의 시간은 짧고, 고통의 시간은 긴 것이 시간의 변증법이다. 5공 수괴들에게는 짧은 5년이 민주와 통일을 주장하다가 갇힌 수인들에게는 억겁의 세월이었다.

그는 어렸을 때 서당에 다니면서 한문(학)을 공부하고《논어》를 접하면서 공자를 배웠다.

"공자가 말씀하시기를, 나는 나이 15세에 학문에 뜻을 두어 서른에 자립하였고, 마흔에는 어떤 일이든 의혹되지 않았으며, 쉰에는 무슨 소리를 듣든 귀에 걸림이 없었으며, 일흔에는 마음이 하고자 하는 대로 쫓았지만 한 번도 도리에서 어긋난 적이 없었다"는 대목의 '40불혹(不惑)'에 이르렀다.

"의혹되지 않는다", "하늘의 이치를 터득했기 때문에 흔들림이 없다"는 40세가 된 김남주에게 다시 불혹의 마음을 가다듬으면서 깊은 생각에 빠지게 했다. 그리고 그 뜻을 다듬었다.

내 나이 오늘로 마흔 살이 되었습니다. 흔히들 인생의 한 고비라 그리고 공자식으로 말해서 불혹의 나이겠지요. 속이 차고 철이 들고 줏대가 서는 그런 연령이라는 것이겠지요. 나로 말할 것 같으면 속이 차고 철이 다 든 것은 아니지만 줏대는 제법 서 있다고 생각합니다. 여기서 줏대란 철학적인 견해와 정치적인 입장과 계급적인 관점을 뜻합니다.

내가 가장 혐오하고 보잘 것 없이 취급하는 사람은 어중간한 사람입니다. 중간에서 오도 가도 못하고 동요하는 사람입니다. 둘 중에선 선뜻 하나를 선택하지 못하고 우왕좌왕하거나 절충하는 사람입니다.[160]

이 글을 통해 그의 강직한, 그러면서도 정도를 걷고자 하는 단호함과 결기를 엿볼 수 있다. 김남주는 이즈음 '40'과 관련된 몇 편의 시를 써내려 간다. 〈40이란 숫자〉, 〈40년 동안이나〉, 〈40년 묵은 체가 내려가고〉 등이 그것이다. 불혹의 나이에 들자 '40'과 관련한 시를 써내려간 것이다. 다음은 〈40이란 숫자〉의 후반이다.

40이란 숫자는

그동안 40년 동안 어머니

내가 무사히 살아왔다고 말하지 마세요

밭둑길 논둑길에 농부의 딸을 눕혀놓고

휜둥이 병사들이 돌려가며 능욕을 해도
파라치온 마라치온 미국산 농약이 우리네 농부의 땀을 훔쳐
가고
문어발 같은 저들의 다국적기업이 우리네 노동자의 피를 빨
아가도
해방과 자유를 외치는 겨레의 입에 미제 총알을 먹여도
그 나라를 나는 은인의 나라 말고는 다른 이름으로 부르지 못
하다가
우방이 아니라 은인의 나라가 아니라 다른 이름으로
그 나라를 불렀다 해서 역적으로 몰려 옥살이를 하고 있습니다

어머니 이제 내 책상에서
꽃병일랑 치워주세요 이제 그 자리에
살해된 동지의 얼굴이 새겨진 입상이 놓여질 것입니다
어머니 이제 내 책꽂이에서
꽃을 노래한 시집이 있거들랑 치워주세요
그 자리에 바위산과 투쟁을 노래한 전사의 시가 들어찰 것입
니다[161]

김남주는 항상 자신의 삶을 민중, 민족의 운명과 일체화시
키고자 노력하였다. 무슨 대단한 영웅심이나 우국지사여서가

아니라, 적어도 시(글)를 쓰고 혁명운동을 하는 사람으로서의 소명의식 때문이었다. 해서 국가적으로는 해방 40주년이기도 하는 해에 40세를 맞이한 1985년의 김남주는 유달리 생각이 많았고, 자신의 처지와 국가의 현실을 개탄스러워했다.

> 내 나이와 함께 대한민국이란 공화국도 불혹의 나이입니다. 공화국의 시민들도 이제 좀 속도 차리고 철도 들고 줏대가 서야겠습니다. 자주적이고(대외적으로는) 창조적인(대내적으로는) 인간이 되었으면 합니다. 식민지 노예근성에서 맹목적인, 노예적인 반공주의에서 깨어났으면 합니다. 똥인지 된장인지 모르고 아무거나 주는 대로 받아먹는 그런 줏대 없는 인간에서 벗어나야겠습니다.[162]

김남주는 이 해에 또 〈불혹에〉란 시를 남긴다. 자신의 나이와 국가의 나이를 계산하면서 써내려간 시다.

불혹에

1980, 1981, 1982, 1983…
하늘에서는 민족의 별이
번쩍 번쩍 눈을 떴습니다

1980, 1981, 1982, 1983…

땅에서는 해방의 불이

활 활 활 활 타올랐습니다

1980, 1981, 1982, 1983…

하늘과 땅 사이에서는 조국의 자식들이

불끈불끈 주먹을 쥐었습니다

이제 미혹되지 않을 것입니다

내 나이 불혹입니다[163]

다양한 독서, 깊어지는 심연

김남주는 감옥살이 후반부에 접어들면서 많은 책을 읽을 수
있었다. 다양한 책을 읽을 수 있게 된 이유는 바깥 세상이 조
금씩 변하면서부터였다. 1982년 3월 18일 부산 미문화원 방
화사건을 비롯하여, 야당 당수인 김대중이 형집행정지로 석
방되어 미국으로 출국(12월 23일)한 그 이듬해 민주화운동청년
연합이 결성(1983년 9월 30일)되었다. 정세는 가파르게 흘러 정
치활동규제자 202명에 대한 추가 해제(1984년 2월 25일)가 있었

고, 김대중 계와 김영삼 계의 민주화추진협의회 결성(5월 18일)이 정치적으로 이뤄졌다. 게다가 제12대 총선거에서는 대도시에서 야당이 석권(1985년 2월 12일)하는 등의 변화가 일었다. 바야흐로 5공화국의 폭압정치가 거대한 시민의 저항을 받게 된 것이다.

그동안 폭압통치에 억눌려 있던 학생, 노동자, 재야, 야당은 서서히 목소리를 내기 시작했고 2·12총선을 통해 야당이 승기를 잡으면서 민주화를 향한 저항세력의 힘이 결집되기 시작했다. 박정희 정권이 18년 만에 숨통이 끊어졌다면 전두환 정권은 5년 만에 그 독기가 차단되어 가고 있었다. 폭압적인 정치권력이 휘몰아치는 중에서도 민중의 힘은 서서히 그만큼 성장하고 있었던 것이다.

이즈음 김남주는 연인에게 자주 편지를 썼다.

6년째 접어들고 있는 징역살이입니다. 그동안 많은 책을 읽었습니다. 고전이라고 할 수 있는 것이라면 문학분야건 사회과학분야건 제법 읽은 편이니까요. 문학책 중에서 내가 관심을 가지고 읽었던 것은 발자크, 세익스피어, 하이네, 푸쉬킨, 레르몬토프, 고리끼, 네크라소프, 고골리, 톨스토이, 숄로호프, 브레히트, 네루다, 체르누이세프스키, 루이 아라공, 마야코프스키,

루카치, 게오르그, 뷔이너 등의 제 작품입니다.

그중에서 특히 마음이 들었던 것은 시에서는 푸쉬킨, 레르몬토프, 하이네, 네루다 그리고 러시아 10월당의 몇몇 시인들의 작품이었고, 소설에서는 발자크와 톨스토이, 고리끼, 솔로호프 등의 작품이 최고로 좋았습니다. 희곡은 역시 세익스피어가 제일이더군요. 하우트만의 《직공》이나 게오르고 뷔히너의 《당통의 죽음》은 나에게 시사해주는 바가 컸습니다. 브레히트의 시와 희곡은 목적문학으로써는 큰 효과를 거둔 것 같지만 문학의 예술성의 측면에서는 좀 떨어지지 않을까 하는 생각을 했습니다.[164]

1985년 2월 7일 봉함엽서에 빽빽하게 쓴 편지를 보면 김남주의 독서 경향과 옥중의 근황을 살피게 한다.

자유실천문인협의회에서 펴낸 제1집 《민족의 문학과 민중의 문학》은 불허되는 바람에 찬찬히는 보지 못하고 선 채로 건성건성 보았는데 책이 온통 싸움이더군요. 속이고 겉이고 갈피마다 숨 가쁜 싸움의 숨결이더군요. 미래의 사람들을 위해 제 자신을 불살라 재가 되고 거름이 된 희생적인 전사들을 위한 추모시는 제 마음을 격하게 했답니다. 시인들이 그들의 이름을 불러주지 않으면 시인은 죄인일 것이라는 생각이 들었

습니다. 시인이 그들의 이름을 불러줄 때 그는 그들의 형이고
아우이고 동지일 것입니다. 시인은 모름지기 현실을 변혁하
려는 용기 있는 사람들의 곁에 있어야 할 것입니다.[165]

김남주의 편지는 이어진다.

참된 민족문학 민중문학이 나올 수 있는 기반은 시인이 현실
을 변혁하려는 사람들의 대열에 형제로서 어깨를 같이 하고
생과 사를 같이할 때입니다. 시인은 그들과 함께 행동할 뿐만
이 아닙니다. 다시 말해서 원군의 역할을 해야 하는 것입니다.
이런 의미에서 하이네의 시 〈경향〉을 한번쯤 읽어봄직 하다
고 여겨지는 군요.

롯테 한 사람에게 가슴을 태웠던
베르테르처럼 이제 탄식하지 말라
신호의 종을 어떻게 울릴 것인가
그것을 민중에게 고해야 한다
비수를 말하라 검을 말하라

불어라 울려라 진동시켜라 매일처럼
최후의 압제자가 도망칠 때까지

다만 그 방향으로만 노래하라

그러나 그대의 시는 될 수 있는 한

누구도 알아먹을 수 있게끔 쓰라

지금은 시가 무기가 되어야 할 때입니다.[166]

"시인이여!
다시는 진혼가를 부르지 마십시오"

투옥 5년 째, 40세가 된 나이에도 힘겨운 옥살이를 계속 해야 하는 김남주에게 자신의 '불굴의 신념'과 함께 힘이 되어 준 것은 그의 연인이었다. 그녀는 '불변의 신념'으로 연인 김남주를 옥바라지하였다. 그의 나이 40세에 즈음하여 위로와 격려를 담아 쓴 글은 세속의 선남선녀들이 나누는 연서와는 거리가 있었다.

"시인이여! 다시는 진혼가를 부르지 마십시오"라는 제목을 붙여 쓴 박광숙의 편지는 김남주의 시를 인용하면서 시작된다.

황토현에 부치는 노래

한 시대의 아픔을
온 몸으로 한 몸으로 싸안고
피투성이로 싸웠던 사람
뒤따라 오는 세대를 위하여
승리 없는 투쟁
어떤 불행 어떤 고통도
결코 두려워하지 않았던 사람
누구보다도 자기 시대를
가장 정열적으로 사랑하고
누구보다도 자기 시대를
가장 격정적으로 노래하고 싸우고 (시의 부분)

장농구석, 창호지 두루마리로 처박혀 있는 이 노래는 이제 황
토현의 역사에만 보내져서는 안 됩니다. 종로와 영등포 거리
에 쏟아져 나온 젊은이들에게, 금남로를 활보하는 시민들에
게, 석탄을 캐내는 광부들에게, 집을 빼앗겨 울부짖는 철거민
에게, 공장뜰을 노래와 함성으로 메이고 있는 억센 팔뚝의 노
동자들에게 보내져야 합니다.

꽃이 피어날 수 없는 시대임을 문득 깨닫게 되었을 때 스며드

김남주 평전

는 비애감은 차라리 사치가 돼 버렸습니다. 그러나 계절은 어김없이 찾아와 산에 산에 진달래 붉습니다. 4월이 되어 진달래꽃보다 더 붉은 열정이 거리를 메우고, 그 열정과 함성이 침묵하던 이들을 불러 세우고 있습니다. 지금 이 시각 죽었던 가지가 눈을 뜨고, 죽어 있던 거리가 말을 하려 합니다.[167]

시인의 연인이 이 편지를 쓴 것은 1985년 4월이었다. 당시는 제12대 총선의 열기로 학생들은 다시 거리로 뛰쳐나오고, 노동자들이 광장을 메울 때였다. 4월 25일에는 대우자동차 부평공장 노동자 2,000여 명이 부당 노동과 인권 침해에 항의하면서 파업에 나섰고, 곧 인천공장과 사무직에까지 확산되었다. 서울에서도 연이어 노동자들의 항쟁이 나타났다.

간혀버린 시인과 학생과 노동자와 지식인들의 고단한 숨결이 우리들을 모이게 합니다. 철거민의 눈물과 공장 노동자들의 생존권이 아우성 되어 한달음으로 어둠을 쫓고 있습니다. 죽어버린 문학에의 열정, 끊겨버린 민족의 혈맥을 이으려는 모든 지식인들의 염원이 흰 종이 위에 새겨지고 있습니다. 감옥에 있는 사람이나 밖에 있는 사람이나 다같이 갇혀있다는 이 절망감, 이 절망감을 떨쳐버릴 날은 언제일까? 조국에 대한 절절한 사랑과 민주주의에 대한 굳은 신념으로 인하여

수난을 당해야 하는 이 땅의 민주시민의 갈 길은 오직 감옥
밖에 없다는 이 현실은 이제 깨뜨려져야 합니다. 어둡고 암울
한 현실이 깨뜨려지지 않는 한 우리는 언제까지나 절망 속에
신음하여 죽음과도 같은 힘겹고 힘겨운 길을 가야만 할 테지
요.[168]

김남주는 어느 측면에서 보면 행복한 시인이었다. '손목 한
번 안 잡아 본' 처녀가 부모의 구박을 받아가면서 10년 동안
장기수를 옥바라지 하고, 이와 같은 글을 쓸 수 있는 동지가
되어서 위로와 격려의 손길을 받게 된 것은, 보통 사람들에게
는 찾아 보기 어려운 호사가 아닐 수 없다.

조였던 숨통을 트이게 하기 위해, 억압과 사슬을 끊기 위해
한 사람 한 사람씩 모여 힘을 모으고 그들에게 경고하고, 이
땅에 자유와 민주주의를 쟁취하기 위해 온몸으로 싸우고 있
습니다. 후배는 흩어진 시들을 주워 모아 한 권의 시집으로
엮어내는 힘든 작업을 해내었으며, 광주 민중문화연구회와
자유실천문인협의회를 비롯하여 민주통일민중연합회 및 가
톨릭, 개신교 그 외에도 많은 사회운동 단체들에서는 힘을 모
아 이 땅의 모든 갇힌 이들의 석방을 위해 힘겨운 싸움을 계
속하고 있습니다.

그러나 아직도 굳게 잠긴 감옥문은 열릴 줄을 모르고 우리들의 외침을 비웃듯 침묵할 따름입니다. 감옥에 가족을 둔 모든 아버지와 모든 어머니와 누이와 아내들은 고달픈 몸을 이끌며 거리를 헤매고, 모멸과 박해 속에 내몰리고 있습니다.[169]

박광숙 씨의 편지를 이처럼 길게 인용한 것은 1985년 당시의 시국상황과 그들 연인 사이의 시대적 공감대, 그리고 편지 곳곳에 절제되었으나 애틋하게 스며 있는 연인에 대한 그리움을 보여주고자 함이다. 마지막 대목마저 인용한다.

오늘, 25년 전의 함성이 살아 핏줄을 떨게 하던 4월을 보내고, 이제 우리 모두는 금남로의 혈흔 자욱이 더욱 선연히 살아 우리들 곁으로 다가오는 5월을 맞이하고 있습니다.

황토현에 부치는 노래

보아다오 보아 다오
새로 태어난 이 민중을
이 민중의 강인한 투지를
굶주림과 추위와
투쟁 속에서 더욱 튼튼하게 단결된

이 용감한 조직을 보아다오

인간의 성채

죽음으로서만이 끝장이 나는

이 끊임없는 싸움, 싸움을 보아다오

밥과 땅과 자유

정의의 신성한 깃발을 치켜들고 (시의 부분)

지금 금남로를 오가는 젊은이들의 가슴속엔 그대가 읊었던 한줄기 소낙비 같은 생명에의 찬가가 그들을 용솟음치게 합니다. 그대가 읊었던 자유에의 찬가, 그대가 읊었던 민족에의 뜨거운 열정과 신념은 움츠렸던 가슴을 펴게 하여 심호흡하게 합니다. 그대가 몸부림치던 자유와 민주주의에의 투혼은 그들을 끓게 하고, 주먹을 부르쥐게 하여 발걸음을 활기차게 합니다.

시인이여, 다시는 죽음을 잠재우는 진혼가는 부르지 마십시오.[170]

김남주 평전

12장

감옥 밖의 석방운동

권불십년보다 유방백세의 길

폭력이나 정치적 사술에 의해 오른 권좌보다 양심과 정의를 위해 싸우다 들어간 옥좌(獄座)가 더 명예로울 수 있다. 부정한 권력은 권좌에서 물러나거나 쫓겨날 때 추락하지만 양심수는 옥좌에서 풀려날 때 더욱 명예가 치솟는다.

해서 봉건시대에도 '권불십년(權不十年)'이라 하고, '유방백세(遺芳百世)'란 말이 전한다. 의롭게 살면 향기로운 냄새가 1백 세대를 흘러간다는, 유방백세는 결코 권세가들의 몫이 아니었다.

유신과 5공시대에는 정의와 양심에 투철한 사람이 서 있어야 할 곳은 감옥이었다. 그런 용기가 부족한 사람들은 밖에서라도 이들을 지원하고 석방운동을 벌이곤 했다.

사람을 부당하게 감옥에 가두는 정부 치하에서 정의로운 사람이 갈만한 진정한 장소 또한 감옥이다. 오늘날 매사추세츠가 그들의 법에 따라, 자유롭고 독립적인 영혼들을 정부로부터 차단하고 격리하기 위해 준비한 적당하고도 유일한 장소는 바로 감옥이었다.

탈주한 노예, 가석방된 멕시코의 죄수들, 자기 종족에게 행해진 부당함을 호소하기 위해 찾아온 인디언들이 가는 곳도 바로 그곳이다. 더 자유롭고 명예로운 바탕에서 정부가 정부에 동조하지 않고 저항하는 이들을 위해 마련한 곳도 바로 감옥이다. 감옥은 노예 상태의 나라에서 자유인이 명예롭게 머물 수 있는 유일한 장소다.[171]

김남주가 피신 중에 읽었던 책 중에는 1926년 파시스트에 저항하다 투옥된 안토니오 그람시의 저작이 더러 있었다. 그람시의 재판에서 검사는 "우리는 적어도 20년 동안은 그의 뇌가 작동하는 것을 중지시켜야 한다"는 '유명'한 논고를 하였다. 그람시가 《옥중수고》에서 밝힌 '거름'의 역할은 김남주와 많은 부분 맞닿아 있다.

이전에는 사람들이 모두 역사를 경작하고 싶어 했다. 능동적이고 적극적인 역할을 맡고 싶어 했다. 아무도 역사의 '거름'이 되고 싶어 하지 않았다. 그러나 먼저 땅에 거름을 주지 않고 경작을 할 수 있을까? 그러므로 경작자와 거름은 둘 다 필요한 것이다. 사람들은 추상적으로는 모두 이 사실을 인정했다.

그러나 현실은 어떠한가? '거름'은 희미한 그림자로 사라져버리곤 했다. 하지만 이제 사정이 달라졌다. 스스로 '철학적으로' 거름이 되는 것에 적응하고, 거름이야말로 자신이 되어야 할 것이며 스스로 적응해야 할 것이라는 사실을 사람들이 알기 때문이다.[172]

독재정권이나 사이비문민정부는 자신들이 국민에게 내지르는 폭력을 '법질서'라고 호도하고, 비판자들의 저항운동은 '위법'으로 단죄해왔다. 박정희의 유신과 전두환의 5공이 만든 법과 명령은 본질적으로 헌법정신과 자연법 사상에 위배되는 폭력이었다. "독재가 인위적 수단들을 사용하여 사회 전체에 정상적으로 존재하는 힘들 및 저항들의 자연스러운 작동들을 거부하자마자, 그리고 그것이 없으면 하나의 정치적 통일성이 공포와 테러의 희생물이 되고 마는 힘들의 필연적 관계의 정립을 방해하자마자, 그 독재는 어쩔 수 없이 폭력의 체제가 되고 만다."[173]

1984년 어느 날 홍남순 변호사가 면회를 왔다. 1973년 「함성」지 사건 때 김남주의 무료 변론을 맡아주었던 고마운 분이었다. 홍남순 변호사도 1980년 광주항쟁 때 끌려가 혹독한 고문을 당했었다. 홍 변호사가 면회 오던 날 저녁 김남주는 담뱃갑 은박지에 〈옥중에서 홍남순 선생님을 뵙고〉란 시를 썼다.

옥중에서 홍남순 선생님을 뵙고

"사람이 아니드랑께 짐성이드랑께 짐성"
이 말씀은 우리 시대의 마지막 선비
취영(翠英) 홍남순 선생님의 말씀입니다
밤에 승냥이한테 끌려가 곤욕을 당하고
새벽에 돌아와 자리에 누우셔서 하신

오늘 나는 선생님을
십 년 만에 다시 뵈었습니다
무릎 꿇고 꾸벅 절로 궁동 자택에서 뵙지 못하고
감옥에서 철창 너머로 뵈었습니다
검은 머리 잔잔한 미소로 뵙지 못하고
백발노인 경악으로 뵙고
나는 그만 울음보를 터뜨려버렸습니다
아이처럼 엉엉

"고생이 많았제 그동안
집에서 면회는 오는가, 오래는 못 갈 거야 조금만 기다려
그렇게 많은 사람 죽이고 제명에 간 사람 있던가
설맞은 멧돼지가 설치면 얼마나 설치겠어"

선생님은 오히려 나를 걱정하시고

자택에서 무등산을 보시던 그 눈으로

철창 밖의 나를 물끄러미 바라보셨습니다[174]

《진혼가》 출판 기념회

—

1984년 12월 22일 광주장안회관에서 김남주의 첫 시집인 《진혼가》의 출판 기념회가 열렸다. 출판 기념회는 자유실천 문인협의회, 민중문화운동협의회, 민중문화연구회, 전남민주 청년운동협의회가 공동주최하였다. 저자가 없는 출판 기념회 에서 김남주의 조속한 석방과 건강을 기원하는 발언이 쏟아 졌다. 이 날의 모임이 바로 그의 석방운동의 시작으로 이어졌 다.

1985년 3월 14일 민주언론운동협의회, 민중문화협의회, 민중문화연구회, 자유실천문인협의회는 공동명의로 김남주, 이태복 등 문학예술인들의 석방을 촉구하는 성명을 발표하 였다. 김남주가 수감된 지 5년여 만에 문인단체와 언론, 문화 단체가 석방운동에 나선 것이다. 그간 문학예술인들 중에는 개인적으로 석방을 탄원하는 사람이 더러 있었지만 공식적 으로는 이때가 처음이었다.

이들은 "석방하라! 석방하라! 석방하라"는 제목의 성명에서 "지난 2·12 선거를 통하여 우리는 진정한 민주주의의 실현을 갈망하는 국민대중의 열화와 같은 염원을 확인할 수 있었다. 이러한 범국민적 염원의 실현은 그간의 온갖 반민주적, 반민중적 제도와 형태로 인해 야기된 응어리를 풀고 그것을 진정 민주적이고 민중적인 것으로 바꾸는 데서 가능해지는 것이다"라는 서두로 갇힌 문인들의 석방을 촉구했다.

그들이 투옥되게 된 본질적 원인이 바로 반민주적이고 반민중적인 제도와 형태에 있었음을 직시할진대 이들의 석방은 민주적이고 민중적인 제도와 행태의 확립에 있어 당연히 전제되어야 하는 것이다. 나아가 현 정권에게는 이들을 계속 가둬 둘 자격도 명분도 없다. 광주학살을 비롯하여 온갖 폭력을 자행하고 구조적 폭력을 심화시켜 온 현 정권이 아닌가.

그러므로 우리는 현 정권이 이러한 폭력을 깊이 반성하고 진정한 민주화에의 길을 걸음으로써 자신의 폭력성을 비롯한 모든 구조적 폭력성의 척결에 나설 것을 촉구함과 동시에 그 징표의 하나로서 모든 양심수들을 즉각 석방할 것을 강력히 촉구하는 것이다.

특히 문화, 언론 분야에 종사하는 우리들로서는 이태복(출판인), 김남주(시인), 이광웅(시인), 김현장(자유기고가) 씨의 석방에 깊은 관심을 기울이면서 이들을 비롯한 모든 양심수들의 석방을 위해 이 땅의 모든 민주 국민들과 더불어 계속 노력하여 나갈 것임을 엄숙히 선언하는 바이다.[175]

민주언론운동협의회, 민중문화협의회, 민중문화연구회, 자유실천문인협의회의 4개 단체는 성명서에서 '우리의 요구' 3개항을 제시했다.

-현 정권은 이태복, 김남주, 이광웅, 김현장 씨를 비롯한 모든 양심수들을 즉각 석방하라.
-현 정권은 민주화와 민중의 생존권 확보를 위해 노력하는 인사들에 대한 탄압을 즉각 중지하라.
-현 정권은 언론, 출판, 결사, 시위의 자유를 제약하는 모든 악법과 장치를 즉각 개폐하라.[176]

하지만 독재정권은 4개 단체의 석방촉구 성명에도 아랑곳하지 않았다. 이들 단체가 발표한 성명조차도 언론에 제대로 보도되지 않았다.

감옥살이가 길어지면서 검고 숱이 많았던 김남주의 머리는 흰 서리가 내린 것처럼 백발이 성성해졌다. 몸도 점차 쇠약해져서 어느 때는 독감에 걸려 여러 날을 끙끙 앓기도 했다.

건강을 위해 각별한 노력을 아끼지 않았으나 장기간의 수 감과 부실한 음식으로 나날이 쇠약해져가는 것은 어쩌기 어 려웠다.

"장기수로 버티기 위해 보통 겨울이면 일곱 시, 여름엔 여 섯시 반으로 되어있는 기상시간보다 한 시간 쯤 빨리 일어나 요가와 제자리 뛰기 1,000개씩으로 체력을 단련했어요. 오전 또는 오후에 운동시간이 30분 내지 두 시간 허락되는데 보통 은 최소 허용치인 30분만 주니까 왕복시간을 뺀 근소한 시간 동안에만 햇빛과 하늘을 보며 운동을 할 수가 있지요."[177]

장기간의 옥살이가 계속되면서 김남주는 어느 정도 체관 또는 달관의 경지가 되어갔다. 미운정 고운정이 든 교도관들 도 시간이 지나는 동안 그의 인품과 올곧기 그지없는 심성에 감복하여 여러 가지 편의를 봐주기도 하였다. 하지만 여전히 읽고 싶은 책은 검열에서 차입이 불허되었다. 그것이 그로서 는 무엇보다 고통스러운 일이었다.

교회사들이 책을 검열하는 모양을 내가 얘기해 볼 테니까 한 번 들어보세요. 그들은 책을 검열하는 과정에서 책 속에서 무 슨 보물이라도 찾듯 뭔가를 꼼꼼히 찾습니다. 그러다가 책 어 느 쪽에서 자기가 기대했던 무엇이 발견되면 깜짝 놀라는 시

김남주 평전

늠을 하며 그걸 누가 엿보지는 않는가 하고 감추고 지우고 가위질을 합니다.

그들이 감추고 가위질하고 찢는 것이 무엇인 줄 아십니까? 내참 기가 막혀서 … 자유라든가, 해방이라든가, 민족이라든가, 통일이라든가, 노동이라든가, 민주주의라든가 하는 말들입니다. 이들은 이따위 언어들이 무슨 폭탄이나 되는 양 무서워하고 무슨 살모사나 되는 양 질겁하고, 이런 말을 나 같은 사람에게 주면 자기가 모가지가 열 개라도 모자랄 것이라며 아양을 떨고 호들갑을 떨고 지랄발광을 하면서 이해를 구하고 합니다.

나는 여기서 이들 교회사들의 인격을 무시한다거나 깔보기 위해서 위와 같은 표현을 사용한 것이 아닙니다. 하도 어처구니가 없어서 하는 소리입니다.[178]

1986년 9월 1일 김남주는 광주 교도소에서 전주 교도소로 이감되었다. 광주 지역의 석방운동과 민주인사들의 잦은 면회로부터 차단시키기 위해서였을 것이다. 하지만 밭이 바뀐다고 씨앗이 바뀌지 않듯이, 전주 교도소라고 하여 그의 투지가 달라질 리 없었다. 전주 교도소로 이감된 그가 연인 박광숙에게 보낸 편지에는 변함없는 투지와 연모의 정이 담겨 있다.

징역살이 6년이 넘었소. 이 6년이란 세월은 내 생애에서 가장 값어치 있게 쓰여야 했을 것인데 그렇지 못하게 되어버렸소. 광숙이도 보아서 알겠지만 그동안 내 머리는 반백이 다 돼 버렸소. 제대로 싸워 보지도 못하고 이렇게 반송장으로 늙어가니 원통하고 남에게는 부끄럽소. 광숙에게는 미안하고 괴롭소.

지난번 면회 때 광숙이에게 나는 이런 말을 했소. "나는 직업 시인이 아니다. 전사다. 내 시는 해방전사로서 내 사회적 실천의 산물에 불과하다"고.

광숙이, 사실 나는 전사에 값하는 그런 위인은 못 되고, 그 옆에 얼씬 거리지도 못할 것이오. 뿐만 아니라 전사 생활 또한 극히 짧은 것이었소. 그러나 광숙이, 현실을 근본적이고 철저하게 변혁하려는 집단적인 싸움에서 나는 내 나름으로 최선을 다 했소! 이 점은 인정해 주길 바라오.[179]

문인단체의 김남주 석방요구

———

김남주가 전주 교도소로 이감한 시점을 전후하여 정국은 5공 세력에 대한 민주화세력의 격렬한 저항으로 일진일퇴를 거듭하고 있었다. 1985년 5월 23일 일군의 대학생들이 서울의

미문화원을 점거하여 농성을 벌였다. 이에 정부는 거세게 제기되는 학생운동을 막기 위한 조처로 학원안정법의 제정을 시도하다가 학생과 야당의 저지로 무산되었다. 이를 계기로 표독한 독재정권은 차츰 밀리기 시작했다.

이어서 서울의 14개 대학생 185명이 집권 민정당 중앙정치연수원을 점거하는 시위를 벌이고(11월 18일), 민주화실천가족운동협의회(민가협)가 결성되었다(12월 12일). 1986년 2월이 되자 신민당과 민추협이 대통령직선제 개헌 1,000만 명 서명운동에 들어갔다. 그런 중에 서울대생 김세진과 이재호가 분신하여 자결하는 일이 벌어졌다(4월 28일). 이 사건 이후 5·3인천민주항쟁이 벌어졌으며 부천서 성고문사건이 폭로되는(7월 2일), 상황에서 전국 26개 대학생 2,000여 명이 건국대에서 나흘간 철야농성을 시작했다. 이때 정부는 1,295명을 구속하였는데, 이는 세계학생운동사에 단기간의 구속 숫자로 남긴 최고 기록이다.

대학생이 참여하는 범야 민주세력은 1987년 1월 14일 서울대생 박종철 군의 고문치사 사건을 계기로 전두환 정권 타도 투쟁으로 전략이 바뀌었고, 전두환은 4월 3일 현행 헌법으로 차기 대통령을 선거하겠다는 이른바 '호헌선언'으로 맞섰다. 이로써 전두환 정권은 그동안 직선제개헌을 추진해온 야당, 민주세력과 정면으로 대결하게 되었다.

곧이어 선명노선을 천명한 통일민주당이 창당되고, 천주교 정의구현사제단이 경찰수뇌부의 서울대생 박종철 고문치사 사건 축소 조작을 폭로했다. 연세대생 이한열이 시위도중 경찰의 최루탄에 맞아 사망하는 안타까운 사건 이후, 6월 10일에는 전국 18개 도시에서 '박종철 군 고문 살인 조작, 은폐 규탄 및 호헌철폐 국민대회'가 개최되었다. 이어 6월 26일에는 전국 37개 도시에서 100만여 명이 참가한 대규모 반정부 시위가 일어났다. 그리하여 마침내 6월 29일, 여당인 민정당 대표위원으로 선출된 노태우가 직선제 개헌과 민주화 조치를 약속하는, 이른바 '6·29 항복 선언'을 발표하게 된다. 전두환을 중심으로 하는 신군부세력은 권력찬탈 7년여 만에 거대한 민중의 봉기로 '항복'을 선언하게 된 역사적인 사건이 일어난 것이다.

이처럼 도도한 민중항쟁이 전개되고 있던 1987년 2월 14일 자유실천문인협의회(이하 자실련)는 긴급 총회를 열고 "우리 시대 양심의 등불 구속문인들의 즉각 석방을 촉구한다"는 성명을 발표하였다. 1986년 4개 단체의 석방촉구 성명을 시발로 1986년에 독일 함부르크에서 개최된 국제 펜(PEN) 대회에서 김남주 석방 결의문이 채택된 데 이은 문인 단체의 석방운동이었다.

최근 우리 사회에서 태풍의 눈으로 부각되고 있는 인신에 대한 무차별한 구속, 학대와 더불어 우리 동료 문인들에 대한 무분별한 투옥만큼 우리 시대상을 적나라하게 잴 수 있는 바로미터는 흔치 않을 것이다. 당국은 때로 문인들을 구속하면서도 그 신분을 정확히 밝히지 않음으로서 오늘 문학 탄압의 실상을 은폐하려 드는 작태를 보이고 있다.

하지만 오늘 우리들을 대신하여 찬 옥방에서 신음하고 있는 우리 선배 동료 문인들은 지난 79년 이래 8년 째 투옥되어 있는 김남주 시인, 오성회 사건으로 4년째 신음하고 있는 민통련 의장 문익환 시인,《젊은 날》과《이제 때는 왔다》라는 두 권의 시집을 펴낸 백기완 시인, 지역 문화운동의 선도적 역할을 하고 있는 도서출판 광주 편집장 고규태 시인, 최근 2·7 박종철 군 추도식 시위관계로 구속된 승려 시인 박진관 등 실로 7명에 이르고 있다.

이는 건국 이래 최대 규모의 문인 투옥이자 그야말로 목을 조여드는 문학탄압이라고 아니할 수 없을 것이다. 또한 당국은 알게 모르게 자유실천문인협의회 소속 문인들에 대한 음성적 탄압을 병행하고 있는 바, 오늘의 문인들과 국민은 이를 직시하지 않으면 안 될 것이다.

오늘 우리는 찬 옥방에서 신음하고 있는 일곱 분을 떠올리면서 우리에게 와 닿는 최대 봉쇄국면을 읽는다. 당국은 이런 현실을 여러모로 호도하면서 88올림픽에 즈음한 범국민적 문예행사 준비에 광분하고 있는 바, 우리는 그들이 허울을 벗어던지고 우리 시대 양심의 증인들을 하루 빨리 가족과 친지들의 곁으로 돌려보내 줄 것을 촉구한다.[180]

민족문학작가회의는 1987년 9월 17일 열린 창립총회에서 김남주 석방촉구결의안을 채택하였다. 또한 같은 시기 세계 펜 대회에서는 1988년 세계 펜 대회의 서울 유치를 김남주 등 구속문인들의 인권상황을 들어 반대의사를 표명하였다. 결국 세계 펜 대회의 서울 유치는 성사되지 못했다.

민족문학작가회의 자유실천위원회는 1987년 11월 8일 김남주의 석방과 "언론·출판의 자유 보장하라!"는 성명을 발표하였다. 노태우의 '6·29선언'으로 직선제 개헌안이 국민투표에서 93.1퍼센트의 찬성으로 통과(10월 27일)된 직후였다. 6·29선언 8개 조항 중에는 △ 김대중 사면복권과 시국 관련 사범 석방 조항이 포함되었다. 그러나 전두환 정부는 '시국사범' 중에서 선별적으로 석방하고 김남주 등 남민전 사건은 제외시켰다. 다음은 그 성명서의 내용을 일부 발췌한 것이다.

양심수의 전원석방이 이루어지기는커녕 이제까지 구속된 것보다 더 많은 학생, 노동자, 민주인사들이 계속 투옥되고 있으며, 언론의 자유가 신장되는 것은 상상할 수도 없게 그 탄압과 조작이 뻔뻔스럽게 자행되고 있는 실정이다.

13년 동안의 자유실천문인협의회 운동을 계승하여 진정한 민족문학의 전개에 나선 우리 민족문학작가회의는 박 정권 이래 심화된 지역 갈등의 문제를 차제에 민족이란 이름 아래 최우선적으로 해결되어야 한다고 확신하고 있다. 이번 선거 국면이 만에 하나 선거행위를 통한 군부독재 재생산이라는 결과로 될 때의 엄청난 민족사적 죄책은 그야말로 반민족에 귀착될 터이다. 그러므로 오늘의 선거열기의 표면을 뚫고 우리가 쟁취할 바를 상기하면서 다음과 같이 주장한다.

-공정선거를 보장할 거국 국립내각을 수립하라.
-언론탄압과 제도언론에 의한 야권분열 획책을 중단하라.
-폐간된 월간 및 계간지의 복간을 비롯, 출판의 자유를 전면 보장하라.
-노동자, 농민의 생존권 투쟁에 대한 탄압을 중지하라.
-시인 김남주를 비롯한 모든 양심수를 즉각 석방하라.[181]

하지만 박정희의 18년에 이어 전두환의 7년 집권으로 권력에 중독이 된 정치군인들과 이들을 비호하면서 축재를 일삼아 온 제도언론 등 기득권 세력은 김남주 등 양심적 문인들의 석방보다는 대선승리를 위한 일에만 혈안이 되었다. 6·29 선언은 부분적으로 빈 말이 되고 말았다. '5·16 혁명공약'처럼 말이다.

《반외세 민족자주화의 선봉 김남주론》 간행
—

6월 민주항쟁으로 촉발된 국민적 감정은 어느 때보다 문민정부 수립을 염원했으나 야권의 분열과 관권부정선거로 결국 문민정부 수립은 실패하고 말았다. 하지만 6월 항쟁 이후 점차 사회 전반에 걸쳐 어느 정도 민주화가 진척되었다. 그러한 분위기 속에서 김남주의 지인들인 김준태, 이강 등이 모여 1988년 8월 《반외세 민족자주화의 선봉 김남주론》을 펴내게 됐다. 이 책은 도서출판 광주의 '광주신서 7'로 출간되었다.

한국현대문학사에서 옥중의 문인에 대한 인물, 문학론이 간행된 것은 드문 일이었다. 때는 군사정권의 연장인 노태우 정권 초기였다. 이 책의 출간은 김남주가 그만큼 국내외적으로 독재권력의 희생양으로 인식되고 있었기에 가능했던 것이다. 3부로 나누어진 이 책은 1부 김남주 문학론, 2부 인간 김남주, 3부 석방하라! 석방하라! 석방하라!로 나눠 글이 수록되었고, 마지막엔 부록이 첨가되어 있다. 각 부에는 김준태, 위기철, 염무웅, 이강, 김희수, 박석무, 문익환, 박광숙 등의 글이 나눠 실렸다.

책의 편집진은 '김남주 형에게 보내는 편지'라는 머리글에서 "10년이라면 강산도 변한다고 하는데 형께서 부딪치고 있는 감옥의 벽과 벽은 달라진 게 없으니, 정말 바깥 세상에 사는 우리들이 오늘 따라 더욱 부끄러워집니다"라고 전제하면서 다음과 같이 이어 쓴다.

> 우리들은 그동안 참 부끄러웠습니다. 형이 갇혀 있을 때, 형이 그렇게 큰 칼을 목에 걸고 신음할 때, 우리들은 속절없는 세월과 더불어 결혼을 하고 돈을 벌고, 짜장면과 생선회를 우물거리고, 이웃끼리 서로 쥐어뜯고 상처를 입히고, 죽이고 으깨어 버리고, 탄식만을 늘어놓을 뿐이었습니다. 아아, 우리들의 적은 우리의 목숨을 도마 위에 놓고 카지노를 즐기는데, 우리들의 눈알과 손바닥과 가슴속에 낚시바늘을 던지며 입맛을 다시는데, 우리들의 적은 남과 북을 갈라놓고서 자기들의 부른 배를 보다 느긋하게 쓰다듬고 있는데, 우리들은 행여 자유와 평화와 하늘을 더럽히지는 않았는지 스스로 묻고 싶습니다.[182]

자책과 겸양의 말이겠지만, 여기에 참여한 필진의 대부분

은 유신과 5공 시대에도 올곧게 살았던 문인이자 활동가들이
었다. 조금 더 인용해보자.

남주형! 몇 뼘의 시멘트 바다, 철장 안에서 새우처럼 오그라
져 그러나 의연하게 이 땅의 고통을 스스로 짊어지고 앓아 오
신 남주형! 이 땅의 진정한 전망, 진정한 갈길을 향하여 다이
아몬드로 번쩍이는 쑥대머리 허연 넋이여. 형을 감옥 안에 두
고서는 이 땅의 그 누구도 자유로울 수 없습니다. 형을 감옥
안에 두고서는 그 어떤 시인도, 자기의 아내와 마음껏 비단
이불을 덮고, 마음껏 잘 수가 없습니다. 아마, 형은 감옥에서
명태처럼 말라가고 그리고 우리는 감옥의 바깥에서 열병환자
처럼 고함을 내지릅니다.

김남주를 석방하라!
김남주 시인을 석방하라!
김남주의 사랑과 영혼과
육체와 삼천리 평야를 석방하라!
김남주의 백성, 김남주의 역사를 석방하라!
김남주의 민족, 김남주의 현실을 석방하라!
이제 김남주의 파랑새를 석방하라!
파랑새, 파랑새를 날려 보내라.[183]

김남주 평전

감옥에 있다 석방된 뒤 민주통일민중운동연합 공동의장으로 6월 항쟁을 주도했던 문익환 목사는 "너무 뜨겁게 진실한 사람"이라는 기고문에서 "언젠가는 만나게 되기를 간절히 바라는 한 시인, 그러나 아직은 만난 일이 없는 시인의 시 앞에 지금 나는 서있다"면서 아직 한 번도 만나보지 못한 옥중의 시인을 상상한다.

이 시인은 아무래도 키가 작달만한 사람일 것 같다. 얼굴도 결코 크지는 않을 것이고, 그리고 까뭇까뭇할 것이고, 앙 다문 입술에 날카로운 콧날, 눈은 야광주처럼 빛나고, 뜻밖에도 허술하고 어질디 어진 사람인지도 모른다는 생각도 든다. 어질디 어질고 착하디 착한 사람이 되려 역사를 끌고 가는 막강한 힘이 되는 일이 가끔 있기 때문이다. 세계를 호령하는 애굽왕 파라오와 맞서 싸워서 기어코 불쌍한 노예들을 이끌고 나온 모세, 강자 중의 강자를 성서는 '겸손하고' '온유하다'(민수기 12:3)고 하니 말이다.

오 지하의 시간이여 표독한
야수의 발톱에 떨어진
살점이여 살점으로 뒹구는
육신이여 영혼이여

죽어서는 안 된다
살아서 이 어둠을
불살라 버려야 한다

타는 목마름으로 민주주의의 만세를 부른 김지하 시인의 시
는 이 시에 비하면 한 숨 돌릴 여유가 있다. 김지하 시인의 타
는 목마름으로 민주주의 만세를 부른 곳은 뒷골목이었다. 물
론 거기도 발짝 소리 호르락 소리 문 두드리는 소리 외마디
길고 긴 누군가의 비명소리 신음소리 통곡소리 탄식소리가
사무치는 곳 끌려가던 벗들의 피 묻은 얼굴이 되살아오는 곳
이었다. 그러나 이 시인이 '죽어서는 안 된다'며 나뒹구는 곳
은 어느 지하실이었던가? 이런 극한 상황에서는 민주주의 같
은 건 이미 사치가 되는 것이다. 수도 없이 '죽음으로 넘어가
는' 아슬아슬한 벼랑 끝에 썼었던 것이 아닐까? 그러나 이 시
인은 그 자리를 삶의 절정이라고 한다.[184]

　그 자신 시인이기도 한 문익환은 김남주의 시를 김지하의
시보다 우위에 뒀다. "아직 얼굴도 본 일이 없고 목소리도 들
어 본 일이 없는 이 시인은 잿더미 속에 파묻혀 몸부림친다.
아니, 자신을 한 움큼 재로 느끼고 있다"면서 김남주의 시를
인용한다.

그대는 타오르는 불길에

영혼을 던져 보았는가

그대는 바다의 심연에

육신을 던져보았는가

죽음의 불길 속에서

영혼은 어떻게 꽃을 피우는가

파도의 심연에서

육신은 어떻게 꽃을 태우는가

파도의 심연에서

육신은 어떻게 피를 흘리는가

시인 문익환 목사는 옥중의 김남주 시인을 다음과 같이 평한다.

"이렇게 뜨겁게 타는 영혼은 한 줌 재도 남기지 않고 완전 연소할 것 같지 않은가? 그는 죽어버린 별 죽으러 가는 별 죽음을 기다리는 별과 함께 별과 달의 부활을 위해 새벽의 언덕에서 기도를 드리다가 숯덩이처럼 검게 타 버리고 잿더미와 함께 사라질 온 몸으로 타는 영혼이다."[185]

두 번째 시집《나의 칼 나의 피》

—

1987년 김남주의 두 번째 시집인《나의 칼 나의 피》가 인동 출판사에서 간행되었다. 같은 해 일어판 시집인《농부의 밤》이 도쿄에서 출간되었고, 일본 PEN 클럽이 그를 명예회원으로 추대하였다. 이 시집에 실린 표제시 〈나의 칼 나의 피〉다.

만인의 머리 위에서 빛나는 별과도 같은 것
만인의 입으로 들어오는 공기와도 같은 것
누구의 것도 아니면서

만인의 만인의 만인의 가슴 위에 내리는
눈과도 햇살과도 같은 것

토지여
나는 심는다 그대 살쩐 가슴 위에 언덕 위에
골짜기의 평화 능선 위에 나는 심는다
평등의 나무를

그러나 누가 키우랴 이 나무를
이 나무를 누가 누가 와서 지켜주랴

신이 와서 신의 입김으로 키우랴

바람이 와서 키워주랴

누가 지키랴, 왕이 와서 왕의 군대가 와서 지켜주랴

부자가 와서 부자들이 만들어놓은 법이

법관이 와서 지켜주랴

천만에! 나는 놓는다

토지여, 토지 위에 사는 농부여

나는 놓는다 그대가 밟고 가는 모든 길 위에 나는 놓는다

바위로 험한 산길 위에

파도로 사나운 뱃길 위에

고개 너머 평지길 황톳길 위에

사래 긴 밭의 이랑 위에

가르마 같은 논둑길 위에 나는 놓는다

나는 또한 놓는다 그대가 만지는 모든 사물 위에

매일처럼 오르는 그대 밥상 위에

모래 위에 미끄러지는 입술 그대 입맞춤 위에

물결처럼 포개지는 그대 잠자리 위에

투석기의 돌 옛 사랑의 무기 위에

파헤쳐 그대 가슴 위에 심장 위에 나는 놓는다

나의 칼 나의 피를

오 평등이여 평등의 나무여[186]

고은 시인이 이 시집에 서문을 썼다. "남주의 감옥 8년! 이 건 하나의 일생이다. 남주! 그대는 소위 고독이라는 것조차 세상의 넝마라고 쓰레기통에 처넣어 버렸겠구나. 이 무지무지한 사람아!"로 시작되는 서문은 고은 씨의 유려한 그리고 고담한 필체로 전개되고 있다.

> 70년대 해남, 광주 시절의 도전적인 순정으로 만들어진 그대의 성난 시는 그 뒤로 비합법적으로만 우리에게 존속되고 있다. 그대의 시를 읽을 때에만 그대는 비로소 관념의 어둠 속으로부터 한 시인의 하얀 이빨들로 웃는 웃음이 되어 우리에게 나타난다. 그 새까만 낯짝으로부터 쏘아대는 하얀 이빨의, 그 광택의 절실성이 마구 달려오는 것이다.
> 엄숙할 때도 슬플 때도 웃는 그대 웃음소리가 들려오는 것이다. 70년대 초 재판 최후 진술에서 "좆돼 버렸다"고 내뱉던 그 독설도 멀리서 들려오는 것이다. 아울러 그대 탐구와 그대의 비상투적인 감수성도 한꺼번에 우르르 몰려오는 것이다.[187]

김남주가 「함성」지 사건 재판의 최후진술에서 말한 것조차 알 정도인 걸 보면 고은 시인은 그날 그 재판을 방청했던 것 같다. 그 후로 고은 시인은 후배 시인 김남주의 행로를 지켜봤다. 서문은 이어진다.

> 78년이든가 79년이든가 그대가 현상수배 되었을 때 그대를 잡아 특진하려는 형사들이 내 집은 물론이거니와 내 어머니가 혼자 살고 계시는 내 고향집 윗방, 아랫방, 벽장까지 다 뒤져댔다 한다. 어머니가 서울에 있는 나에게 "남주라는 사람, 너 아냐? 남주가 살인강도라더라. 너 그런 놈하고 상종 말아라. 나까지 귀찮다"라고 말할 때 나는 느닷없이 눈물이 나왔던 것이다. 그리고 내가 그대 시의 선배인 것이 자랑스러웠다.
>
> 그러고 나니 내가 82년 감옥에서 나와 벗들을 데리고 특별면회라는 것으로 광주 교도소에서 그대를 만났을 때 거기서도 나는 눈물바람을 했다.[188]

13장

조국은 하나다

"감옥살이 이유 어머니께 전해다오"

—

감옥이란 곳은 약한 사람은 쉽게 허물어지고 강한 사람은 더욱 강하게 만드는 용광로와 같은 곳이다. 물론 이 경우는 주로 양심수에게 해당되는 말이겠다. 김남주는 대장부였다. 맹자는 대장부란 무엇이냐는 물음에 이렇게 답했다.

"부와 명예와 관계하더라도 그 곳에 말려들어 헤어나지 못하는 일이 없고, 가난하고 미천한 처지를 당하여도 본래의 마음이 흔들림이 없고, 권위와 힘으로 압력을 가해와도 자기 뜻을 굽히지 않는 그러한 사람이다."

당대를 호령하는 부도덕한 독재자, 강한 자에 약하고 약한 자에 강한 권세가, 육척 장신에 별을 번쩍번쩍 몇 개씩 달고도 정도를 걷지 않은 군인 …. 이런 부류가 대장부일 수는 없다. 육신은 왜소하더라도 불의에 저항하고 당당하게 신념의 길을 걷는 사람이 대장부다. 이런 의미에서 김남주는 대장부에 속한다. 김남주는 그의 신념, 투지, 실천 그리고 순결성에서 속물적인 문인들과는 남다른 바가 적지 않았다. 그는 무사기(無邪氣)한 사람이다.

김남주는 옥살이가 9년차에 접어든 1989년 어느 날 동생 덕종에게 편지를 쓴다. 5년 전에 면회 온 어머니를 마지막으로 본 뒤로 그리워하면서도 왜, 아들이 9년씩이나 갇혀 있는지를 어머니께 이해시켜 드리라는 내용이다.

어머니 건강은 어떠시냐, 5년 전엔가 광주 옥에선가 보고 못 보았다. 보고 싶구나. 그때 모습은 여전히 고우시고 건강해 보였는데 일흔 살이 넘으신 지금은 어떤 모습을 하고 계시는 지
….

덕종아, 어머니께서는 내가 이곳에 9년 동안이나 갇혀 있는 이유를 아시더냐? 네가 혹시 가르쳐 드렸느냐?

이를테면 독재정권과 싸우다가 그랬다든지, 민주주의를 위해 투쟁하다가 그랬다든지 하고 말이다. 아마 어머니는 이런 식으로 말하면 무슨 소린지 구체적으로 모르실 것이다. 독재정권이란 게 나쁜 것이고 민주주의란 게 좋은 것이고 하는 정도 겠지.

어머니에게 언제 한 번 가르쳐 드려라. 당신의 자식이 무슨 일로 9년씩이나 아니 15년씩이나 감옥에 갇혀 있어야 하는지를, 그게 자식 된 도리일 것 같다.[189]

김남주가 수배중일 때 그의 아버지가 별세하고, 똑똑했던

아들이 '금판사'는커녕 국가보안법 등의 어마어마한 죄인이 되어 긴긴 옥살이를 할 때 어머니의 심정은 어땠을까. 아들은 자신의 옥고보다는 어머니의 상심과 어머니께서 과연 자신을 이해하고 계실까 하는 생각에 더 고통스러워했다. 김남주의 편지는 이어진다.

덕종아, 나는 말이다. 독재자 따위는 사실 별로 관심이 없다. 그런 것들이야 동서고금에 흔해빠진 인간 말종들이다. 그들은 한마디로 말하면 어릿광대들이지. 미치광이들이지. 나라 안팎의 자본가들의 재산을, 생명을 지켜주고 그 대가로 패륜행위를 자행하는 권한을 부여받는 괴뢰들이지. 어느 시기에 자본가들의 재산과 생명을 지키는 일을 서투르게 하면 다시 말해서 어릿광대짓과 미치광이 짓을 잘못하면 내치고 마는 불쌍한 인간들이지.

나는 이따위 패륜아들에게 오히려 인간적인 동정까지 느끼고는 한단다. 보아라, 이 아무개, 박 아무개, 전 아무개 등은 죽기가 무섭게, 권좌에서 내치기가 무섭게 개, 돼지 취급을 당하는 꼬락서니를, 실컷 못된 짓하여 쾌락을 만끽하다가 여차하면 한보따리 챙겨가지고 도망치는 것이 그들의 유일한 목적이란다.[190]

김남주가 독재자와 그 망나니들을 비판할 때면 그의 글은 얼음처럼 냉정하면서도 칼날처럼 매섭다. 또한 현실에 대한 과학적인 분석을 곁들여서 추상적이기 보다 사실성이 강한 편이다. 한 구절을 더 들어보자.

> 덕종아, 어머니에게 말씀해 드려라. 나는 이따위 개망나니들 때문에 9년 동안 갇혀 있는 것이 아니라고. 내가 9년 동안 옥살이 하고 있는 것은 이들 산적들을, 개망나니들을 앞세워 그 이면에서 노동하는 민중들의 고혈을 빨아먹고 있는 자본가들을 증오하고 저주하였기 때문이다.
>
> 이들 자본가들에게는 조국이 없단다. 조국이 없으니까 동포도 없고 민족도 없단다. 자기들 자본을 지켜주는 자가 자기들 형제고 동포란다.[191]

이런 대목을 자본주의 권력세력과 재벌의 충견들이 본다면 힘이 날 것이다. 봐라, "반자본주의자 아니냐!", "'국시'인 자본(주의)를 부정하다니 용공·좌경·친북 아니냐." (멍멍멍…)

김남주의 편지는 계속 이어진다.

> 어머니에게 얘기해 드려라. 내가 감옥에 9년씩이나 15년씩이나 갇혀 있어야 하는 것은 이 진드기들, 이 거머리들, 이 흡혈

귀들을 증오하고 저주했기 때문이라고. 꼬챙이를 낫으로 깎아 이놈들을 찔러 죽이라고 노동자와 농민들에게 호소했기 때문이라고. 이놈들 때문에 우리 민족은 남의 나라의 식민지가 되어 치욕의 대상이 되어 있고, 이놈들 때문에 한 나라가 두 동강으로 갈라져 있고, 이놈들 때문에 통일이 안 되고, 이놈들 때문에 민주주의가 안 되고 있다고.[192]

김남주의 반민족, 빈민중, 반노동의 '자본(가)'에 대한 비판 인식과 '노동의 소중함'은 마지막 대목에서 확연하게 설명된다.

덕종아, 인간은 그 노동 때문에 동물과 구별된다. 노동, 특히 육체노동이야 말로 인간을 인간이게 하고 인간의 자질을 높여 준다. 나는 그래서 주문처럼 외우고 있단다. "노동에서 멀어질수록 인간은 동물에 가까워진다"는 말을. 노동이 고역이 아니고 생활의 으뜸가는 기쁨인 사회를 만드는 게 내 유일한 희망이란다.[193]

무크지 「녹두꽃」에 실린 옥중서신

—

6월 항쟁은 문학, 예술운동에도 거대한 분기점이 된 사건이었다. 줄기차게 민중운동을 전개해온 깨어있는 문인을 비롯한 예술가들은 6월 항쟁에 적극 참여하여 변혁의 시대를 이끌었다.

그때를 기점으로 민중시대의 이념적, 이론적 지향성을 제시하는 각종 계간지와 무크지가 출간되기 시작했다. 박정희, 전두환의 폭압 속에서 움츠리고 매장되었던 '신문예운동'이 바야흐로 싹트기 시작한 것이다.

'민족해방을 여는 문예운동의 이정표'라는 슬로건을 내건 무크지 「녹두꽃」이 1988년 9월에 창간호를 선보이며 출간되었다. 신형식을 발행인으로 하여 편집위원인 시인 김형수, 소설가 정도상, 문학평론가 백진기 체제로 출간된 「녹두꽃」은 "우리 민족의 영웅으로 살아 척양척왜를 외치다 쓰러져 가신 위대한 장군에게 민중들이 붙여준 이름 '녹두'와 한 시대의 문화, 예술을 상징하는 '꽃'이라는 말을 빌려와 결합한 것이다"라고 창간호 '책머리'에서 밝혔다.

창간호에는 "김남주 옥중서신"이 실렸다. 그동안 김남주의 지인들에 의해 시집과 인물론이 발간되기는 했지만, 무크지에 '옥중서신'이 실린 것은 처음이었다. 편집자는 "이 삼복더

위에도 부글부글 끓는 뻥기통 옆에서 조국의 미래와 통일을
걱정하며 밤잠을 설칠 양심수들의 고난과 투쟁에 비하면 우
리는 너무 편한 투쟁의 일상을 보내고 있다는 자책감이 들었
다. 그 자책감은 폭염을 잊기에 충분한 효과가 있었다"[194]면
서 김남주의 옥중시를 싣게 된 배경을 밝혔다. 김남주의 기고
문은 "혁명가의 투쟁의 그날그날"이란 산문이다.

> 혁명의 길은 점잖은 청춘남녀들이 장미꽃 미래를 꿈꾸며 걸
> 어가는 오솔길도 아니고, 내키면 아무대로 달릴 수 있는 반반
> 하고 탄탄하게 다져진 대로가 아니다.
> 혁명의 길은 때로 무릎까지 빠지는 수렁길이고, 죽음을 불사
> 하고 건너뛰어야 하는 천 길 벼랑의 길이고, 때로는 온몸이
> 피투성이가 되도록 전진해야 하는 가시밭길이다. 한 마디로
> 말해서 혁명의 길은 멀고도 험한 길이다. 이 같은 일시적인,
> 부분적인 승리의 기쁨과 수없이 많은 패배의 쓰라린, 천 고비
> 만 고비 시련의 고비를 경과하면서 단련되는 것이다. 그리고
> 이 과정에서 어떤 전사는 적에게 살해되기도 하고 감옥에서
> 전 생애를 보내면서 새로운 전사를 탄생시키는 것이다.[195]

에릭 홉스봄은 《혁명가 역사의 전복자들》에서 혁명가가 되
는 사람들의 유형을 분명하게 지적한다.

왜 어떤 남성과 여성은 혁명가가 되는가. 가장 큰 이유는 그들이 주관적으로 원하는 삶이 사회 전체의 근본적인 변화 없이는 가능하지 않다고 믿기 때문이다. 물론 여기에는 이상주의의 영속적인 기초 혹은 우리가 선호하는 용어인 유토피아주의가 존재한다. 이는 인간생활의 일부이며, 사춘기와 낭만적 사랑을 겪을 때처럼 특정 시대에는 지식인들에게 지배적인 요소가 될 수도 있고, 사랑에 빠진 상태에 상응하는 우연한 역사적 순간, 말하자면 해방과 혁명이 일어나는 위대한 순간에는 사회에서도 그럴 수 있다. 아무리 냉소적일지라도 모든 사람은 불완전하지 않은 개인적인 삶이나 사회를 꿈꿀 수 있다. 모두들 그런 사회가 멋지다는 데 동의할 것이다.[196]

그렇다면 김남주가 그리는 혁명가의 일상은 어떠한가.

그러면 혁명의 길을 걷고자 하는 사람은 투쟁의 그날그날을 어떤 마음가짐과 각오로 보내야 하는가?
– 시간 엄수는 규율엄수의 초보이다. 일 분 일 초를 어기지 말고 약속시간을 지킨다.
– 사생활을 공생활에 종속시킨다.
– 동지를 제 몸같이 위한다.
– 비판과 자기비판을 생활화한다.

단, 비판의 무기를 동지 공격의 무기로 삼지 말 것이되, 어떤 동지가 과오를 범했을 때, 그가 자기의 친구라 해서, 동향인이라 해서 또는 선후배라 해서 그것을 눈감아 준다거나 하여 비판의 무기를 무디게 하지 말자.

-아무리 사소한 일이라도 먼저 질서와 체계를 세우고 침착 기민하게 대처할 수 있도록 항상 준비성 있는 사람이 된다. 특히 하나의 전투에서 상대를 공격할 때 모든 형태의 인격에 대비하여 완벽한 준비가 되어 있지 않다면 결코 섣불리, 무모하게 상대를 공격하지 말 것이며, 방심이야말로 일을 그르치는 최악의 적이라는 것을 명심하자.

-대중은 혁명을 떠받쳐 주는 기반이고 혁명을 추진하는 원동력이고 혁명을 보호해 주는 철옹성이다. 대중을 사랑하고 신뢰함으로써 대중으로부터 사랑받고 신뢰받는 사람이 된다.

-실천은 이론의 토대이고 이론은 실천의 길잡이이다. 끊임없이 학습하고 끊임없이 실천한다.

-혁명적 조직 없이 혁명의 승리 없고 조직의 비밀은 혁명의 생명선이다. 최후의 순간까지 조직을 사수한다. (생략)

-혁명에는 혁명의 고유한 도덕이 있다. 자기 신발에 흙탕물이 묻는 것을 꺼려하거나 자기 손에 피가 묻는 것을 두려워하는 자는 아예 혁명의 길에 나서지 않는 것이 좋다.[197]

김남주는 이 글에서 브레히트의 〈세계를 변혁하라 필요한 것은 이것이다〉를 소개한다.

> 정의의 사람은 누구하고도 자리를 같이 해서는 안 되는가?
> 그것은 정의에 도움이 되는데도
> 어떤 약이 너무 쓰다고 할 수 있을까
> 죽음에 직면한 사람에게
> 어떤 비열한 행위도 그때는 해야 하지 않을까
> 비열함의 뿌리를 뽑아 버리기 위해서라면
> 마침내 세계를 변혁할 수 있다면
> 왜 그대는 악인의 경지에 발을 들여놓지 않는가?
> 누구인가 그대는?
> 불륜의 침상에서 학살자의 팔을 껴 안아라
> 그러나 세계를 변혁하라, 필요한 것은 이것이다.[198]

김남주는 말한다. "새로운 사회를 창조하기 위해 낡은 사회를 소멸시키고자 하는 사람은 낡은 사회의 산물인 자기 자신부터 변혁시켜야 한다. 물론 이런 자기변혁은 관념적으로는 되지 않고, 되더라도 충분하게 되지 않는다. 오직 낡은 사회를 소멸시키고 새로운 사회를 창조하고자 하는 실천적인 과정 속에서만이 그것(자기변혁)은 이루어지는 것이다."[199]

무크지 「녹두꽃」 창간호에는 이 산문과 함께 〈전사 1〉과 〈전사 2〉라는 그의 두 편의 시가 함께 실렸다.

대표작 《조국은 하나다》 출간
—

김남주의 대표작이라 할 《조국은 하나다》라는 시집이 출간된 것은 1988년 9월이다. 광주에 있는 출판사 남풍에서 나온 이 시집은 202편의 시가 실렸으며, '남풍신서 6'이라는 타이틀을 달고 375쪽으로 출간됐다. 이처럼 시집은 세상에 나왔지만 시를 쓴 이는 여전히 풀려나지 않은 상태였다.

이 시집은 제1부 '담 하나를 사이에 두고' 제2부 '조국은 하나다' 제3부 '노동과 그날그날' 제4부 '함께 가자 우리 이 길을'로 나뉘어 그 내용에 걸맞은 시가 실렸고, 제5부에서는 발문과 편집후기, 연보 등이 실렸다.

이 시집의 편집진은 "'조국은 하나다'를 펴내며"라는 후기에서 비장한 어조로 출간의 의미를 되새긴다. "조국통일의 봄바람이 백두에서 한라까지 가멸차게 휘몰아치고 있는 현하 민족사의 전환점에서, 반제 민족해방과 조국통일에의 열망을 누구보다도 정열적으로 가장 격정적으로 노래하고 싸우는 김남주 시인의 푸담하고 실다운 '역사' 앞에 제공하는 기쁨은

실로 벅찹니다"란 헌사가 그것이다. '헌사'는 계속 이어진다.

> 우리는 「함성」지 사건으로 10개월, 남민전 사건으로 9년 합하
> 여 10년 간에 걸쳐 계속되고 있는 김남주 시인의 고통과 고독
> 과 부자유 – 반민족 집단의 철근과 콘크리트에 포위되어, 사
> 슬에 묶여 숨조차 자유로이 쉴 수 없고, 벽이 가려 하늘조차
> 볼 수 없는 반백(半白)의 죄인으로 죽어지내야 하는 –에 주목
> 하면서, 또한 현 정권의 비민주적 본질과 기만성을 규탄하면
> 서 시와 혁명과의 관계를 시가 어떻게 우리의 변혁사업을 이
> 데올로기적으로 준비할 것인가에 대해서 생각해 보기로 합시
> 다.[200]

편집후기는 이어서 군사정권 하의 대중매체와 기관, 연구
소들의 반민중적 행태를 비판한다.

> 이들 모든 대중매체들과 기관 연구소들은 끊임없이 지배계급
> 의 경제적, 정치적 이익을 대변해 주고 선전해 주는 데 혈안
> 이 되고 있습니다. 그들은 노동자, 농민, 청년학생들이 사회적
> 모순을 근본적으로 해결하는 어떤 발언이나 행동을 하면 '급
> 진적'이다, '용공적'이다 하여 터무니없는 비난을 가합니다.
> 그들은 이들의 혁명적 발언이나 행동을 "이성을 벗어난 광

태"라 하고 "정상적인 사회발전에서 이탈한 폭도"들이라 매도합니다.[201]

시집의 표제시로 실린 〈조국은 하나다〉는 8연에 이르는 장시다. 시인의 혼과 얼이 배어있다.

조국은 하나다

"조국은 하나다"
이것이 나의 슬로건이다
꿈속에서가 아니라 이제는 생시에
남 모르게가 아니라 이제는 공공연하게
"조국은 하나다"
권력의 눈앞에서
양키 점령군의 총구 앞에서
자본가 개들의 이빨 앞에서
"조국은 하나다"
이것이 나의 슬로건이다

나는 이제 쓰리라
사람들이 오가는 모든 길 위에

조국은 하나다라고

오르막길 위에도 내리막길 위에도 쓰리라

사나운 파도의 뱃 길 위에도 쓰고

바위로 험한 산길 위에도 쓰리라

밤길 위에도 쓰고 새벽길 위에도 쓰고

끊어진 남과 북의 철길 위에도 쓰리라

조국은 하나다라고

나는 이제 쓰리라

인간의 눈이 닿는 모든 사물 위에

조국은 하나다라고

눈을 뜨면 아침에 맨 처음에 보게 되는 천장 위에 쓰리라

만인의 입으로 들어오는 밥 위에 쓰리라

쌀밥 위에도 보리밥 위에도 쓰리라

나는 또한 쓰리라

인간이 쓰는 모든 말 위에

조국은 하나다라고

탄생의 말 응아 위에 쓰리라 갓난아기가

어머니로부터 배우는 최초의 말 위에 쓰리라

저주의 말 위선의 말 공갈 협박의 말……

김남주 평전

신과 부자들의 말 위에도 쓰리라

악마가 남긴 최후의 유언장 위에도 쓰리라

조국은 하나다라고[202]

(후략)

김남주 시인의 지인인 김준태 시인은 이 시집에 실린 "남주형에게 보내는 편지"라는 글을 통해 통절한 마음을 전하고 있다.

이제 형은 감옥을 벗어나 어머니인 국토의 품으로, 미래의 벌판으로 날을 듯 달려가야 합니다. 시인을 더 이상 잠수함 속에 가둬 둘 나라가 아니기에, 시인을 더 이상 잠수함 속의 토끼처럼 가둬 둬선 안 될 나라이기에. 남주형은 한라산의 철쭉, 무등산의 갈대, 백두산의 노래 속을 날고 날아야 합니다.

그렇습니다. 그렇습니다. 남주형!

시인은 무당입니다. 한 민족의 가장 현실적인 무당입니다. 비를 부르고, 꽃을 부르고, 참 삶을 부르고, 해방과 통일을 부르는 걸판진 무당입니다. 하오니 그 나라의 무당을 가둬두면, 비가 오지 않고 흉년이 들 수밖에 없습니다. 민족정신의 흉년, 민족정서의 흉년, 민족노래의 흉년, 아아 생각만 해도 끔찍스럽습니다. 남주형! 이제 우리 모두 그것을 알고 있으니, 형은 감옥문을 열고 나올 것입니다. 아아, 사람 세상을 위하여, 시민이여! 아아, 민족 세상을 위하여 시인이여! 저기 보라꽃들이 훤히 피어 오고 있습니다.[203]

시와 행동이 분리되지 않은 시인
—

《조국은 하나다》가 나온 지 반 년 쯤 지난 1989년 1월에 출간된 「오늘의 시」 창간호에서는 '주요시집 본격평론'이란 특집을 기획하였다. 여기에 선정된 주요 시집은 김남주의 《조국은 하나다》와 백무산의 《만국의 노동자여》였다. 여기에서 문학평론가 이동순은 "김남주의 시와 '구체적 싸움'의 진정성"이란 제목의 서평을 통해 김남주 시에 대해 치밀하게 분석해 들어간다.

김남주는 지금까지의 우리 주변에서 시와 행동이 분리되어 있지 않은 가장 유일한 본보기이다. 보아라! 그가 감옥에서 외롭게 싸워왔으므로 군대가 힘으로 세상을 얻으려 획책하던 마상득지(馬上得之)의 시대는 어느덧 떠날 준비를 하고 있지 아니하냐.[204]

이동순 씨는 차분한 어조로 김남주 시인의 〈전론(田論)을 읽으며〉, 〈나 자신을 노래한다〉, 〈별〉, 〈별아 내 가슴에〉, 〈아 얼마나 불행하냐 나는〉, 〈그 방을 나오면서〉, 〈조국은 하나다〉, 〈뿌리〉, 〈항구의 여자를 생각하며〉, 〈권력의 담〉 등을 부분적으로 인용하면서 평한다. 그는 김남주 시의 정신적 지주(支柱)가 "다산 정약용의 실학적 가치관에 뿌리를 두고" 있는 듯하다고 지적한다.

"김남주는 처음부터 그의 시가 위기(爲己)의 것으로 빠져 버리는 것을 가장 경계하였다. 역사는 인간이 만들어 가는 것. 건강하고 튼튼한 역사의 구축도 인간의 참 됨됨이에서 우러나와, 인간과 함께 인간과 더불어 과거의 시간과 동시대의 모든 것을 따뜻하게 끌어안는 가운데서 이루어지는 것이라고 그는 믿는다. 그러므로 그의 시는 시종일관 위인(爲人)의 정신을 철저히 견지하면서, 단 한 차례도 그것을 벗어나는 법이 없다. 이러한 그의 철저함은 경세치용 학파로서의 다산 정약용의 실학적 가치관에 뿌리를 두고 있는 듯하다."

가령 그의 다음 시를 보자.

한 시대의 굴욕으로 태어나
식민지 감옥에서 15년을 죽고 있는 나는

책 한권 책답게 볼 수 없고

글 한줄 적어둘 종이 하나 없습니다

흙 한줌 사랑으로 만질 수 없고

햇살인들 한줄기 쬐일 수 있겠습니까

아, 다산이여 다산이여

그대 어둔 밤 조국의 별로 빛나지 않는다면

내 심사 이 밤에 얼마나 황량하리오

어느 세월 밝은 세상 있어 그대 전론(田論)을 펴고

주린 백성 토지 위에 살찌게 하리오

_〈전론(田論)을 읽으며〉 부분[205]

　김남주는 치열하게 싸웠다. 유신의 밤귀신들과 5공의 낮도
깨비들과 맞서 싸웠다. 그래서 '싸움꾼'처럼 인식되었다. 이
에 대한 이동순의 분석이다.

　　김남주의 '싸움'은 홉스가 풀이한 개인적, 세속적 싸움과 전
　　혀 구별된다. 그의 '싸움'은 대립과 갈등, 불화를 야기시키기
　　위한 정치이권 쟁탈적 파쟁이 아니라, 해방, 민족자주, 시가
　　뜨거운 숨결로 뿜어내고 있는 혁명적 열정인 것이다.[206]

　　　　　　　　　　　　　　　　　　　　　　　　김남주 평전

김남주의 '싸움'과 관련하여 염무웅 씨는 《조국은 하나다》의 "발문"에서 싸움에 대한 '순결성'을 든다.

> 내 생각에 김남주의 싸움에 있어서 가장 위대한, 남이 대신하기 어려운 무기는 그의 대책없는 순결성이다. 계산이라든가 경쟁이라든가 또는 질투, 의심, 욕심, 허영 따위 자본주의 사회의 일상화된 정서들이 남주에게는 처음부터 효력없는 폐품으로 무화되고 있는데, 이것이야말로 그의 문학적 사고의 감당할 수 없는 강점이다. … 관념적 왜곡과 논리적 속임수들은 김남주에게 있어 역사와 현실의 냉엄한 실체를 오히려 더욱 극명하게 부각시키는 반사경으로 될 뿐이다. 70년대와 80년대로 이어지는 군사통치의 폭압적 상황은 불가피하게 그를 모순의 가장 심오한 인식으로 몰아갔고 모순에 대한 가장 비타협적 투사로 그를 결정지었다.[207]

김남주가 겨냥하는 '적'은 독재자, 제국주의자, 사대주의자, 노동자를 착취하는 악덕 자본가, 속류문인, 기회주의 정치인, 썩은 지식인과 언론인들이었다.

다시 이동순 씨의 시평(詩評)으로 돌아가 보자.

그렇다! 그의 시야말로 우리 시대에서 '피'로 쓴 유일한 시이다. 많은 사람이 시는 '피'로 쓰는 것이라고 수월하게 말한다. 그러나 과연 우리 주위에서 '피'로 쓴 시가 얼마나 있었던가. 김남주의 '피시(血詩)'는 장차 그의 묘비명이 될 수도 있을 다음 대목에서 뜨거운 가슴속을 완전히 열어 보여 준다.

나는 이제 쓰리라

사람들이 오가는 모든 길 위에

조국은 하나다라고

오르막길 위에도 내리막길 위에도 쓰리라

사나운 파도의 뱃길 위에도 쓰고

바위로 험한 산길 위에도 쓰리라

밤길 위에도 쓰고 새벽길 위에도 쓰고

끊어진 남과 북의 철길 위에도 쓰리라

조국은 하나다라고

_〈조국은 하나다〉의 부분[208]

애국자 김구 그리고 맥아더 동상

《조국은 하나다》에는 시인의 나라사랑 정신이 절절하게 녹아 있다. 그리고 매국노와 친일, 분단세력과 사대주의를 비판하

김남주 평전

는 '피의 함성' 또한 면밀히 흐르고 있다. 시적 대상이 백범 김구를 연상케 하는 〈한 애국자를 생각하며〉라는 시를 소개한다.

한 애국자를 생각하며

-그는 정치가는 아니었다 혁명가는 더욱 아니었다

그는 말 그대로 그냥 애국자였다

이국 만리

비바람 눈보라와 싸우며

평생을 나라의 독립 위해 바치고

돌아와 해방된 조국에서

설 자리가 없었던 사람

위에서도 아래서도 오른쪽에서도 왼쪽에서도

설 자리가 없었던 사람

그는 어떻게 되었는가

쓰러졌다

미군에 고용된 매국노들에게

황혼에 넘어진 거목처럼

삼팔선에 허리를 걸치고 쓰러졌다

머리는 위로하고

다리는 아래로 하고[209]

　김남주의 시는 이른바 '성역'이 없었다. 인천에 있는 맥아더 장군 동상에 관한 시에 대한 논란은 지금도 '뜨거운 감자'로 남아 있을 정도다. 보수 세력은 맥아더의 동상 철거라는 소리만 나오면 어김없이 좌경용공이라는 종북의 나팔을 불고 어버이연합 등 극우단체는 '결사방어'를 위해 온몸을 날려 막으려 한다.

　20여 년 전 김남주는 옥중에서 〈남의 나라 장수 동상이 있는 나라〉라는 시를 썼다.

　　남의 나라 장수 동상이 있는 나라는

　　윗것들은

　　밑으로부터 위협을 받으면

　　위협을 받아 재산의 뿌리 권력의 기둥이 흔들리면

　　민중들을 역적으로 몰아붙이고

　　외국 군대를 끌어들여 그들을 학살했다

　　1894년 갑오농민전쟁 때 양반과 부호들이 그랬고

　　1950년 앞뒤에 이승만과 그 추종자들이 그랬다

　　　　　　　　　　　　　　　　　　　　　　　　　　　김남주 평전

이런 것쯤은 알고 있다 먹물인 나는

시인인 나는 이렇게 노래할 줄도 안다

동전과 권력의 이면에는 조국이 없다고

그러나 나는 몰랐다 인천엔가 어디에

맥아더 장군의 동상이 서있더라는 소리를 듣고

그런 것이 미국의 식민지에는 으레 있는 것으로만 알았지

그런 것은 우리나라에만 있는 줄은 차마 몰랐다

그래서 나는 신경림 시인이 『민요기행』에다 담은

어느 농부의 노여움을 읽고 그만 화끈 얼굴이 달아올라

얼른 책을 덮어버리고 말았던 것이다

"남의 나라 군대 끌어다 제 나라 형제 쳤는데

뭣이 신난다고 외국 장수 이름을 절에까지 갖다 부치겠소

하기야 인천 가니까 맥아더 동상이 서 있더라만

남의 나라 장수 동상이 서 있는 나라는 우리나라밖에 없다더

만" [210]

'모가지'와 '그 나라 7년'

6월 항쟁의 성공과 함께 5공의 주체와 거기에 빌붙어 한 자
리씩 꿰찬 정치인, 관료, 지식인들 그리고 이들의 밑을 닦아

주고 축재에 성공한 족벌신문들은 '화해론'을 들고 나왔다. 국민들의 거대한 물결로 휘몰아치는 6월 항쟁에 몰린 5공 세력이 6·29 선언이라는 속임수를 통해 일단 위기국면을 피하고 국회가 여소야대로 구성되면서 곧 있을 사법적 심판을 면하기 위해 뜬금없이 화해론을 폈던 것이다. 하지만 그들이 말한 화해론이란 것은 진정어린 반성과 참회가 아니라 위선과 정치적인 전략이었다. 그들은 늘 이렇게 '화전양면'의 술책을 써왔다.

예나 지금이나 이들의 태도는 변한 게 없어, 이명박은 촛불시위가 청와대로 번지려 하자 뒷산에 올라 '아침이슬'을 불렀고, 박근혜는 세월호 참사의 국민적 분노를 달래기 위해 실종 학생들의 이름을 부르며 카메라 앞에서 눈물을 흘렸다. 그 '후렴'의 사태진전은 다 아는 대로이다.

옥중의 시인은 이 같은 '음모'를 용납하지 않았다. 그래서 쓴 시가 〈모가지 2〉이다.

모가지 2

화해 어쩌고저쩌고
용서 어쩌고저쩌고
입으로만 할 것이 아니고

겉으로만 할 것이 아니고

가슴으로 속으로 해야제

그것도 누구 보는 데서 하지 말고

텔레비전 같은 데서 하지 말고

그것도 누가 듣는 데서 하지 말고

라디오 같은 데서 하지 말고

하늘 아래서

밤 별이 고운 데서 해야제

겨레 앞에서 민족 앞에서 해야제

여기 와서

여기 망월동에 와서

이름도 없고 얼굴도 없는 무덤에 와서

아무도 모르게 제 자신까지도 모르게 와서

무릎 꿇고

허리 굽히고

고개 숙이고

죽을 죄를 지었습니다 하고

모가지를 내놔야 하제

그래야 암 그래야 쓰제

그래야 모가지 하나쯤은 용서받을 수도 있제[211]

전두환의 7년 간의 폭정은 국회청문회를 통해 어느 정도 죄상이 드러났다. 이를 통해 알게 된 국민적 분노는 한창 달 아올랐지만, 그가 강원도 백담사에 유폐되면서 부분적으로 정리되어 갔다. 김남주의 시 〈그 나라에서는 7년 동안〉은 이 즈음 쓴 것이다. 그의 '논고(論告)'와도 같은 내용의 시다.

그 나라에서는 7년 동안

1
어머니 그 나라에서는 7년 동안
죽이고 가두는 것이 정치의 전부였답니다
코카콜라며 펩시콜라며
외국의 상품이 들어가 판을 치고 있는 나라에서는
노동자의 땀값이 피값이 죽은 개값만도 못하여서
외국의 자본이 얼씨구 좋다 들어가 있는 나라에서는
남북으로 나라가 두동강 나서
외국의 군대가 쳐들어가 있는 나라에서는
죽이고 가두는 것이 정치의 전부였답니다
총으로 쏴 죽이고 7년 동안
대검으로 찔러 죽이고 7년 동안
밧줄로 목 졸라 죽이고 7년 동안

군화는 밟아 죽이고 7년 동안

불에 태워 죽이고 물에 빠뜨려 죽이고 7년 동안

갈고리로 찢어 죽이고 7년 동안

몽둥이로 죽이고 7년 동안

어머니 그 나라에서는 그 나라에서는 7년 동안

코카콜라를 마실 것이냐 펩시콜라를 마실 것이냐

둘 중 하나를 선택할 자유밖에 없었답니다

야구를 할 것이냐 축구를 할 것이냐

둘 중 하나를 선택할 자유밖에 없었답니다

예수를 믿을 것이냐 석가를 믿을 것이냐

둘 중 하나를 선택할 자유밖에 없었답니다

노예로 살 것이냐 노예이기를 거부하고 저항할 것이냐

둘 중 하나를 선택할 자유밖에 없었답니다[212]

'광주 오월' 그날을 시로 쓰다

—

김남주의 제2의 고향과도 같은 광주에서 벌어진 1980년 5월 광주항쟁, 당시에도 그는 여전히 수인(囚人)이었다. 김남주가 광주 교도소에 갇혀 맞이한 광주항쟁 3주년인 1983년 5월, 그는 광주항쟁 3주년을 맞아 피를 토하는 심정으로 우유곽 위에 '광주'를 그렸다.《조국은 하나다》에 실린 〈바람에 지는 풀잎으로 5월을 노래하지 말아라〉와 〈오월 그날이 다시 오면〉이 그것이다. 차례로 소개한다.

바람에 지는 풀잎으로 오월을 노래하지 말아라

바람에 지는 풀잎으로 오월을 노래하지 말아라
오월은 바람처럼 그렇게 서정적으로 오지도 않았고
오월은 풀잎처럼 그렇게 서정적으로 눕지도 않았다

오월은 왔다 피 묻은 야수의 발톱과 함께
오월은 왔다 피에 주린 미친개의 이빨과 함께
오월은 왔다 아이 밴 어머니의 배를 가르는 대검의 병사와 함께
오월은 왔다 총알처럼 튀어나온 아이들의 눈동자들을 파먹고
오월은 왔다 자유의 숨통을 깔아뭉개는 미제 탱크와 함께 왔다

노래하지 말아라 오월을 바람에 지는 풀잎으로
오월은 바람처럼 그렇게 서정적으로 오지도 않았고
오월은 풀잎처럼 그렇게 서정적으로 눕지도 않았다

오월은 일어섰다 분노한 사자의 울부짖음과 함께

오월은 일어섰다 살해된 처녀의 피 묻은 머리카락과 함께

오월은 일어섰다 파괴된 인간이 내지르는 최후의 절규와 함께

그것은 총칼의 숲에 뛰어든 자유의 육탄이었다

그것은 불에 달군 철공소의 망치였고

그것은 식당에서 뛰쳐나온 뽀이들의 식칼이었고

그것은 술집의 아가씨들이 순결의 입술로 뭉친 주먹밥이었고

그것은 불의의 대상을 향한 인간의 모든 감정이

사랑으로 응어리져 증오로 터진 다이너마이트의 폭발이었다[213]

(후략)

〈오월 그날이 다시 오면〉은 10연에 이르는 장시다. 무려 124행이다.

오월 그날이 다시 오면

1

여러분 일어나 주십시오

광주 교도소 3사 하에 계신 여러분

일어나 잠시 철창 가에 서주십시오

오늘은 그날입니다 삼년 전

1980년 오월 그날입니다

그날이 오면 오월 그날이 다시 오면

우리 가슴에 붉은 피 솟는 날입니다

우리 주먹에 증오의 힘 모아지는 날입니다

오늘은 그날입니다 여러분

자유 달라 벌린 입에 압제자가

미제 총알을 먹인 바로 그날입니다

오늘은 그날입니다 여러분

밥달라 벌린 입에 착취자들이

미제 수류탄을 먹인 바로 그날입니다

오늘은 그날입니다 여러분

통일의 노래 부르다가 어여쁜 처녀들이

미제 대검에 그 하얀 젖가슴 난도질당한 바로 그날입니다

오늘은 그날입니다 여러분

독재타도 외치다가 피 끓는 청년학생들이

미제 총칼에 그 붉은 가슴 벌집투성이가 된 바로 그날입니다

생존권 보장하라 아우성치다가 노동자 농민들이

이름도 없이 얼굴도 없이 능치처참으로

미제 트럭에 실려 어둠속으로 끌려간 바로 그날입니다[214]

문학평론가 임헌영 씨는 '김남주와 광주'의 관계를 독특한

시각으로 인식한다.

외세-분단-독재를 하나의 연결고리로 보는 김남주가 광주항
쟁과 분단극복의 의지를 함께 노래하는 것은 조금도 이상할
바 없다. 사실 광주는 그에게 이야기와 기록으로 전해들은 추
체험적 역사적 현실이었다. 저 1980년 9월 남민전 연구자들
이 광주 교도소에 간 몇 달 뒤 광주항쟁 연구자들 중 중형 선
고를 받은 사람들이 바로 그 특사로 들어왔고 이로써 남민전
과 광주항쟁은 비로소 구체적으로 만나게 되었다. 그 중 광주
에 밝은 남주는 유독 광주항쟁을 파고들어 자신의 한 육신의
부분으로 육화(肉化)시킬 수 있었다.[215]

김남주의 '오월'은 "우리 가슴에 붉은 피 솟"게 하는 격문으
로 다가왔다. 광주항쟁 당시 수인으로 광주 교도소에 수감되
었기에 망정이지, 밖에 있었다면 그 옛날 동학농민군들이 머
리에 무명수건 질끈 동여매고 죽창을 들고 뛰어나갔던 것처
럼 그도 광장으로, 시청으로 달려 나갔을 것이다. 그는 감옥
에서 생존한 '민주전사'들로부터 처절했던 오월 광주의 현장
에 대해 들었고, 금남로 '황토현'의 학살 소식을 알게 되었다.

여러분 무엇이 그들로 하여금

최후까지 싸우게 했겠습니까

선생들은 학생들은 책가방을 던지고

어둠속에서 횃불을 들기는 했지만

목사들은 신부들은 십자가를 던지고

주먹을 불끈 쥐고 한길에 나서기는 했지만

화이트칼라 신사들은 서류 뭉치를 던지고

팔소매를 걷어붙이고 길가에 나서기는 했지만

무기를 들지는 않았습니다 그들은

하늘에 종이 비둘기밖에 날릴 줄 몰랐습니다 그들은

가슴에 십자가 밖에는 그을 줄 몰랐습니다 그들은

대지에 무릎을 꿇을 줄밖에 몰랐습니다 그들은

여러분 무엇이 그들로 하여금

가진 것 없는 노동자 농민들로 하여금

배운 것 없는 무식쟁이들로 하여금

아는 것 없는 부랑아들로 하여금

죽기 아니면 살기로 최후까지 싸우게 했겠습니까.[216]

(이하 생략)

문학평론가 이동순 씨는 앞의 시평에서 냉정한 어조로《조국은 하나다》의 의미를 정리하고 있다.

김남주 시전집《조국은 하나다》에 수록된 도합 202편의 전체를 맥맥이 꿰뚫고 흐르는 것은 한마디로 강렬한 뜨거움이다. 비정하고 차디찬 시멘트의 비좁은 공간에서 거의 9년째 버티어 오면서도 아무런 위축이나 의욕의 감소도 없이 그의 뜨거움을 송두리째 유지해 오고 있는 것은 어떤 불가사의한 힘 때문일까. 그러나 우리는 그의 불가사의한 힘을 결코 단순 신비주의나 소영웅주의로 이끌어 가선 아니 될 것이다. 그의 시적 역량의 분출을 가능하게 하는 힘이란 개인의 우상화, 혹은 신비주의 따위들과 정면으로 배치되는 지점에서 끊임없이 솟구치고 있기 때문이다.[217]

14장

- -

10년 감옥살이,
독서와 결기로 견뎌내다

9년째 감옥, 세계명작을 읽으며

—

- 감옥이란 곳은 이 세상의 지옥이다. 감옥에 갇힌 죄수의 고통을 어진 사람은 마땅히 살펴야 할 것이다. (정약용,《목민심서》)
- 감옥이란 곳은 이웃 없는 집이고, 죄수는 다니지 못하는 사람이다. (정약용,《목민심서》)
- 자유는 감옥에서 알을 깨고 나온다. (함석헌 '동명논설')
- 나는 이천이백이십삼번 / 죄인의 옷을 걸치고 / 가슴에 패를 차고 / 이름 높은 서대문형무소 제삼동 육십이호실 / 북편 독방에 홀로 앉아 / '네가 광섭이냐'고 혼잣말로 물어보았다. (김광섭, 〈벌〉)
- 활동적인 사람이 감옥에 갇혀서 꼼짝 못하게 되었을 때 그 고통이 얼마나 컸겠는가! 그야말로 감옥은 인내와 극기의 수련장이었다. (크로포토킨,《한 혁명가의 회상》)

김남주의 정신적인 멘토라 할 수 있는 브레히트는 58년의 생애에서 15년 동안을 쫓기며 세계 각지를 유랑하거나 망명하며 보냈다. 그런데 김남주는 43년의 생애를 살면서 10여 년을 감옥에서 보내고 있었다.

김남주는 1987년 감옥살이 9년째를 맞아 〈세월〉이란 시에 "9년 동안 동산에서 해가 뜨는 것을 보지 못한" 안타까운 심정을 담았다.

세 월

압제와의 싸움에서 나는 지고

이곳에 내가 갇힌 지 9년의 세월이 흘렀습니다

9년이란 세월 그것은

지구가 태양의 둘레를 아홉바퀴 돌고

달이 지구의 둘레를 백여덟바퀴를 도는 행로라 합니다

나는 그동안 9년 동안

동산에서 해가 뜨는 것을 보지 못했습니다

서산 너머로 달이 지는 것을 보지 못했습니다

나는 자연으로부터도 버림받았으니

별 하나 내 머리 위에서 빛나지 않습니다

자본의 세계에서 쫓겨나

이곳에 내가 갇히고 9년의 세월이 흘렀습니다

김남주 평전

9년이란 세월 그것은

신랑이 신부를 맞아 신방을 꾸미고

결혼 10주년을 바라보는 해와 달입니다

새로 태어난 아기가 나무처럼 자라서 재롱을 피우고

아침저녁으로 징검다리 건너 학교에 갔다 올 나이입니다

나는 어제 보았습니다 거울 앞에서 반백이 된 내 머리를

그리고 돌아서서 나는 그려보았습니다 먼 산을 바라보며

6년 후의 내 모습과 마흔다섯살이 될 한 여인의 얼굴을

취침나팔 소리가 들리고 밤이 깊어갑니다

이제 내 귀는 가까워졌다 멀어져가는

간수의 발자국 소리밖에 듣지 못합니다

이제 내 눈은 벽과 천장과 이따금 감시통으로 나를 엿보는

간수의 눈밖에 보지 못합니다

나는 보고 싶습니다 이 밤에

잠자리를 펴는 여인의 허리를

나는 듣고 싶습니다 이 밤에

아기를 잠재우는 어머니의 자장가를

나는 보고 싶습니다 아침에 일어나

행주치마 허리에 두르고 밥상을 차리는 주부의 모습을

나는 듣고 싶습니다 잠자리에서

늦잠꾸러기 남편에게 바가지를 긁는 마누라의 잔소리를
나는 보고 싶습니다 먼 훗날
바람에 날려 대지에 씨를 뿌리는 농부와 그 뒤를 따라오면서
흙으로 씨를 덮는 농부의 아내를

먼 훗날 사내가 다시 동에서 뜨는 해를 보고
서에서 지는 달을 보게 될 그런 날[218]

하얗게 머리 새고 기력은 쇠잔해지고…

—

감옥에 갇힌 양심수들에게 그나마 '특권'이 있다면 많은 책을
읽을 수 있다는 점이다. 다행히 6월 항쟁 이후 한국의 양심수
들도 어느정도 자유롭게 원하는 책을 읽을 수 있게 되었다.
김남주는 복역한지 5년이 지나면서부터는 외국 작가들의 시
집이나 소설의 차입이 허용되어 자신이 좋아하는 저항문인
들의 책을 많이 읽게 되었다. 그 책들은 연인 박광숙 씨와 가
족이 주로 보내주었다. 김남주에게 차입된 책은 톨스토이, 도
스토예프스키, 루카치, 게오르규, 솔로호프의 작품이 포함되
었다.

그는 그 중에서 솔로호프의 소설《고요한 돈강》을 읽고 그

소감을 연인에게 편지로 써 보냈다.

> 요즘 와서는 죽자사자 소설만 읽고 있소. 독어, 스페인어를 좀 해야겠다 해야겠다 하면서도 어쩐 일인지 그쪽으로 시간 할애하기가 아깝소. 지금은 《고요한 돈강》을 읽고 있소. 우리말로 번역되어 나왔다고 하던데 아무래도 그것을 한 번 읽어야겠소. 영어로 된 것을 읽자니 시간 낭비가 이만저만이 아니오. 이번에 세 번째 읽는 것인데도 진도가 더디오. 대신 맛은 좋소.[219]

《고요한 돈강》은 1980년대 중반 일월서각에서 번역 간행된 장편소설이다. 그런데 김남주는 영문판을 세 번씩이나 읽은 것이다. 그 책의 무엇이 그토록 옥중에 있는 김남주의 관심을 끌었을까?

> 무엇보다 이 소설이 나의 흥미를 끄는 것은 주인공 그레고르의 말로요. 부정적인 인물인 그는 당연하게도 소위 영웅적인 죽음도 비극적인 죽음도 하지 않소. 작가는 이 인물을 비참한 몰락의 내리막길에 내버려 두는 것이오. 이 점이 나에게 중요하오. 격동의 시기에 있어서 어느 쪽에도 가담하지 못하고 동요하는 인간의 운명이 여기에 있소.

주인공을 죽이지 않고 소생의 전망도 작가는 주지 않고 있는데 이는 작가의 무관심 내지는 잔인성에 있는 것이 아니고 역사의 필연성에 대한 작가의 믿음에 있소. 현실에 대한 한 인간의 불분명한 태도는 아무짝에도 쓸모없는 것이오. 동요하는 인간은 감상적인 독자의 동정이나 연민을 살망정 비극적인 감정을 불러일으키지는 않소. 죽일 가치마저도 없는 역사의 뒤안길에 내팽개쳐진 버림받은 인간이 주인공 그레고르의 운명인 것이오.

블라디미르 일리치는 이런 말을 했소. 까마득한 옛날에 읽었는데 오늘 우연히 기억에 떠오르오.

"예스냐 노우냐 그것은 당신 마음대로다."

"그러나 어떤 경우건 확고부동해라. 사내가 되어야지. 바람개비가 되지 말라."

그렇소. 사내가 되어야지 불굴의![220]

김남주는 《고요한 돈강》을 비롯하여 파블로 네루다의 시집과 장편풍자시 〈아타 트롤〉을 읽었으며, 소설 《무엇을 할 것인가》, 《파란노트》 등을 읽으며 그 독후감을 연인에게 편지로 써 보냈다. 독후감이라기보다 서평이라 할 만큼 그 내용은 진지하고 알차다.

그 중에서 하이네의 장편풍자시 〈아타 트롤〉을 읽고 하이

네의 문학관을 정리한 대목을 통해 김남주의 문학관을 엿볼
수 있다.

> 하이네는 평생 동안 크게 두 종류의 문학유파와 싸웠다. 하나
> 는 생활의 뿌리가 없이 '푸른하늘'을 날아다니는 문학, 다시
> 말해서 어깨에 노래의 날개를 달고 중세의 종교적 질서를 찾
> 아 과거로 도피하는 낭만주의 문학이다. 하이네는 〈아타 트
> 롤〉에서 이 문학의 이론적 지도자 슐레겔을 풍자의 대상으로
> 올려놓는다.
> 다른 하나는 이 시집에서 풍자의 도마에 올랐던 경향문학이
> 다. 그러나 앞에서 언급했듯이 하이네의 경향문학에 대한 풍
> 자는 경향문학 그 자체의 반대는 아니었다. 하이네는 상황과
> 구체적인 생활에 뿌리를 내리지 않고 특정의 이념과 사상을
> 공허하게 외치는 그런 문학의 경향성을 반대했지 사상과 이
> 념이 시대적 상황과 생활의 구체성 속에서 자연스럽게 드러
> 나는 문학의 경향성을 반대하는 것은 아니었다는 것이다.[221]

1988년은 김남주가 투옥된 지 10년째 된다. '권불십년'은
이미 전두환의 몰락으로 현실화 되었으나, 그 폭력 구조에서
빚어진 갇힌 자의 옥문은 좀처럼 열리지 않았다. 날은 저물었
으나 별은 뜨지 않았던 것이다.

이번 겨울로 꼭 10년째의 겨울 징역을 살게 됩니다. 머리는 하얗게 늙어버리고 기력은 쇠잔해지고 이빨의 기능마저 전과 다릅니다. 괜히 서글퍼집니다. 건강이 악화되어서 그러는지 작년부터는 계절이 바뀔 때마다 감기 때문에 여간 성가신 게 아닙니다.[222]

김남주는 연인에게 쓴 편지에서 감기까지 걸려 더 힘들어진 옥살이를 전하면서 연인이 주고 간 '충고'에 대해 느낀 바를 토로한다.

지난 번 면회 때 광숙 씨는 나에게 다음과 같은 말을 하고 갔소. "남주 씨의 시는 독자가 제한되어 있고 운동권 학생들이나 선진적인 노동자들은 몰라도 후진적인 노동자들이나 일반 독자들은 남주 씨의 시를 읽으면 거부감을 느끼고 있어요"라고요.

나는 광숙 씨 말에 이렇게 대답했습니다. "모든 사람은 만족시킬 수는 없는 것이지. 치정관계를 다룬 연애소설, 황당무계한 괴기소설, 흥미위주의 탐정 및 추리소설 등을 제외하면, 계급사회에서 모든 계급과 계층을 만족시킬 수 있는 소설이나 시는 있을 수 없을 것이기 때문이오."

《춘향전》을 읽고 양반들이 재미있어 하거나 감동을 받지 않

김남주 평전

을 것이오.《홍부전》을 읽고 부자들이 좋아할 리 없고 즐거워
할 리 없을 것이오. 우리가 고전이라고 이름할 수 있는 문학
작품은 그것이 희극이건 비극이건 소설이건 운문이건 거기에
진실한 인간의 삶이 있기 때문입니다.

그 진실은 어디에서 오겠습니까? 그것은 당대 현실을 바르고
폭넓고 깊게 묘사했기 때문입니다. 현실을 바르고 깊게 묘사
한다는 것은 무엇을 뜻합니까? 그것은 적어도 계급사회에서
는 인간관계를. 사물과 사물과의 관계를, 사회적인 사건을 계
급적 입장에서 구체적으로 그려내는 것입니다.[223]

10여 년의 철창 속에서도 그의 의식은 녹슬지 않았고, 그
의 손발에는 이끼가 끼지 않았다. 이 글을 보면 그의 명징한
사유와 분석력은 여전했고, 육신은 쇠잔해가도 여전히 정신
력은 또렷하였음을 보여주고 있다.

문학인 502명의 석방촉구 성명
—

노태우가 당선되고 사회분위기가 어느 정도 억압체제에서
풀려나면서 유신, 5공 때 투옥되었던 정치인, 양심수들이 풀
려나기 시작했다. 하지만 김남주에게는 감형은커녕 보석도

허가되지 않았다. 5공과 크게 다를 바 없는 노태우 정권의 본
질적인 속성과 구조 때문이었다.

그러던 중 1988년 2월 1일 문학인 502명이 법무장관과 '참
조:대통령 당선자, 민주화합추진위원회위원장, 민정당대표위
원, 통일민주당총재, 평화민주당총재, 문화공보부장관, 국가
안전기획부장'을 상대로 "구속문인 김남주 시인의 석방을 촉
구함"이란 성명을 발표하게 된다. 특정 인사에 500여 명의
문인이 참여한 것은 한국 문학사에서도 최초의 일이다. 서명
자는 김정한, 김규동, 박두진 등 문단의 원로와 중진, 신예들
이 총망라되었으며, 전숙희, 정을병, 이근삼 등 한국펜회장단
도 포함되었다.

우리 문학인 502명 일동은 새로운 시대로 접어드는 이 시점
에서 한국문학 전체의 국내외적 자존심과 인간적 충정에 입
각하여, 1979년 이래 9년째 수감상태에 있는 시인 김남주의
조속한 석방을 관계 당국에 간곡하게 탄원하는 바입니다.
그 긴 세월 동안 연필 한 자루 원고지 한 장 대하지 못한 채,
마흔둘의 나이에 벌써 백발이 성성해졌다는 소식을 접하여,
문학인에게 글을 쓰는 일이야말로 생명과도 다름없는 것을
아는 우리로서는 비통한 심정을 금할 수 없습니다. 더욱이
"생전에 아들 손목이라도 잡아보면 원이 없겠다"는 그의 칠

순 노모의 소식을 들으며 눈물을 참을 수 없습니다.[224)]

문학인들은 김남주 석방을 노태우 당선자와 여·야당 총재, 안기부장을 상대로 탄원서를 보내면서 법무부 소관이 아닌 국가적 차원으로 이슈화하였다. 성명은 이어진다.

김남주가 구금되던 70년대의 말기는 문학인뿐 아니라 나라와 민족의 앞날을 염려하는 많은 양심적 지식인들 모두가 절망스러워 하던 어두운 시기였습니다. 그리하여 각종의 이름이 붙은 사건에 많은 이들이 연루되어 억울하게 옥고를 치렀던 것을 다들 기억하고 있습니다.

그러나 그들 중 대부분은 80년 이후 대개 사면, 복권의 형태로 짐을 벗고 민주사회 건설의 대열에서 다들 제몫을 해내고 있습니다. 그러한 유신시대의 일련의 사태들을 실정법상의 잘잘못을 가리기에 앞서 우리 모두가 부담해야 할 국가적 비극이었다고 보아야 할 것입니다.

김남주의 경우 역시 그러한 범주에서 정상을 참작하는 것이 타당하다고 저희는 봅니다. 그가 무엇보다도 우선하여 타고난 시인임을, 그를 아는 이들은 입을 모아 말하며 어둡고 암담한 유신시대에 남달리 예민한 감수성과 순수한 양심을 가졌던 시인으로서 그 어둠에 저항하고자 했던 결과로 '남민전'

이란 이름의 사건에까지 연루되었던 것이지 않겠습니까? 그리고 설사 그 과정에서 얼마간 지나침이 있었다할지라도, 9년에 이르는 구금기간과 허옇게 세었다는 머리가 대가로서 충분할 수 있지 않겠습니까?[225]

탄원서를 보면 김남주가 쉽게 동의하기 어려운 문구가 없는 바는 아니지만, '탄원서'의 성격상 그렇게 쓰게 되었을 것으로 추측된다. 문학인들은 1988년 가을로 예정된 서울의 국제 PEN대회의 성공적인 개최를 위해서도 조속한 석방을 촉구한다는 내용을 첨가했다.

1986년 독일 함부르크에서 열렸던 PEN대회에서도 김남주 석방결의문이 채택되었으며, 세계의 저명한 문인들이 김남주 시인의 문제에 대한 질문을 퍼부어 한국대표들이 난처한 입장에 처했던 바 있습니다. 한 재능 있는 시인이 9년째나 감옥에서 보내야 한다는 사실은 우리 문인 전체의 위신, 나아가 국가의 위신을 크게 실추시키는 것이 틀림없습니다.[226]

502인 문학인 탄원서에서 언급된 1986년 독일 함부르크 PEN대회 사연은 약간의 배경 설명이 필요하겠다.

지난 1986년 6월 24일 서독 함부르크에서 개최된 제49차

국제펜총회에서도 예외는 아니었다. 한국대표 정을병이 한국 문단 현황을 보고하자 총회장 뒷좌석에서 자리를 잡고 있던 해외 반한단체인 민건회(民建會) 대표 이종수가 발언권을 얻어 "왜 당신은 한국의 투옥 작가들에 대한 언급이 한마디도 없느냐"며 정을병을 비난했다. 그러자 각국 펜 대표들은 이 발언을 계기로 한국의 인권상황을 문제 삼으며 한국정부를 공격하기 시작했다.

이중 서독 최고의 작가 귄터 그라스를 비롯 일본의 오다 마꼬도, 서독의 울리히쿠록, 로베르트 융크 등이 교대로 등장하여 한국 측에 융단폭격을 가했다.

불가리아 대표는 "이같이 작가가 고통 받고 있는 상황에서도 88년 서울펜대회는 올림픽과 함께 한국정권을 강화시켜 줄 뿐이므로 유보돼야 한다"고 목청을 높였다. 이에 알렉산드로 브로크(프랑스) 펜사무총장의 한국예찬 및 브라질, 자유중국 대표 등이 한국 측을 지원사격했고, 그 바람에 '88서울대회 유보'는 일단 철회됐다.[227]

국내외 문인단체 석방 거듭 촉구

—

문인 502명의 탄원서에 이어 2월 27일에는 민중문화운동연합, 민족문학작가회의, 민주언론운동협의회, 민족미술협의회, 민주교육설천협의회, 한국출판문화운동협의회가 공동으로 노태우 정권의 '기만적 선별 석방, 사면을 규탄'하는 성명을 냈다.

노태우는 '집권기념'으로 석방·사면을 단행했는데, 대부분이 비리에 얽힌 정치인, 정부 관리, 기업인 등이었다. 김남주 등 양심수들은 배제되었다. 성명서는 "혹독한 독재 치하에서 이 땅의 민주화를 위해 몸 바쳐 투쟁해 온 양심수 민주인사들은 차디찬 감방에 그냥 처박아 놓고 그리고 여전히 어두운 뒷골목을 배회하도록 뒤쫓아다니면서 무슨 민주화를 얘기할 수 있으며 무슨 국민화합을 논할 수 있다는 말인가?"라고 비판하고, 다음의 내용을 덧붙였다.

새 정부가 국민의 뜻을 받아들여 진정으로 민주화를 할 의사가 있다면 의당 이제까지의 군부독재 하에서의 모든 왜곡을 바로잡고 치유하는 것에서부터 시작해야 할 것이며, 무엇보다도 먼저 그동안 민주주의를 위해 몸 바쳐 투쟁해 온 모든 양심수들에 대한 즉각적 전원석방, 수배자 전면해제, 그리고 미결상태의 양심수들에 대한 공소취하 석방을 단행하여야 할 것이다. 정부는 더 이상 양심수들을 흥정의 미끼로 삼는 작태를 중지하고, 모든 양심수를 석방하고, 모든 수배자들을 수배

해제하라.[228]

　민족문학작가회의 자유실천위원회는 3월 22일 "문학과 사상의 자유를 보장하라"는 성명을 발표하여 정부의 선별적 석방, 사면을 규탄하였다.

　"사상 유례없이 관권과 금권을 동원한 부정선거를 통해 정권을 탈취한 현 정권은 자신의 집권과 더불어 실시한 사면복권 조치에서 우리의 기대와는 너무도 거리가 먼 부분적 사면복권의 술수를 부렸다. 이 같은 조치는 부정한 방법으로 정권을 탈취한 현 정권의 비도덕성과 비정통성을 은폐하기 위한 기만적 조치였음을 명백히 드러낸 것이다."

　자유실천위원회는 김남주 등의 석방을 거듭 촉구하면서 그 이유를 천명한다.

　　이른바 남민전 사건에 연루되어 옥고를 치루고 있는 우리의 시인 김남주는 저 암담했던 유신독재에 문학과 행동을 통해서 온몸으로 저항한 우리 모두의 양심의 표상이었다. 그런 그가 유례가 없는 폭압정치의 희생물로서 아직도 차갑고 어두운 감방의 고통에서 벗어나지 못하고 있는 것에 우리 문학인 일동은 양심적인 국민과 더불어 분노와 경악을 금할 수 없다. 이에 우리는 부정한 방법으로 등장한 현 정권의 비도덕적, 비

양심적인 술수와 기만성을 온 천하에 폭로하며 우리의 요구
를 다음과 같이 밝히는 바이다.
-민족시인 김남주를 즉시 석방하라.
-장시 〈한라산〉으로 구속중인 이산하를 즉시 석방하라.
-수감중인 모든 양심범을 즉시 사면복권, 석방하라.
-문학의 표현과 사상의 자유를 보장하라.[229]

지역의 문인들도 이에 동조해 나섰다. 특히 광주, 전남 지
역의 민족문학인협회가 적극 발 벗고 나섰는데, 이들은 1988
년 4월 "김남주 시인을 석방시키자"는 성명을 내며 본격 활동
에 들어갔다. 성명서 중 몇 구절을 뽑았다.

부패한 자본의 찌꺼기와 제국주의 깡통을 엿보며 적당히 안
주하고 기생하여 부류하는 집단에 대한 응징의 칼로써, 속죄
의 피로써, 그는 피비린 분단 44년의 민족사를 온몸으로 끌어
안으며 그 선봉에 서 있는 것이다.
그러나 그는 어쩔 수 없는 인간이다. 그리고 시인이다. 43세!
거의 외세에 의한 분단의 역사와 맞먹는 나이, 해방둥이이다.
어쩌면 망가지고 헝크러진 한반도 역사처럼 늙었을지도 모르
지만, 한 가정의 지아비로서, 변변한 효도조차 할 수 없었던
자식으로서, 그리고 피끓는 형제애를 가진 형과 오빠로서, 지

금 모든 것을 희생하면서 그들이 집어넣은 죽음의 집에 있을
만큼 한가한 사람이 아닐지 모른다.

석방하라. 그는 우리가 필요로 하는 사람이다.

이 땅은 지금 그를 필요로 하고 있다. 시인이자 혁명가로서,
삶과 시를 일치시킨 80년대 유일한 시인으로서, 우리가 지향
해 가야할 바를 정확히 가르치고 있는 교사로서, 우리 곁에
빨리 돌아와야 한다.

석방시키자. 그는 마치 전 세계와 한반도 정치상황 하에서 광
주가 고립되어 있는 것처럼 비좁은 감방 안에 유폐된 채 격리
되어 있다. 그도 석방을 원한다. 그가 있어야 할 곳은 감옥이
아니라 전선이기 때문이다.

기억하자. 그가 시인임을, 그리고 한 인간임을, 분단조국 이데
올로기의 잔인한 희생양으로서 그가 받은 고통과 아픔은 우
리를 대신할 것임을.[230]

미국 펜클럽, 노태우에 김남주 석방 서한

—

펜클럽 미국본부장인 수전 손택(Susan Sontag)과 국제 펜클럽
부회장인 아서 밀러(Arther Miller)는 1988년 3월 25일 노태우
대통령에게 "시대적 유산을 청산하라"는 제하의 김남주 석방

을 촉구하는 서한을 보냈다. 미국 펜클럽 본부장이 특정 국가에 특정인의 석방을 촉구하는 서한을 보내는 것은 흔치 않은 일이었다. 김남주 석방문제가 그만큼 국제사회의 이슈가 된 것이다.

　　우리는 미국 펜아메리카 센터에 가입된 2,100명의 문인을 대신하여, 한국문인 500명이 서명한 최근의 청원에 충심으로 찬동하면서, 시인이며 또한 양심수인 김남주의 조속한 석방을 촉구합니다.
　　또한 당시 시인 김남주가 활동했던 70년대 말의 각박한 시절의 과도기적 상황에 비추어 그의 9년 동안의 수감생활은 충분할뿐더러, 지나친 형극이라는 한국문인들의 청원의 내용에 대하여 우리는 동조하는 바입니다. 또 우리는 저널리스트인 김현장과 출판인 이태복에 관해서도 마찬가지의 깊은 관심을 갖고 있습니다. 위 두 사람은 모두 표현의 자유로운 권리를 행사했다는 이유로 구속된 사람들입니다.
　　이들의 수감상태의 연장은, 저희 외국인의 눈으로 보았을 때, 한국의 국가적 위신과 한국문인들의 명예를 손상시킵니다. 지금 귀국은 중요한 변화의 시점에 놓여있다는 것이 자명한 사실입니다. 그러나 한국의 500여 명의 문인들이 얘기했듯이, 지금이 바로 과거의 바람직하지 못한 시대적 유산을 말끔히

청산해야 할 바로 그 시점인 것입니다.

우리는 한국에 있는 그들의 동료문인들의 청원에 대한 지지의 일환으로 김남주 시인과 저널리스트인 김현장을 우리 펜클럽 본부의 명예회원으로 선출했습니다. 우리는 이제 앞서 있었던 구속과 석방에 대한 당신의 약속을 환기하면서, 그 사면에 시인 김남주, 저널리스트 김현장, 그리고 출판인 이태복을 함께 포함시켜 줄 것을 강력히 촉구하는 바입니다.

우리는 그들 모두를 만날 수 있게 되기를 진심으로 바라고 있으며, 또한 그들 모두가 자유로운 몸이 되어 8월에 서울에서 개최되는 세계 펜 대회에 우리의 동료로서 우리 모두가 환영할 수 있게 되기를 진심으로 바라는 바입니다.[231]

독재자들의 공통점은 남의 말을 잘 듣지 않는다는 점이다. 아집과 독선에 빠져 자기 쪽 사람들만 만나고, 비판세력을 적대시한다. '불통'의 지배자들은 장기적으로 보아 그로 인해 자기무덤을 파는 지도 모르고, 비판적인 의견을 교훈으로 삼지 않는다. 노태우와 그를 둘러싼 5공 잔재들도 다르지 않았다. 국내외의 작가들과 단체가 여러 형태로 들끓고 있는데도 김남주는 여전히 갇힌 신세였던 것이다. 어느 시대나 독재세력은 희생양을 필요로 한다. 김남주는 용공과 종북을 입에 달고 다니는 자들에게 언제까지나 먹잇감이었다.

박정희가 인혁당 관련 8인을 전격 처형하는 등, 이들을 정권유지의 희생양으로 삼았다면, 전두환은 남민전 사건을 희생양으로 이용하였다. 그리고 노태우가 이를 인수받았던 것이다.

　인혁당 8인의 처형 등의 사안은 훗날 민주정부에서 진실이 밝혀지고 억울한 죽임과 유족 배상 등이 이루어진 반면 남민전 사건 역시 희생자가 많았는데도 불구하고 여전히 제대로 조명되지 않고 있다.

15장
- -
아나키스트, 리얼리스트,
낭만시와 연서

아나키스트적인 면모 많아

흔히 혁명가는 무모한 냉혈인간으로 인식되기 쉽다. '계란으로 바위치기'를 하고, '가사불고(家事不顧)'하면서, 필기단마로 적진에 뛰어들거나, 테러 또는 자결도 서슴지 않는다. 일체의 권위(주의)나 강권을 인정하지 않고 혈육보다 동지 간의 의리를 높이 산다. 의협심이 강하고 실천적이며 자기희생적이다. 그러면서 낭만적인 사유를 잃지 않으며, 그 사유는 의열적인 실천이 겹친다.

타산적이고 계산에 밝으며 이기적인 사람은 혁명가가 될 수 없다. 그 근처에도 얼씬 대려 하지 않는다. 추산이지만 혁명가의 성공률은 1퍼센트도 되지 않겠지만 타산적인 사람이 기존체제에서 성공할 확률은 대단히 높은 편이다. 그러니 누가 혁명가가 되고 혁명전선에 서려 하겠는가.

그런데 아이러니하게도 혁명가 중에는 낭만주의자들이 꽤 많다. 혁명과 낭만은 상극이겠지만 혁명가와 낭만은 상보관계다. 낭만주의적인 기질 없이 혁명가는 불가능하다. 하이네와 아라공이 그렇고, 크로포트킨과 체 게바라가 그랬다. 김남주 역시 혁명가적 낭만주의자였다.

이회영과 신채호의 불꽃같은 항일운동은 아나키스트의 철학적인 내면이 있었기에 가능했고, 스페인 내전이 발발하자 전 유럽의 지식인들이 국제의용군을 조직하여 참전한 것은 아나키즘이라는 정체성(Identity)이 있어서였다.

본인은 고개를 저었으나 내가 보기에 김남주의 심중에는 아나키즘이 깊숙이 자리 잡고 있었던 것 같다. 놀랍게도 그는 지독한 낭만주의자였다. 하지만 김남주는 아나키스트의 성향이 있냐는 질문에 한사코 이를 배격하였다.

　　-당신의 시 세계의 어느 한 줄기가 무정부주의적 경사를 갖는다는 평가가 있다. 당신의 시에 나타나는 농촌 공동체의 복원에 관한 집착, 허무주의적이고 파괴적인 전투성 등은 그 의의에도 불구하고 그러한 평가를 가능하게 하고 있다. 이에 대한 당신의 견해는?

　　-내 시의 어디에 무정부주의적 경사가 있다고 그러는지 도무지 이해가 안 간다. 더구나 '농촌 공동체의 복원에 관한 집착, 허무주의적이고 파괴적인 전투성' 등이 그런 평가를 가능하게 하고 있다니, 이것이야말로 터무니없는 지적이 아닐 수 없고 이는 거의 모함에 가깝다. 무정부주의란 변혁운동

의 역사에서 볼 때 파괴적인 전투성을 그 속성으로 갖고 있기는 한다. 그러나 그 전투성에 허무주의적인 데가 있다고 들은 적이 없다. 다만 무정부주의자들 중에는 그들의 궁극의 현실을 소생산자적인 경제적 평등에 기초한 사회로 보는 사회주의자도 있었고, 새로운 사회의 건설 과정에서나 변혁 운동의 과정에서나 일체의 권위를 부정한 나머지 전위당의 존재와 당의 계급적 독재까지도 부정해버리는 이른바 허무주의적인 경향을 가진 자들도 없지 않았다. 분명히 말할 수 있지만 나의 시 어디에도 위에서 언급한 그따위 경향은 없다.[232]

김남주는 '아나키스트적 경사'를 단호히 거부한다. 자신의 시 어디에도 그런 경향이 없다는 주장이다. 그럼에도 불구하고 그의 삶과 사유의 세계에 아나키즘의 그림자가 짙게 배인 것이 역력하다. 그렇다면 아나키즘에 대한 다음의 '해설'을 김남주와 연결해보면 어떨까.

아나키즘을 삶의 신념으로 받아들이는 사람들은 아나키즘을 단순히 '무정부주의'로 번역하지 않는다. 이들은 '반강권주의'가 더 정확한 표현이라고 말한다. 아나키즘은 국가만이 아니라 시장의 폭력에 맞서고 여성을 억압하는 가부장제와 생태계를 파괴하는 개발주의에도 반대하기 때문이다. 그리고 아나키즘이 추구하는 미래는 완전한 무질서가 아니라 내가 합의한 질서를 뜻한다. 내가 스스로 복종하기로 마음먹었다면 그 질서는 나를 억압하는 것이 아니라 나의 뜻을 완성하는 것이다. 이런 맥락에서 아나키스트는 스스로 동의한 권위라면 전체의 결정이라도 자신이 결정한 것처럼 따르려 한다.[233]

따라서 김남주는 사회주의적 지향성을 띠기보다는 아나키즘에 훨씬 더 가까운 것 같다.

브레히트 닮은 혁명적 리얼리스트
—

김남주는 헤겔의 표현을 빌리면 '현실적이면서 동시에 이성적인' 전사였다. 앞에서 소개한대로 그는 브레히트, 하이네, 아라공, 네루다 등의 삶과 투쟁과 리얼리즘에 경도되고 사사한 바가 적지 않았다. 이들의 시어(詩語)와 유사성도 꽤 있는 편이다. 특히 브레히트의 투쟁적 리얼리즘에서 그러하다. 브레히트의 말을 들어보자.

모든 나라의 노동자들, 즉 착취당하고 억압받는 사람들의 이

해관계를 생각하면서, 우리들은 투쟁적 리얼리즘을 작가들에게 요구해야 한다. 진리를 은폐하는 모든 것, 즉 착취와 억압적 현실을 은폐하는 모든 것에 대해 투쟁하는 가차 없는 리얼리즘만이 자본주의와 착취와 억압구조를 고발하고 비난할 수 있다.[234]

문학과 변혁운동에 관해서 김남주가 강연중에 했던 한 대목이다. 이와 관련한 그의 생각을 엿볼 수 있다.

저는 감히 말하겠습니다. 문학의 내용과 변혁운동의 내용은 동의어입니다. 그래서 우리 시대의 최고의 문학은 혁명문학입니다. 나라의 구성원 중 절대 다수의 노동자 농민이 몇 안 되는 세력의 착취와 억압 때문에 노예적이고 비인간적인 삶을 살고 있는 때에 민족의 해방과 민주주의를 위한 투쟁의 문학 말고 또 다른 문학은 있을 수 없습니다. 따라서 문학을 지망하는 청년, 학생, 노동자들은 민족해방과 민주주의를 위한 싸움의 최전선에 복무함으로써 자기의 시대적 사명을 다하게 되는 것이고 뛰어난 문학작품도 창조하게 되는 것입니다.[235]

이번에는 두 작가의 시 한 편씩을 읽으며, 이를 대비해보자.

우리가 잠겨버린 밀물로부터
떠올라오게 될 너희들은
부탁컨대, 우리의 허약함을 이야기 할 때
너희들이 겪지 않은
이 암울한 시대를
생각해다오

신발보다도 더 자주 나라를 바꾸면서
불의만 있고 분노가 없을 때는 절망하면서
계급의 전쟁을 뚫고 우리는 살아왔다

그러면서 우리는 알게 되었단다
비천함에 대한 증오도
표정을 일그러뜨린다는 것을
불의에 대한 분노도
목소리를 쉬게 한다는 것을. 아 우리는
친절한 우애를 위한 터전을 마련하고자 애썼지만
우리 스스로 친절하지는 못했다[236]

_〈후손들에게〉 3연

한 시대의

불행한 아들로 태어나

고독과 공포에 결코 굴하지 않았던 사람

암울한 시대 한가운데

말뚝처럼 횃불처럼 우뚝 서서

한 시대의 아픔을

온몸으로 한 몸으로 껴안고

피투성이로 싸웠던 사람

뒤따라오는 세대를 위하여

승리없는 투쟁

어떤 불행 어떤 고통도

결코 두려워하지 않았던 사람

누구보다도 자기 시대를

가장 정열적으로 사랑하고

누구보다도 자기 시대를

가장 격정적으로 노래하고 싸우고

한 시대와 더불어 사라지는 데

기꺼이 동의했던 사람[237]

_〈황토현에 부치는 노래〉 부분

김남주는 브레히트 등 변혁적인 리얼리스트들을 배울 수밖에 없었다. 왜 그랬을까? "김남주는 '혁명의 경험이 거의 전무했고 그것의 문학적 실천 또한 전무할 수밖에 없었던 시대'의 제약 때문에 불가피하게 외국의 혁명시인들을 통해 사상적, 문학적 자양분을 섭취했던 점을 간과해서는 안 된다."[238]

브레히트 연구가인 김길웅 교수는 독특한 관점에서 브레히트와 김남주를 연결한다.

'계급적 관점에서' 현실을 묘사하기 위해 김남주는 브레히트와 같은 시인들에게서 시법을 배웠다고 고백하고 있는데, 그가 배운 것은 무엇일까? 이 문제는 브레히트의 리얼리즘론과 밀접히 관련을 맺고 있다. 브레히트는 나치스라는 체제가 단순히 히틀러의 독재적 성향에서 파생했거나 역사의 우연이 아니라 위기에 처한 독점 단계의 자본주의가 나아갈 수밖에 없는 역사적인 필연으로 파악하였고, 따라서 독재와의 싸움은 자본주의와의 싸움에 다름 아니라는 인식을 가지고 있었다. 브레히트의 문학과 사상에서 히틀러에 대한 비판이 자본주의에 대한 비판과 겹치는 이유도 여기에 있다.[239]

여기서 히틀러를 박정희와 전두환으로 환치하면 김남주의 모습이 드러날 것 같다.

낭만적인 너무나 낭만적인 시인

—

김남주는 열혈적인 리얼리스트이면서 낭만적인 서정 시인이다. 윤동주를 닮았는가 하면 김수영의 모습이 보이기도 한다. 그의 낭만시가 김소월, 윤동주, 김수영을 이어받았다고 하면 서툰 지적일까. 낭만시 몇 편을 차례로 소개한다.

옛 마을을 지나며

찬 서리
나무 끝을 나는 까치를 위해
홍시 하나 남겨둘 줄 아는
조선의 마음이여[240]

첫 눈

첫눈이 내리는 날은
빈들에
첫눈이 내리는 날은
캄캄한 밤도 하얘지고
밤길을 걷는 내 어두운 마음도 하얘지고

눈처럼 하얘지고

소리 없이 내려 금세

고봉으로 쌓인 눈앞에서

눈의 순결 앞에서

나는 나도 모르게 무릎을 꿇는다

시리도록 내 뼛속이

소름이 끼치도록 내 등골이[241]

옹달샘(부분)

여기가 거기구나

새벽에 토끼가 눈 비비고 일어나

세수하러 왔다가 물만 먹고 가는 곳

깊은 산 속 옹달샘이구나

여기가 거기구나

한여름에 나무꾼이 맹감잎으로 표주박을 만들어

물 한모금 떠먹고 하늘 한번 쳐다보는 곳

깊은 산속 옹달샘이구나[242]

꽃

남자들은 왜 여자만 보면 만지려고 그러지요?

그 이유를 말하지
저기 좀 봐 길가에 핀 꽃, 맨드라미를
나는 방금
맨드라미를 보고 말의 볼기짝이라 생각했고
그 생각에 잠시 잠기다가
그에게로 다가가고 싶었고
그 향기에 취하고 싶었고
그에게 가까이 막상 다가갔더니 만지고 싶었고
그리고 만졌어 그뿐이야

왜 꺾지는 않았지요?
울 테니까 꽃이[243]

사랑은

겨울은 이기고 사랑은
봄을 기다릴 줄 안다

기다려 다시 사랑은

불모의 땅을 파헤쳐

제 뼈를 갈아 재로 뿌리고

천년을 두고 오늘

봄의 언덕에

한그루 나무를 심을 줄 안다

사랑은

가을을 끝낸 들녘에 서서

사과 하나 둘로 쪼개

나눠 가질 줄 안다

너와 나와 우리가

한 별을 우러러보며[244]

별

밤들어 세상은

온통 고요한데

그리워 못 잊어 홀로 잠 못 이뤄

불 밝혀 지새우는 것이 있다

사람들은 그것을 별이라 그런다

　　　　　　　　　　　　　　　　김남주 평전

기약이라 소망이라 그런다
밤 깊어
가장 괴로울 때면
사람들은 저마다 별이 되어
어머니 어머니라 부른다[245]

새가 되어

이 가을에
하늘을 보면 기러기 구천을 날고
진눈깨비 내릴 것 같은 이 가을에
잎도 지고 달도 지고
다리 위에는 가등도 꺼진
이 가을에
내가 되고 싶은 것은
오직 되고 싶은 것은
새다

새가 되어
날개가 되어 사랑이 되어
불 꺼진 그대 창가에서 부서지고 싶다

내가 걸어온 길

내가 걸어갈 길

내 모든 것을 말하고

그대 전부를 껴안고 싶다[246]

'금판사' 못지않은 서정시인 됐을 터인데

김남주가 평온한 시대에 태어났으면, 다수의 동시대인들처럼 여세추이(與世推移), 세상의 변화와 흐름에 맞춰 적당히 처신하면서 살아갔으면, 그의 시적 재능으로 보아 낭만시를 쓰면서 '금판사' 못지않은 위상의 삶을 즐겼을 것이다. 몇 편을 더 소개한다.

하늘과 땅 사이에

바람의 손이 구름의 장막을 헤치니

거기에 거기에 숨겨둔 별이 있고

시인의 칼이 허위의 장막을 헤치니

거기에 거기에 피 묻은 진실이 있고

없어라 하늘과 땅 사이에

별보다 진실보다 아름다운 것은[247]

둥근 달

첫사랑의 귀엣말은

가장 시끄러운 곳이라야

달빛 아래 솔밭 사이에서 해야

제격이지요

첫 키스의 추억은

가장 밝은 곳이라야

가로등 희미한 돌담길에서 해야

제맛이고요

그리고요 첫날밤의 포옹은요

헉헉 숨이 막혀 벌거벗은 여름밤보다야

후끈 달아올라 금세 식어버리고 마는 겨울밤보다야

긴긴 밤으로 둥근 달이 뜨는 가을밤이 그만이지요[248]

산국화

서리가 내리고
산에 들에 하얗게
서리가 내리고
찬 서리 내려 산에는
갈잎이 지고
무서리 내려 들에는
풀잎이 지고
당신은 당신을 이름하여 붉은 입술로
꽃이라 했지요
꺾일 듯 꺾이지 않는
산에 피면 산국화
들에 피면 들국화
노오란 꽃이라 했지요[249]

고목

대지에 뿌리를 내리고
해를 향해 사방팔방으로 팔을 뻗고 있는 저 나무를 보라
주름살투성이 얼굴과

상처 자국으로 벌집이 된 몸의 이곳저곳을 보라

나도 저러고 싶다 한 오백년

쉽게 살고 싶지는 않다 저 나무처럼

길손의 그늘이라도 되어주고 싶다[250]

창살에 햇살이

내가 손을 내밀면

내 손에 와서 고와지는 햇살

내가 볼을 내밀면

내 볼에 와서 다스워지는 햇살

깊어가는 가을과 함께

자꾸자꾸 자라나

다람쥐 꼬리만큼은 자라나

내 목에 와서 감기면

누이가 짜준 목도리가 되고

내 입술에 와서 닿으면

그녀와 주고받고는 했던

옛 추억의 사랑이 되기도 한다[251]

나물 캐는 처녀가 있기에 봄도 있다

마을 앞에 개나리꽃 피고
뒷동산에 뻐꾹새 우네

허나 무엇하랴 꽃 피고 새만 울면
산에 들에 나물 캐는 처녀가 없다면

시냇가에 아지랑이 피고
보리밭에 종달새 우네
허나 무엇하랴 산에 들에
쟁기질에 낫질하는 총각이 없다면

노동이 있기에
자연에 가하는 인간의 노동이 있기에
꽃 피고 새가 우는 봄도 있다네
산에 들에 나물 캐는 처녀가 있기에
산에 들에 쟁기질하는 총각이 있기에
산도 있고 들도 있고
꽃 피고 새가 우는 봄도 있다네[252]

김남주 평전

이렇게 산단다 우리는

어떻게 사느냐

어디 아픈 데는 없느냐

감옥에서는 불도 안 땐다던데 춥지는 않느냐

느그 아부지가 어제 지서에 끌려갔단다
삼년 전에 미국 송아지를 사서
90만원엔가 몇만원에 사서
온 식구들이 자식처럼 키워서
엊그제 장날에 쇠전에 내놓았는데
글쎄 그것을 40만원밖에 부르지 않더란다
그런데 성미가 불같은 느그 아부지가
소 어딘가를 쥐알렸는가본데
그게 그만 탈이 되어 소가 죽어버렸단다
죽은 소 그냥 땅에 묻어버리기가 뭣해서
그걸 마을 사람들끼리 나눠 먹었는데
그게 밀도살인가 뭔가 하는 죄가 된다면서
느그 아부지는 지서로 끌려가고⋯

이렇게 산단다 우리는[253]

　김남주의 시집을 뒤져 서정성이 넘치는 시 중에서 비교적
짧은 것들만 골라보았다. 마치 김소월의 시풍과 같기도 학고
박목월의 시가락 같기도 하다. 그의 시는 이토록 서정성이 강
한 측면이 있다.

최장기수 문인의 연시와 연서
—

김남주의 시 500여 편 중에는 연인에게 쓴 연시도 적지 않았
다. 10년 세월을 하루같이 옥바라지 하는 지성(至誠)의 여인에
게 바치는 헌사였다. "아마 김남주는 한국문화사상 최장기수
로 기록될 것이다. 그가 그 긴 감옥생활을 견딜 수 있었던 것
은 '사랑과 시'의 힘이 아니었을까 생각된다. 시인의 사랑은
때로 전설이 된다. 김남주와 연인 박광숙의 사랑도 한 시대를
풍미한 전설이었다. 감옥 안의 혁명 시인과 감옥 밖의 약혼자
가 10여 년 주고받았던 연서들은 시인이 출감한 후 1980년
《산이라면 넘어주고 강이라면 건너주고》라는 책으로 발간되
어 많은 사람들의 입에 회자되기도 했다."[254]

　　　　　　　　　　　　　　　　　　　김남주 평전

사 랑

나는 당신에게
오직 슬픔만을 주기 위해
여기 있고

그대는 나에게
오직 고통만을 주기 위해
거기 있고

그러나 어쩌랴, 잡을 수 없는 것이 세월인 것을
나는 갇혀 있는 것을, 속수무책으로 앉아
지는 꽃잎 바라볼 수조차 없는 것을

그대는 나를 위해
원군으로 거기 있고
나는 그대에게
자랑으로 여기 있고[255]

지금은 다만 그대 사랑만이

광숙이!
그대가 아녔다면
책갈피 속의 그대 숨결이 아녔다면
내 귓가에서 맴도는 그대 입김이 아녔다면
오 사랑하는 사람이여
지금의 내 가슴은 얼마나 메말라 있으랴
지금의 내 영혼은 얼마나 황량해 있으랴

세계를 잃고 그대 하나를 내 얻었다니
그대 이름 하나로 우주와 바꿨나니
나는 만족하나니
지금은 다만 그대만이 그대 사랑만이
내 안에 가득한 행복이나니[256]

고향 1

장대 메고
달 따러 가고는 했던
내 어린 시절의 추억이여

옛 동산에 올라 들에 강에 눈을 주고

먼 산을 바라보면 고향은

내 그리던 고향이 아니다

저 건너 솔밭에는

소치는 아이도 없고 새들은

날아와 나뭇가지 끝에 집을 짓지 않나니

수숫대 싸리울 너머로는

신행길 이바지 주고받는 손길도 끊어졌나니

십년 만에 찾아든 고향은

내 그리던 고향은 아니다

내 그리던 고향은 아니다[257]

그대의 꿈을 속삭여주오(부분)

요 며칠 동안 나는 당신의 옆모습이며 앞모습 그리고 뒷모습을 눈여겨보곤 하였소. 기다랗게 곡선을 긋고 완만하게 올라간 당신의 목줄기와 알맞게 살이오른 당신의 귓부리와 그리고 새악시의 부끄러움으로 피어오른 당신의 빨간 볼에 별보다도 많은 키스의 세례를 퍼부었소. 나 또한 정면으로 당신을 보기가 부끄러웠소. 스무 살의 신랑처럼 말이오. 행복하오. 건강하소서 님이여![258]

만인을 위해 내가 노력할 때(부분)

사랑하는 광숙

당신이 접어준 책갈피 속에서 봄이 와 있음을 알았소. 그래서 속으로 고향 산천을 떠올렸다오. 철창 너머 담 밖에 와 있나 보다. 나 하고는 무연한 것이, 봄이라고 하는 것이, 겨우내 얼어붙었던 강이 풀리고 산골짜기마다에는 봄기운이 그윽하겠다.

겨우내 마른 풀들도 바람에 일어 봄처녀 반기고, 바람은 불어 강바람 새악시 앙가슴 헤쳐 놓겠다. 만상이 다 풀리겠다. 흙이 풀리고 마굿간에 겨우내 갇혀 있었던 송아지도 고삐 풀려 들판을 휘달리겠다. 아, 어느해 우리에게도 봄이 와서 흙 묻은 손 서로 맞잡고 살찐 가슴이며 볼을 매만질 수 있을까![259]

온갖 균을 몰아내기 위하여(부분)

광숙이 누가 무슨 말을 하더라도 우리는 우리 자신의 힘으로 일어서는 사람이란 것을 보여주고 해야 해요. 광숙이 당신은 나의 미래이고 구원이어요. 약한 소리 하거나 짜증을 냄으로써 나를 서글프게는 하지 않으리라 생각되지만 광숙이 자신이 강한 인간으로 되어야 해요. 그리고 당신은 참 방정맞은

김남주 평전

소리를 했는데 다시는 입 밖에 그런 말을 내지 말아요. "3년 간 내가 옥에 갇히게 된다면…"[260]

당신이 보낸 사진(부분)

당신은 나의 기다림
강건너 나룻배 지그시 밀어타고
오세요
한줄기 소낙비 몰고 오세요
당신은 나의 그리움
솔밭 사이 사이로 지는 잎새 쌓이거든
열두 겹 포근히 즈려밟고 오세요

오세요 당신은 나의 화로
눈 내려 첫눈 서둘러 녹기 전에
가슴에 내가슴에 불씨 담고 오세요
오세요 어서 오세요
가로질러 들판 그 흙에 새순 나거든
한아름 소식 안고 달려오세요
당신은 나의 환희이니까[261]

우리 시대의 사랑(부분)

이를테면 이렇게 온다오 우리들의 사랑은
가도 가도 해가 뜨지 않는 전라도라 반역의 땅
천리 길 먼 데서 온다오
백년보다 먼 갑오년 반란으로 일어나
원한의 절정 죽창에
양반들과 부호들 목을 달고 온다오
빼앗긴 땅 제 것으로 찾아갖고 온다오
빼앗긴 자유 제 것으로 찾아갖고 온다오
사랑은 우리 시대의 사랑은[262]

　김남주의 서정시와 연시를 읽으면 워즈워드와 윤동주, 김수영의 시와 자연스럽게 겹친다는 것을 느끼게 된다. 또 '악의 성자'로 불리는 장 주네와 그의 시가 연상되기도 한다.

　"장 주네는 우리가 마음 한 구석에 자리하고 있는 악을 선이라는 허울로 감싸고 있을 때, 과감하게 위선의 탈을 부수고 오히려 그 악에서 아름다운 시적 형상을 찾아낸 우리 시대의 마지막 문학적 양심이며 아웃사이더이더이다."[263]

　한 젊은 비평가의 분석에서 김남주와 그의 시에 대한 '가슴에 꽂히는' 평가를 살필 수 있다.

> 좋은 시에는 훌륭한 시인에게는 비평가가 필요 없다고 한다.
> 아마도 우리 시대 이런 부류의 대표적 시인으로 김남주 시인
> 을 들어야 할 것이다. 그의 시는 설명이 필요 없이 고스란히
> 가슴에 꽂히는 시이다. 그는 더구나 이런 저런 시안으로 평가
> 를 받을 시인이 아니다. 시인 김남주 하면 '혁명' '전사' 등이
> 떠오를 만큼 이미 이름 자체가 보편적 상징성을 가지고 우리
> 시대의 정신으로 서 있다. 그렇기 때문에 우리는 그의 시에서
> 성취를 넘어서는 그 무엇을, 그가 쏟아낸 언어 하나하나의 방
> 향에 관심을 쏟지 않을 수 없다.[264]

운동권 가요가 된 '노래'

김남주가 옥중에서 지은 〈노래〉는 80년대 후반기 운동권 가
요로 작곡되어 널리 불렸다. 수감 중인 시인의 시에 곡이 붙
여지고 청년학생과 노동자들 사이에서 시위, 집회 때에 널리
불리게 되는 경우는 드문 일이었다.

노래

이 두메는 날라와 더불어
꽃이 되자 하네 꽃이
피어 눈물로 고여 발등에서 갈라지는
녹두꽃이 되자 하네

이 산골은 날라와 더불어
새가 되자 하네 새가
아랫녘 윗녘에서 울어예는
파랑새가 되자 하네

이 들판은 날라와 더불어
불이 되자 하네 불이
타는 들녘 어둠을 사르는
들불이 되자 하네

되자 하네 되고자 하네
다시 한번 이 고을은

반란이 되자 하네

김남주 평전

청송녹죽(靑松綠竹) 가슴으로 꽂히는

죽창이 되자 하네 죽창이[265]

　한편 김남주 시의 도식성, 적개심, 계급문제 등은 시대적
상황과 감옥이라는 처지를 감안하더라도 지나치게 이분법적
이라는 조심스런 평가도 따른다. 염무웅 씨는 "1980년대 김
남주의 문학은 시대의 핵심적인 모순들에 대한 집요하고도
강인한 시적 사유의 결과이다. 그 엄혹한 상황에서 그것은 거
의 퇴로를 차단당한 절박한 국면에서의 불가항력적 작업이
었다. 시대의 산물로서 그의 시들은 외관상 대부분 과격한 구
호시처럼 보이지만, 그럼에도 상투적인 구호시와는 차원이
다른 예술성과 진정성을 가지고 있다"라고 전제하면서도 다
음과 같은 부분을 지적한다.

　　그러나 그의 시를 읽으면서 느끼는 각박함 또한 지적하지 않
　　을 수 없다. 아마 그것은 두 개의 적대적 범주로 사회를 양분
　　하고 모든 현실 사회의 갈등과 비극을 적대적 모순의 표현으
　　로만 보는 일종의 도식주의에 관계되어 있을 것이다. 나는 계
　　급적 관점을 부정하지 않지만, 오늘의 세계현실과 문학현상
　　을 설명하기 위해서는 그 고전적 논리가 더 치밀하고 더 역동
　　적인 개념들로 진화되어야 한다고 생각한다.

따라서 나는 그의 주장 자체에는 동조하기 어려운 대목이 많다. 그의 선명한 계급적 이분법, 그의 불타는 적개심과 지나치게 격렬한 용어들, 그의 상황판단, 그리고 그의 철저한 행동주의에 대해 나는 늘 어떤 머뭇거림을 느낀다. 물론 그것은 나 자신의 소시민적 계급 기반에 관계되어 있을 것이다.[266]

이와 관련해 정지창 교수도 비슷한 시각의 평론을 쓴 바 있다.

감옥은 시인을 현실의 직접적인 폭력으로부터 보호해주고 의식을 날카롭게 벼려주는 시의 요람이 되기도 하지만 동시에 현실의 구체성을 차단함으로써 "삭풍에 제 몸을 내맡긴 관념의 나무처럼 잎도 없고 가지만 앙상하게" "시가 메말라"(〈아 얼마나 불행하냐 나는〉)가는 시의 무덤이 되기도 한다. 김남주의 옥중시가 80년대 한국시의 지평을 확대하고 문제의식을 한 차원 끌어올린 것은 누구도 부인할 수 없는 사실이지만 그 중 상당 부분이 관념적 도식성과 계급적 이분법, 각박한 증오심에 갇혀 있는 것은 그것이 감옥에서 쓰였다는 태생적 조건 때문일 것이다.[267]

김남주 평전

16장

10년 옥고에서 풀려나다

아버지 묘소와 망월동 찾아가

역사는 반동과 역류를 겪으면서도 전진한다. 때론 반동 기간
이 길고 역류의 폭이 넓은 듯 보여도 긴 안목으로 보면 꾸준
히 진보하고 있는 것을 알 수 있다. 역사는 달팽이처럼 아주
천천히, 하지만 쉼 없이 전진한다. 역사적 역류의 물길을 바
꾸는 것은 작은 한 개의 돌멩이일 때도 있고 느닷없이 쏟아지
는 홍수일 수도 있다. 역사 속에서 독재자들과 반동세력, 마
약보다 더한 권력에 중독된 언론, 정치인, 지식인들이 한사코
권력의 끈을 붙잡으려 하지만, 종국에는 그들도 격류에 매장
되거나 익사하고 만다.

프랑스는 1789년의 대혁명을 이루고 1814년 절대왕정→
입헌군주정→공화정→공포정치→반동정부→군사쿠데타
→제정→왕정복고라는 급격한 정치체제와 변화를 겪었다.
그래서 프랑스에서는 한때 이 같은 정정을 두고 "변할수록
옛 모습을 닮아간다"는 세평이 돌아 사람들의 관심을 끌었
다.

한국의 상황도 비슷하다. 1960년 4월혁명→5·16쿠데타

→3선개헌반대운동→유신 쿠데타→긴급조치→박정희 암살→서울의 봄→전두환 쿠데타→5·18광주민주항쟁→5공폭정→6월항쟁→노태우집권→3당야합→보수정권→김대중·노무현 민주정부→'이명박근혜' 수구정부로 이어지는, 한국의 근현대사도 프랑스 못지않은 반동과 역류의 역사였다. 다만 프랑스는 마침표를 찍었는데, 한국의 경우는 진행형이라는 차이가 있다.

김남주가 1988년 연말에 형집행정지로 풀려나는 데는 몇 가지 정치적, 국제적 상황변화가 작용하였다. 이 해 4월 26일 실시된 제13대 총선에서 당시 집권 여당인 민정당이 과반수 의석을 갖지 못하고 김대중의 평민당, 김영삼의 민주당, 김종필의 자민련의 야당이 다수 의석을 차지해 여소야대 국회가 구성되었다. 이들 야당은 합종연횡과 선명성을 경쟁하면서 노태우 정권의 민주화를 견양하였다.

또 그해 5월 15일 「한겨레신문」이 해방 후 처음으로 국민주 형식으로 창간되어 언론 민주화를 주도함으로써 종래의 수구언론 구조에 크게 영향을 끼쳤다. 6월 항쟁 이후 학생, 노동자, 재야의 목소리가 높아지는 가운데 9월 17일부터 10월 2일까지 서울올림픽이 개최되었다. 전두환 세력은 정통성이 없는 정권의 업적 과시용으로 올림픽을 유치했으나, 이것은 오히려 폭력정권의 발목을 잡게 된다.

올림픽을 전후로 학생, 노동자들의 활동공간이 점차 확대되고 많은 외국 언론인들이 방한함에 따라 정부의 폭력적 제지가 쉽지 않게 된 것이다. 이때도 국내의 문인과 문인단체들의 김남주 석방운동은 그치지 않고 있었다. 그런 상황 중에 1988년 5월 10일 서울 여의도 백인회관에서는 민족문학작가회의 주최로 김남주의 조속한 석방을 위한 "김남주 문학의 밤"이 개최되기도 했다.

이와 같은 상황에서 김남주는 12월 21일 전주 교도소에서 형집행정지로 풀려나게 됐다. 9년 3개월. 34세의 새파란 청년이 43세의 중년이 되어 풀려난 것이다. 교도소 앞에는 그의 어머니와 형제자매들은 물론 연인 박광숙과 민족문학작가회의 멤버 등 수십 명이 그의 출소를 기다리고 있었다. 곧이어 예의 수더분한 얼굴에 환한 미소를 띤 김남주가 옥문을 열고 나타났다. 그는 어깨에 책 보따리를 한 아름 짊어지고 있었다.

김남주 시인이 출옥한 이후 처음으로 그를 만났을 때 나는 그가 감옥에 갔다온 티가 너무 나지 않은 점에 내심 놀랐다. 9년간의 혹독한 육체적 감금 상태에 놓였던 그는 그저 이웃마을에 마실갔다 온 듯 범범했던 것이다. 그러자 나는 문득 그의 시가 떠올랐다.

일상생활에서 그는

조용한 사람이었다

이름 빛내지 않았고 모양 꾸며

얼굴 내밀지도 않았다.

_〈전사 1〉에서

진짜 싸움꾼은 그러한 것인가. 하기야 그는 투옥 전에도 그랬다.[268]

출옥한 그는 먼저 광주 망월동으로 오월의 전사들을 찾아 참배하고, 남민전의 동지로 먼저 간 경기도 광주의 신향식의 묘와 서울구치소에서 죽어간 이재문의 묘를 찾았다. 그리고 여전히 활동 중인 서울과 광주의 선후배들을 찾아 감사와 격려의 인사를 건넸다. 그런 뒤 곧바로 해남으로 내려 온 그는 아버지의 무덤을 찾았다. '금판사'가 되어주길 그토록 바랐던 아버지에게 효도는커녕 맨날 쫓기는 신세여서 임종조차 지키지 못한 불효를 가슴에 묻으며 10년 만에 무덤으로 찾아간 것이다. 〈아버지의 무덤을 찾아서〉에는 아들로서의 짙은 정한이 담겨 있다.

아버지의 무덤을 찾아서(부분)

추수가 끝난 들녘이다

나는 어머니의 등불을 따라 밤길을 걷는다

마른 옥수숫대 사이로 난 좁다란 밭길이 끝나고

어머니의 그림자가 논길로 꺾이는 어귀에서

나는 잠시 발을 멈추고

논가에 쓰러져 있는 흰옷의 허수아비를 일으켜세운다

아버지 제가 왔어요 절 받으세요

그동안 숨어 살고 갇혀 사느라

임종도 지켜보지 못한 불효자식을 용서하세요

그러나 허수아비는 대답이 없다

야야 거그서 뭣 하냐 어서 오지 않고

저만큼에서 어머니가 재촉하신다

아버지 생각이 나서 그래요 어머니

(중략)

나는 다시 어머니의 등불을 따라

도랑을 건너고 솔밭 사이 황톳길로 들어선다

다 왔다 저기 저것이 느그 아부지 묏등이어야

니가 서울서 숨어 살 때 돌아가셨는디

참 불쌍한 사람이어야 일만 평생 죽자 살자하고

자식덜 덕 한번 못 보고 저승 사람 됐으니께

느그 아부지가 너를 을마나 생각했는 줄 아냐

너는 평생 돈하고는 먼 사람일 것이라면서

저 아래 징겔 논배미는 니 몫으로 띠어놓으라 하고

마지막 숨을 거두셨단다[269]

다음 시는 오월 광주에서 산화한 영령들이 묻힌 망월동을 찾아간 소회를 밝힌 시다.

망월동에 와서

파괴된 대지의 별 오월의 사자들이여

능지처참으로 당신들은 누워 있습니다

얼굴도 없이 이름도 없이

누명 쓴 폭도로 흙 속에 바람 속에 묻혀 있습니다

사람 사는 세상의 자유를 위하여

사람 사는 세상의 아름다움을 위하여

압제와 불의에 거역하고

치 떨림의 분노로 일어섰던 오월의 영웅들이여

당신들은 결코 죽음의 세계로 간 것이 아닙니다

김남주 평전

당신들은 결코 망각의 저승으로 간 것이 아닙니다

풀어헤친 오월의 가슴팍은 아직도 총알에 맞서고 있나니

치켜든 싸움의 주먹은 아직도 불의에 항거하고 있나니

쓰러진 당신들의 육체로부터 수없이 많은

수없이 많은 불굴의 생명이 태어나고 있습니다.

(중략)

파괴된 대지의 별 오월의 영웅들이여

어둠에 묻혀 있던 새벽은 열리고

승리의 그날은 다가오고 있나니

일어나 받아다오 승리의 영예를 그때 가서는[242]

「사상운동」 창간호에 신작 13편 실어

1980년대 후반과 1990년대는 무크지의 전성시대였다. 독재
정권의 언론탄압과 잡지 출간의 규제를 뚫고 부정기 간행물
인 무크지가 속속 출간되었던 것이다. 무크지들은 그동안 제
도언론과 잡지들이 철저히 외면해 온 김남주를 앞다투어 조
명하였다.

그러던 외중에 「사상운동」이 1989년 2월 "사상의 운동화
와 운동의 사상화를 통일함으로써 정도의 새날을 열어가"겠

다는 기치 아래 창간되었다. 「사상운동」은 "우리가 추구하는 '사상'은 분단현실이 강요하는 기형적인 좌우향을 극복하고 특정한 이데올로기적 입장에 매몰되지 않는, 국민 대중들의 삶의 요구에 충실하게 복무하는" 무크지를 지향한다고 선언하였다.

「사상운동」은 "김남주 신작시선"을 기획하여 〈첫 눈〉외 12편을 싣고, 그의 시를 싣게 된 배경을 설명한다.

> 남민전 사건으로 투옥된 이래 10여 년 만에 우리의 곁으로 돌아온 김남주의 신작시 13편을 「사상운동」에 싣는 것을 우리는 영광으로 생각한다. 민족해방을 염원하는 그의 절창은 감옥 속에서도 감옥 밖으로 유격적으로 뛰쳐나왔던 그 전투성이 보다 치열하게 타오르면서, 우리의 현실 한 복판에서 더욱 날카로운 칼이 되리라.[271]

「사상운동」에 실린 시는 〈첫 눈〉, 〈수로부인을 읽고〉, 〈투쟁과 그날 그날〉, 〈망월동에 와서〉, 〈한 사람의 죽음으로 – 박관현 동지에게〉, 〈불꽃〉, 〈시인과 농부〉, 〈편지〉, 〈세상사〉, 〈허구의 자유〉, 〈유세장에서〉, 〈개들의 경쟁〉이다. 그 중 몇 편을 소개한다.

불꽃

활
불꽃이 타오른다
어둠이 싫어 어둠의 나라가 싫어
무등산에서 팔공산에서 태종대에서
활 활 활
불꽃이 타오른다

활
성조기를 살라 먹고
반미의 불꽃이 타오른다
활
식민지의 하늘을 붉게 붉게 물들이고
해방의 불꽃이 타오른다[272]

개들의 경쟁

개는 평생을
짖어대고 으르렁거리고 물어뜯는 것을
제 천직으로 알고 있는 개는

부잣집 문간에만 있는 게 아니다
돈이 재산이 쌓여있는 곳이면 어디에도 있다
부잣집 고방에도 있고 재벌의 담 밑에도 있고
전당포 주인의 호주머니 속에도 있다

개는
사람보다 충성스러운 개는
저 당당한 의사당 안에도 있다
의원석에도 있고 장관석에도 있다
법정의 판사석에도 검사석에도 있다
일언이폐지하고 개는
쌓아올린 돈더미가 위협받고 있는 곳이면
부자들의 재산이 침해받고 있는 곳이면
어디에도 있다 청와대가 그 본산이다

짖어라 개야 밤낮없이
가장 잘 짓는 놈에게는 부자들이 너에게
동이빨에 생선 뼈다귀를 하사할 것이니
으르렁 거려라 개야 우렁차게
가장 크게 으르렁거리는 놈에게는 부자들이 너에게
은이빨에 염소 뼈다귀를 하사할 것이니

물어뜯어라 개야 사정없이
가장 사납게 물어뜯는 놈에게는 부자들이 너에게
금이빨에 소 뼈다귀를 하사할 것이다[273]

한사람의 죽음으로

박관현 동지에게

혼자서 당신이 단식을 시작하자
물 한모금 소금 몇알로
사흘을 굶고 열흘을 버티자
어떤 이들은 당신을 웃었습니다
배고픈 저만 서럽제 그러며
(중략)

물 한모금 소금 몇알로
끼니를 때우고 스무날 마흔날을 참다가
심근경색으로 당신이 숨을 거두자
어떤 이들은 당신을 웃었습니다
죽은 저만 불쌍하제 그러며
(중략)

당신의 죽음으로 박관현 동지여

우스운 당신 한사람의 죽음으로

만사람이 살게 되었습니다

노예이기를 거부하고

싸우는 인간으로 살게 되었습니다[274]

시론 '시와 혁명'에 쏟아지는 관심

—

1989년 1월에 나온 「문학예술운동 2」는 '문예운동의 현단계'라는 특집을 마련하면서 김남주의 "특별기고 '시와 혁명'"이란 시론을 실었다. 20여 쪽(127-146쪽)에 이르는 장문의 이 시론에는 출감 이후 김남주의 신념과 시국관 등을 살필 수 있는 소중한 글이 담겨있어 일반 독자들의 폭넓은 관심을 모았다.

　김남주는 이 글에서 자신이 시를 쓰게 된 과정을 다시 정리해 밝히면서 시의 역할을 강조한다.

　시는 혁명을 이데올로기적으로 준비하는 문학적 수단입니다. 시가 혁명의 목적에 봉사하는 문학적 수단임에는 틀림없겠으나 그렇다고 해서 혁명에 종속되는 것은 아닙니다. 시는 그 자체의 독자적인 형식과 내용을 가지고 혁명에 봉사하는 것이지 기계적으로 혁명의 종속적인 도구가 되는 것은 아닙니다. 한마디로 말해서 시와 혁명의 관계는 서로 자기의 독자성을 유지하면서도 밀접하게 상호 보완하는 관계에 있다고 말할 수 있겠습니다.[275]

사회주의 리얼리즘이 당(정부)에 대한 문학의 '종속관계'인 것에 비해 김남주의 문학관은 '독자성(과 보완관계)'을 분명히 하고 있다. 그리고 "시가 당파성의 원리에 입각해서 대중의 감정과 사고와 의지를 혁명적으로 고양시켜주고 통일시켜 준" 예를 하이네의 시 〈쉴레지언의 직조공〉으로 든다. 하이네의 이 시는 70~80년대 한국의 노동운동 과정에서도 입에 많이 오르내렸던 시다.

쉴레지언의 직조공

침침한 눈에는 눈물도 말랐다
그들은 베틀에 앉아 이를 간다

독일이여 우리는 너의 수의를 짠다
세 겹의 저주를 짜넣는다
덜커덩 덜커덩 우리는 짠다

하나의 저주는 신에게
추위와 굶주림에 떨면서 매달렸는데도
우리의 기대는 헛되었고 무자비하게도
신은 우리를 우롱했고 바보 취급을 했다
덜커덩 덜커덩 우리는 짠다

하나의 저주는 부자들의 왕에게
그는 우리들의 불행에는 눈 하나 깜짝 않고
마지막 한 푼마저 훔쳐갔다
그리고 개처럼 우리들을 사살했다
덜커덩 덜커덩 우리는 짠다

하나의 저주는 위선의 조국에게
번창하는 것은 치욕과 모독뿐이고
꽃이라는 꽃은 피기가 무섭게 꺾이고
부패 속에서 구더기가 득실대는
철커덩 덜커덩 우리는 짠다
북이 날으고 베틀이 삐그덕거리고
우리는 낮도 없이 밤도 없이 짜고 또 짠다
낡은 독일이여 너의 수의를 짠다
세 겹의 저주를 짜 넣는다

덜커덩 덜커덩 짠다

이 시에는 19세기 40년대의 독일의 비참함이 소름이 끼칠 정
도로 극명하게 그려져 있습니다. 1844년에 하이네가 이 시를
발표하자 엥겔스는 독일에서 최초로 혁명을 고지하는 정치시
의 모범이라고 격찬했는데 여기에서 우리는 전제 군주, 부자
들, 성직자들에 의해서 착취 받고 억압당하는 독일노동자들
의 감정과 사상과 의지의 통일을 감동의 전율과 함께 인식하
게 됩니다.[276]

이 글을 통해 김남주는 자신의 신념을 간접적으로 전달하
고 있다.

「실천문학」은 1989년 가을호에서 '김남주 옥중저항시' 13
편을 실었다. 〈담 안에도 담 밖에도〉, 〈일 찾아 사람 찾아〉, 〈법
앞에서 만인이 평등하답니다〉, 〈선반공의 밤〉, 〈저 언덕 다 건
너면〉, 〈일자 무식으로 일어나〉, 〈다시 와서 이제 그들은〉, 〈어
린 시절을 생각하며〉, 〈아버지 별〉, 〈누이의 서울〉, 〈개 같은 내
인생〉, 〈별나라〉 등이다.

담 안에도 담 밖에도

(전략)

위에는 자본가가 주인으로 앉아 있고

밑에는 노동자가 종으로 깔려 있고

한 나라에 두 국민이 주인과 종으로

갈라져 있는 나라 그런 나라에서는

먹고

자고

싸고

그런 동물적인 자유는 있어도

등쳐먹고

속여먹고

뺏어먹고

그런 약육강식의 자유는 있어도

한사람은 만인을 위해

만인은 한사람을 위해

일하고

노래하고

싸우는

그런 자유는 없다네

감옥에도 없고

감옥 밖에도 없다네[277]

다시 와서 이제 그들은

전쟁에 쓰려고

앞가슴 총알받이로 쓰려고

왜놈들은 그때 우리 아들을 끌고 갔단다

병정들의 위안부로 쓰려고

시집 안 간 우리 딸을 끌고 갔단다

다시 와서 이제 그들은

공장에 쓰려고 일본 딱지가 붙은 물건 만드는 데 쓰려고

우리 손자를 데려 간단다

일본 술집에 기생으로 쓰려고

우리 손녀를 데려간단다[278]

현실사회주의 붕괴에 대한 인식

김남주가 10년 만에 석방되어 나온 국내외의 정세는 엄청난

변화 속에 있었다. 하지만 근원적이고 본질적인 문제들은 더욱 악화되었고, 심화되고 있었다. 노태우 정권은 본질적으로 전두환 체제와 다르지 않았던 것이다. 그러한 상황에서 동구 사회주의 국가들의 붕괴는 김남주에게 여간한 충격이 아닐 수 없었다.

"출옥 후 그에게 닥친 것은 너무나도 급격하고 엄청난 현실의 변화였다. 나라 안에서는 오랜 군사독재가 종식을 고했고, 나라 밖에서는 소련을 비롯한 동구 사회주의 국가들이 붕괴하였다. 근본적 사회변혁의 길을 걷고자 했던 사람에게 이것은 감당하기 힘든 도전일 수밖에 없었다. 지난날의 정식화된 노선을 그대로 답습하는 것은 그 자체로서 혁명가의 성실성에 위반되는 안일함이었지만, 그러나 기존 노선에 내재된 이념적 핵심을 버리는 것은 더욱 용납할 수 없는 자기배반이었기 때문이었다. 이 딜레마로부터 벗어나는 해결책은 어디에 존재하는가. 김남주는 얼마간의 방황 끝에 혁명시인, 민주 전사의 각오를 되찾기는 했으나 그를 둘러싼 객관적 현실이 각오의 실천을 뒷받침하는 것은 아니었다."[279]

달라진 시대, 변화된 상황에서도 김남주의 맑은 감성과 비수와 같이 날카로운 지성은 조금도 녹슬지 않았다. 그는 다시 펜을 벼리며 온축된 생각을 정리하였다.

「실천문학」은 1990년 겨울호에서 김남주, 김수행, 윤구병,

김광식이 참여하는 "한국사회변혁사상의 현실과 전망"이란 주제의 좌담 기사를 실었다. "1990년대, 무엇을 할 것인가"라는 제목의 특집이었다. 출감 이후 김남주의 생각을 엿볼 수 있는 몇 대목을 뽑았다.

변혁운동에서 문학은 사회과학보다 대중에게 가까이 다가서 있습니다. 다만 남한사회의 구체적인 삶을 문학적으로 형상화할 때 남한사회가 계급사회이므로 그런 시각에서 현실의 모든 것이 현실의 삶에 보답하는 것일 것입니다.

인간과 물질의 관계 문제 또한 새삼스럽게 다시 한 번 재고해 보아야 한다고 생각합니다. 자본주의 사회에서도 속된 말로 거대한 돈뭉치 앞에서 꿇지 않는 무릎이 없다는 말에서 보듯이 말입니다. 사회주의의 삶이 자본주의와 공존하는 가운데 자본주의보다 나은 물질적인 풍요와 질 높은 서비스 앞에 인간의 허약함을 드러내었다고 봅니다.

한 나라가 혼란을 거듭하는 근본적인 원인은 물질적인 부의 불균등에 있다고 생각합니다. 중국의 철학자 육구연(陸九淵)은 '불환빈 환불균(不患貧 患不均)'이라고 했습니다. 한(漢) 나라가 혼란한 까닭은 그 나라가 가난하기 때문이 아니라 서로 어울려 살지 못하기 때문이라는 뜻입니다. 인간관계도 마찬가지이겠지요.

동구의 마르크스주의의 현실적 과정을 보건대, 자본주의와의 생산력 경쟁에서의 패배, 사상, 문화 영역에의 소홀은 마르크스주의의 현재적 의미가 상실되었기 때문이 아니라, 마르크스주의를 현실의 정책에 적용하는 사람들의 일시적인 오류 때문에 위기가 온 것이라고 말할 수 있겠습니다.

제가 광주 교도소에 있을 때 일입니다. 거제도 출신으로 서해안에서 어로작업 중 납북되었다가 송환된 직후 조작된 간첩 사건으로 10년형을 선고받고 같은 교도소 내에 있던 사람이 제게 말했습니다. "이북사람과 우리가 싸우니까 매번 우리가 이기더라." 즉 삶의 구체성에 바탕한 인간관계가 다름에 따라 인간관이 다르게 나타날 수 있다는 것입니다.

모든 학문은 당대 사회의 공동체 이익이 그 근본이라 할 수 있습니다. 우리 시대가 요구하는 것은 민족의 자주성과 분단된 상황을 해소하는 통일과 근로대중이 인간의 기본적인 삶의 욕구마저 잔인하게 탄압받는 현실의 문제해결이 아닌가 합니다. 그러므로 문학, 철학, 사회과학을 하는 사람은 이런 시대의 욕구에 현실적인 삶의 구체성을 매개로 복무해야 한다고 봅니다.

이론적으로 말해서 변혁운동이 승리를 담보하면서 특출한 인간, 특정계급-소위 노동운동의 주도세력인 노동자의 선진분자에 의해서 담보되는 것이 아니고 한 나라의 전 국민이 총

참가하는 대중적인 운동으로 담보됩니다. 사회과학이나 문학을 통해서 변혁운동에 복무하려는 사람은 대중노선에 대하여 심각한 고민을 할 필요가 있습니다. 그렇다고 해서 대중의 잠재된 능력을 열어주는 인자들의 능력을 과소평가하는 것은 아닙니다.

자본주의 사회에서도 인간이 인간답게 살 수 있는 인간관계가 어떠한 것인가를 선전해야 합니다. 물질적인 부가 고르게 분배되어야 하고, 물질적인 부가 창조되는 과정에 대중들의 능동적, 창조적인 참여가 보장되는 것이 인간적인 삶임을 말입니다.[280]

무크지에 발표된 신작시 5편

「문학예술운동」〈제3집〉 1989년 봄호는 김남주의 신작 시 〈자유를 위하여〉, 〈그러면 못써요〉, 〈가다밭에 양파를 썹으면서〉, 〈도둑의 노래〉, 〈불씨 하나가 광야를 태우리라〉 등 5편을 실었다. 이 중 〈불씨 하나가 광야를 태우리라〉는 1994년 5월 시와사회사에서 나온 《김남주의 문학과 삶-김남주 문학에세이》의 표제에 실을 만큼 그의 대표작 중 하나로 꼽힌다.

불씨 하나가 광야를 태우리라

금요회를 위하여

우리도 모여야겠다 하나로

하나로 모여 열여덟 작은 불씨

무엇 하나 이루어야겠다

흩어져 깜박이다가

언제 또 바람에 맞아 꺼질지 모르는

불씨이기를 거부하고

흩어져 반짝이다가

언제 또 군화에 밟혀 뭉개질지 모르는

개똥벌레이기를 거부하고

우리도 뭉쳐야겠다 하나로

하나로 뭉쳐 열여덟 작은 불씨

큰불 하나 이루어야겠다

거세게는 타오르게 하고

해와 달로 높이는 떠서 높이는 뜨게 해서

어둠에 묻힌 새벽을 열어야겠다[281]

김남주 평전

자유를 위하여

"자유를 주소서 자유를 주소서"
하늘을 보고 이렇게 염불하면서
기도 따위는 드리지 않을 것이다
적어도 대지의 지식인 우리는

"자유 좀 주세요 자유 좀 주세요"
강자 앞에 무릎을 꿇고 애걸복걸하면서
동냥 따위는 하지 않을 것이다
적어도 직립의 인간인 우리는

왜냐하면 자유는
하늘에서 내려주는 자선남비가 아니기 때문이다
왜냐하면 자유는
위엣놈들이 아랫것들에게 내리는 하사품이 아니기 때문이다
자유는 인간의 노동과 투쟁이 깎아 세운 입상이기 때문이다
자유는 하나님의 것도 임금의 것도 아닌 것
만인의 것이기 때문이다

(중략)

어떤 억압자가 있어 그대를 또한 누르려 든다면

바위 같은 무게로 그대를 암살하기 위해

그대 가슴에 쇠뭉치를 올려놓고

그대 숨통에 군홧발을 올려놓고

그대 팔과 다리의 사상을 오랏줄로 옭아매려 든다면

자유여 우리는 싸울 것이다[282]

(하략)

도둑의 노래

밤은 이리 깊고

담은 저리 높은데

한번 해볼까 마지막으로 한번만

한번 넘어 부잣집 담 한번만 넘어

어머니에게 아버지에게

밥 한그릇 고봉으로 해드릴 수만 있다면

달은 저리 밝고

밤새워 야경은 담을 도는데

한번 해볼까 마지막으로 한번만

한번 넘어 부잣집 담 한번만 넘어

우리 누나 순이 누나

술집에서 빼낼 수만 있다면

나 하나 묻혀

담 너머 저 어둠속에 묻혀

우리 부모 생전에 한번

밝게 웃으시게 할 수만 있다면

우리 누나 시집갈 무렵에

박꽃처럼 하얗게

피어나게 할 수만 있다면

피어나게 할 수만 있다면[283]

박광숙과의 결혼, 아들 金土日을 얻다

—

김남주는 출감한 지 한 달여 만인 1989년 1월 29일 광주 무
등산 중심사 부근에 있는 문빈정사에서 오랜 동지인 약혼자
박광숙과 결혼하였다. 정토구현 광주불교협의회 공동의장이
기도 한 지선 스님이 주례를 섰다. 500여 명의 문인과 민주화
운동가들이 참석해 이들의 뒤늦은 결혼식을 축하해주었다.
검정색 두루마기를 입은 신랑과 옥색치마 저고리를 입은 신

부는 부처님 앞에 혼인서약을 하는 헌화를 하였다. 지선 스님은 주례사를 통해 "쓰레기 속에서 연꽃을 피워가고 풍요롭지는 않지만 항상 넉넉한 마음을 갖고 지내기"를 기원하면서 "두 사람 모두 전 애국 대중의 이익을 옹호하고 그에 봉사하는 불변의 생활 자세를 견지할 것"을 당부했다. 민족문학작가회의 고은 회장은 김남주의 시 〈조국〉과 〈사랑의 기술〉두 편을 낭송한 뒤 '김남주, 박광숙 만세' 삼창으로 축사를 마무리했다. 이들은 전남 구례 화엄사로 신혼여행을 다녀온 뒤 서울 목동에 새살림을 차렸다.[284]

연인에서 김남주의 부인으로 바뀐 박광숙 씨는 그동안 옥바라지를 하는 한편 1982년부터 대한가족협회에서 홍보일을 하면서 생계를 꾸리고, 1989년에는 민주화실천가족운동협의회에서 총무를 맡아 민주인사들의 옥바라지를 하면서 민주화운동에 헌신하였다. 또 부평과 성남지역에서 소외된 여성들을 대상으로 야학활동을 하는 등 연인의 옥고에 못지않은 일을 해왔다.

두 사람의 결혼은 수많은 선남선녀들의 혼인과는 달랐다. 그야말로 혼(魂)의 결합이었다. 훗날 박광숙 씨는 자신의 산문집《빈들에 나무를 심다》의 첫 장에 남편이 옥중에서 보낸 편지 일부를 실었다. 그 내용은 두 사람 사이의 사랑의 정표와 같다고 하겠다.

다만 나로서 그대에게 보내고자 하는 말은 사랑이란 호락호락 쉬이 얻어지는 것이 아니라는 것이오. 한 산을 넘으면 바위로 험악한 또 하나의 산이 있고, 물을 건너면 파도 사나운 또 하나의 바다가 있듯 우리의 사랑의 길은 고달프고 멀다는 것. 그러니 산이라면 넘어주고, 물이라면 건너주겠다는 심정으로 우리의 이 애틋한 사랑을 키워갑시다.[285]

1990년 초 이들 부부는 아들을 낳았다. "아들의 이름은 김토일(金土日). 이 뜻은 월화수목 4일은 열심히 일하되 금토일의 3일은 쉬면서 즐길 수 있는 세상을 만들어나가는 주인공이 되리라는 것으로, 그는 이런 염원을 아들에 대해서 갖고 있다. 이처럼 농민의 아들로서의 '불효'를 그는 시인 아버지의 바람으로 뒤늦게 보답하려는 것 아닌가."[286] 이처럼 자식 또는 손자에게 의미 있는 이름을 지어주는 경우가 종종 있다. 의열단 단장 김원봉은 중국 중경(重慶)에서 첫 아들을 보아 중경의 중을 따 중근(重根)이라 짓고, 귀국 후 악질 친일경찰 노덕술에게 끌려가 철창에 갇혔을 때 둘째 아들이 태어났다는 소식을 듣고 철근(鐵根)이라 지었다. 아비가 독립운동을 한 중경과 그러고도 고국에서 철창생활을 하게 된 고통을 잊지 말라는 의미였다. 그런 의미에서 김남주의 아들 작명은 '노동자 해방'을 꿈꾸어 온 자신의 꿈과 소망이 배인 '김토일'이라 하겠다.

17장

저항적·비판적 문학관

생애 가장 행복했던 시절

—

출감한 이후 김남주는 바쁜 나날이 이어졌다. 강연회, 원고청탁, 출판 기념회, 번역, 문학기행 등 그를 찾고 초청하는 곳이 많았다. 10년 동안 온축된 그의 시와 산문은 폭포수처럼 쏟아졌고, 메모지 한두 장으로 몇 시간 동안 문학 강연을 해냈다. 70-80년대를 주름잡았던 저항문인들이 권력의 유혹에, 시대의 변화에 따라 하나 둘 비뚤어질 때, 김남주는 더욱 펜을 벼렸고, 새로운 출발을 향한 운동화의 끈을 조였다.

> 김남주는 지난해 겨울 9년간의 징역살이를 끝내고 이제는 언제든 전화 한 통이면 만나 손도 잡을 수 있는 이웃으로 돌아왔다. … 김남주는 '참회한 지식인'이다. 그는 그 참회를 민족해방운동의 전사가 됨으로써 실천해 보였다. 그는 언제나 스스로 전사로 규정하였다.[287]라고 했듯이, 출감 후에도 전사의 활동을 멈추지 않았다.
> 김남주의 시를 읽으면 신식민지적 민족현실이 이 땅의 지식인들을 향해 던지는 반동적, 소시민적 삶에의 갖가지 유혹을

뿌리친 어려운 싸움의 흔적을 곳곳에서 찾아볼 수 있다. 그 싸움은 한치의 타협도 주저도 없는 전사적 결의와 다짐으로 끝난다. 그리고 그 결의와 다짐은 혁명적 낭만성이 넘치는 예언적 지식인들을 고양시키는 무기가 된다.[288]

이와 같은 시각에서 김남주의 작품활동과 사회활동은 더욱 활기차게 전개되었다. 1989년은 그의 생애를 통틀어 가장 행복한 시기였다. 오랜 연인과 결혼을 한 것에 이어 아들이 태어난 데다가, 옥중서한집인 《산이라면 넘어주고 강이라면 건너주고》가 삼천리에서, 시선집 《사랑의 무기》가 창작과비평사에서, 제4시집 《솔직히 말하자》가 풀빛에서 각각 출간되었던 것이다.

김남주는 자신의 책에 처음으로 쓴 머리말인 '못된 세상 그래도 바르게 살아보려고 애쓰시는 분들에게'를 통해 책을 내자는 출판사의 요청에 동의한 이유를 밝히고 있다.

옥중에서 내가 담 밖으로 써 보낸 편지들을 한데 묶어 책으로 내자는 출판사 쪽의 제의를 받고 나는 잠시 망설이기는 했지만 그 제의를 받아들이기로 했다. 출판사 쪽의 제의에 내가 잠시 망설였다고 했는데 그것은 아마 편지가 가지고 있는 속성과 통념 때문이었을 것이다. 편지란 게 워낙 사적이고 어떤

가 은밀한 데가 있기 마련이어서 외부로 드러나기를 꺼려하고 쑥스러워 하는 것이다. 그것이 선남선녀 사이에 오고 간 것임에 있어서랴. 그러나 그럼에도 불구하고 내가 출판사 쪽의 제의를 어렵지 않게 받아들인 데에는 내 나름대로 이유가 있어서였다. 그 하나는 대부분의 편지가 사적이기보다는 공적인 내용을 담고 있기 때문이고 다른 하나는 못된 세상에서 그럼에도 바르게 살아보려고 애쓰시는 이들과 어떤 공감대를 형성하지 않을까 하는 판단 때문이었다.

사적인 부분 때문에 자기 체면이나 인격의 손상을 입는다고 해서 공적인 부분이 제 역할을 못하게끔 망설여서는 안 되겠다는 것이 내 생각이다.[289]

'나는 이렇게 쓴다'

—

진보적 문예지인 「사상문예운동」 제2호(1989년 9월호)는 창작 기획 '나는 이렇게 쓴다'라는 특집을 통해 김남주와 김용택, 황지우 시인을 등장시켰다. 그들의 창작습관, 창작조건, 창작 태도, 창작실제 등의 문항을 걸고 소상하게 답하는 형식으로 짜여있다. 김남주 문학의 많은 부분을 보여주는 참신한 기획 이다. 또 몇 가지 '개별문항'을 통해 사적인 질문을 던지고 해명을 듣도록 꾸몄다.

　그동안 김남주는 옥중편지 등을 통해 자신의 문학관을 피력해 왔지만 창작습관, 창작조건, 창작태도, 창작실제 등과 관련하여 공개한 것은 이 때가 처음이었다.

　출감 이후 이승의 삶이 오래가지 않았기 때문에 김남주의 이 기록은 그를 연구하는 데 있어 소중한 자료이다. 기록으로 남기기 위해 전문을 싣는다.

'창작습관과 창작조건'을 말한다
—

창작습관

　슬픔, 분노, 절망, 투쟁, 증오, 원한 등 어떤 사태로 인해 감정이 최고조에 달했을 때, 바로 그때 소위 시상이란 것이 전광석화처럼 머리에 떠오르곤 한다. 그렇기 때문에 나는 평소에 시작 메모를 하지 않는 편이고, 감정이 고양된 상태에서 시의 내용과 형식을 머릿속으로 정리하다가 윤곽이 대충 잡히면 단숨에 써내려간다. 수정은 별로 하지 않는다. 잘못된 글자나 문장을 손질하거나 적절하지 못한 시어를 한두 군데 고쳐 쓰는 것으로 그친다.

나는 누가 옆에 있거나, 보이지는 않아도 누가 나를 엿보거나 엿듣는다고 생각되면 시가 쓰이지 않는다. 다시 말해서 숨어서 쓴다고 할 수 있는데 이런 나의 버릇은 감옥에서 비롯된 듯하다. 그리고 나는 감옥에서 나와 있으면서도 누구의 감시를 받고 있다는 피해의식이랄까 공포의식에 사로잡혀 있지 않은 날이 없다. 이런 의식은 사상과 표현의 자유는 물론 인간의 기본권마저 보장되어 있지 않은 나라에서 내가 살고 있다는 인식에서 오는 것 같다. 최근의 우리 현실은 진실을 말해놓고 아무도 체포와 구금과 고문의 공포로부터 자유로울 수 없다는 것을 매일처럼 보여주고 있는 것이다.

창작조건

굶어 죽을지언정 나는 고용살이는 하지 않는다. 적어도 그럴 작정이다. 자본주의 사회에서 생계의 수단으로 직업을 갖는다는 것은 인간성과는 양립할 수 없는 자본의 노예가 된다는 것과 마찬가지이다. 생계의 수단으로서가 아니고 자본의 비인간적인 논리와 싸우기 위한 방편으로서 나는 어떤 직업도 마다하지 않을 각오도 또한 되어 있다. 자본주의사회에서 유일한 인간적인 행위는 자본의 비인간성에 저항하는 것이다.

비평가보다 나는 독자들을 의식하는 편이다. 독자들 중에서도 소부르주아 출신의 지식인보다 근로대중들을 더 의식한다. 내가 시를 쓰는 가장 큰 이유 중에 하나는 변혁운동의 사회적 토대이며 원동력인 대중의 정서와 이성에 어떤 변화를 일으켜 대중들 스스로가 현실에 대한 바른 이해와 변혁의지를 갖도록 하려는 데 있다.

나는 발표지면의 성격에 별로 까다롭지 않다. 변혁운동에 관심을 갖고 있는 시인으로서 나는 대중과 만날 수 있는 시인으로서 대중과 만날 수 있는 곳이라면 그곳이 어디라도 그곳에 가야 할 의무가 있는 것이다. 가서 지배계급의 허위 이데올로기를 폭로하고 그들이 저질러놓은 범죄를 파헤쳐 청천백일하에 드러내고 변혁운동의 이념과 사상을 대중들 사이에 전파해야 한다. 뿐만 아니라 변혁운동가로서의 시인인 자는 대중에게 단결을 호소하고 그들을 하나의 강고한 조직으로 묶어세우는 작업까지 해야 한다.

인간은 목적의식적인 노동을 통해서 다른 동물과는 다른 인간이라는 동물이 되었다. 바로 이 때문에 인간은 노동을 떠나서는 인간으로서의 본성을 잃고 동물의 본성으로 다시 다가서게 된다. 다시 말해서 노동에서 멀어질수록 인간은 짐승에 가까워지는 것이다.

세계관이란 것도 인간의 본성인 노동을 떠나서는 어떤 의

미도 가질 수 없다. 인간은 자연과 사회, 즉 자기의 주위환경을 노동을 통해 변형시킴으로써 자기 자신도 변하게 했다. 다시 말해서 인간의 자기인식은 사회적인 노동과 실천의 산물인 것이지 정지된 상태에서의 관념론적인 자기성찰과 분석의 결과가 아닌 것이다. 그 때문에 시인은 인류의 해방과 인간다운 삶을 위한 줄기찬 노력과 투쟁이라고 하는 사회적인 실천을 통해서 자기한계의 끊임없는 극복과 쇄신의 계기를 마련해야 할 것이다.

창작기량을 향상시킨답시고 나는 문장론이라든가 수사학이라든가 문예이론서적 따위를 일부러 읽은 적은 없다. 멸시적으로 정평이 나 있는 고전을 읽음으로써 시작의 도움 같은 것을 얻고는 한다. 그리고 나는 표현능력, 기발한 발상법, 완벽한 형식 따위가 뛰어난 문학작품을 생산해내는 기본적인 요인이라든가 시적재능이라고 생각하지 않는다. 위대한 작품을 창조해내는 유일한 것은 위대한 삶인 것이다. 그 길이란 적어도 자본주의사회에서는 자본의 비인간성, 부패와 타락에 대한 전면전에 시인 자신이 몸소 참가하는 길밖에는 없는 것이다.

'창작태도와 창작실제'를 말한다

—

김남주는 이어서 자신의 '창작태도와 창작실체'를 밝힌다.

창작태도

낡은 세계를 종식시키고 새로운 세계를 건설하는 데 이바지하려고 나는 시를 쓰기 시작했다. 새로운 세계를 이룩하는 작업은 근로대중이 집단적으로 조직적으로 참가하는 역사적인 운동인 바, 문학은 이 역사적인 운동의 사상과 이념에 생활의 구체성을 입혀서 대중을 사로잡아 그 결과로서 낡은 세계에 종지부를 찍는 물질적인 힘을 결집시킬 수 있는 것이다. 이 때문에 나는 시의 사회적 기능을 우선해서 의식하지 않을 수 없고 새로운 세계의 창조에 임하는 시인으로서의 사명을 절감하지 않을 수 없다.

내 시 세계의 특징이라면 사회적 현실과 인간관계를 유물론적이고 계급적인 관점에서 보는 데 있을 것이다. 이런 특징은 나의 경우에만 국한되는 것은 아닐 것이다. 내가 이런 관점에서 현실과 인간을 보게 하는데 큰 작용을 한 것은 자본주의의 발전법칙과 유물론적 세계관에 관한 내 나름대로의 교양일 테이고 구체적인 시 작상에 영향을 준 시인은 하이네와 브레히트, 네루다 등일 것이다.

나에게는 이른바 습작시절이란 게 없었다. 심심파적으로 「창작과비평」에 실린 시를 읽는 것이 고작이었고 거기에 실린 시 같으면 나라도 쓰겠다는 생각을 하게 되었는데, 그런 생각이 나로 하여금 감히 시라는 것을 처음 써보도록 한 계기를 마련해준 것 같다.

창작태도상의 내 단점이라면 시의 사회적 기능, 즉 변혁운동에 이바지해야 한다는 생각에 너무 사로잡혀 있는 나머지 사고의 폭과 생활의 다양성에의 접근을 못하고 있다는 점이다. 어쩌면 이 나라의 절박한 현실이 이것을 강요하고 있는지도 모른다. 또 하나의 단점은 한 번 쓴 시는 두 번 다시 보고 싶지 않다는 것이다. 보고 또 보고 하여 적절한 시어에 대한 천착, 형식의 완결성에 세심한 배려를 게을리 해서는 안 될 터이다.

창작실제

일이란 게 다 그렇듯이 시도 쓰다보면 의외로 잘 써지는 경우가 자주 있다. 나에게 있어서 시상은 섬광처럼 떠오르는 경우가 많은데 대체로 나는 그 시상의 자연스런 흐름에 맡겨두는 편이다. 만약에 시에 번뜩이는 섬광과도 같은 지혜와 발견이 없다면 그것은 산문처럼 지루하고 시의 고유한 맛도 없을 것이다. 이런 이유에서 시는 터무니없이 길어지는 것을 용납하지 않는지도 모른다.

시어의 선택에 있어서 나는 지나친 비유와 낯선 표현을 삼간다. 근로 대중들이 생활 속에서 흔히 사용하는 언어를 그대로 사용하고자 한다. 그렇다고 대중의 이해를 돕기 위해서 일부러 상투적인 말투나 어법을 고집하지는 않는다. 대중은 문장의 난이도와 언어의 낯설고 친숙함과 관계없이 자기들의 물질적인 이해관계를 담고 있는 글은 어렵지 않게 이해한다.

인간만사의 아름다움은 형식과 내용의 통일에 있다. 내용과 형식 중 어느 것을 더 중시하고 어느 것을 덜 중시할 수는 없는 것이다. 문제는 내용과 형식의 변증법적인 관계이다. 내 경우에 있어서 내용이 먼저 있고. 형식은 나중에 있다. 상식적인 이야기지만 물론 그것들은 상호침투한다. 시에 있어서 리듬을 나는 생활의 자연스런 흐름에 다름 아니라고 본다. 그것은 겉으로 드러나기도 하지만 내재해서 보이지 않게 속으로 흐르기도 한다.

음악에 있어서의 대위법, 미술에 있어서의 명암법, 영화나 연극에 있어서의 사건의 전개와 발전과정 및 파국 등과 같은 예술적 효과를 시의 창작에 활용할 수 있을 것이다. 나의 경우 시가 잘 되지 않을 때, 예를 들면 형식과 내용이 잘 맞아떨어지지 않는다거나 형상화의 한계에 부딪히거나 할 때 음악을 듣기도 하고 미술첩을 펼쳐보기도 하고 영화나 연극을 구경하기도 한다. 사실 이런 일들이 크게 도움은 안 된다. 오히려 나는 이런 경우에 소설이나 시집을 읽음으로써 가끔씩 도움을 받는다.

작가에게 있어서 체험은 작품을 쓰는 데 있어서 가장 큰 재산이다. 나는 변혁운동을 사상적으로 준비하기 위해서 애초에 시를 쓰기 시작한 사람이지만 시를 쓰기 위해서도 변혁운동에 동참해야 된다고 주장한 사람이기도 하다. 물론 체험은 책을 통해서 또는 타인과의 대화를 통해서 간접적으로 할 수도 있지만 중요한 것은 몸소 하는 체험이다. 그것도 고통스런 시련이 거듭된 그런 체험이다. 체험의 폭이 넓고 깊으면 그만큼 독자에게 깊고 폭넓은 감동을 줄 것이다. 작가는 생활의 내용과 형식에 있어서 평범한 사람과는 달라야 하는 것이다. 그렇다고 그것이 괴팍하고 기상천외한 생활을 의미하는 것은 아니다.[290]

'영향 받은 외국 시인'을 다시 설명한다
—

「사상문예운동」은 특집을 통해 김남주에게 개별적인 네 가지 질문을 던졌다. 앞의 세 가지는 이미 각 장에서 부분적으로 녹아 있기에 여기선 네 번째 항목을 소개한다.

- 당신은 어느 인터뷰에서 영향 받은 외국의 시인으로 브레히트, 네루다, 아라공, 마야코프스키, 하이네 등을 들었다. 좀 더 구체적으로 그들의 영향을 밝혀주기 바란다.

- 나는 지배계급의 억압과 착취에 시달리며 비인간적인 삶을 강요당하고 있는 근로대중들의 생활과 투쟁을 그린 문학 작품을 깊은 관심을 가지고 읽어왔다. 이런 작품을 쓴 사람들 중에서 특히 내가 동지적인 애정을 가지고 관심을 기울였던 시인들은 하이네, 브레히트, 아라공, 마야코프스키, 네루다 등이었다.

나는 이들의 작품과 생애를 통해서 유물론적이고 계급적인 관점에서 세계와 인간관계를 문학적으로 형상화하는 창작기술을 배웠으며 전투적인 휴머니스트로서 그들의 인간적인 매력에 압도되기도 했다. 그리고 나중에야 알게 된 사실이지만 그들의 작품을 내가 번역함으로써 마르크스가 「루이 보나빠르뜨의 브뤼메르 18일」에서 언급했던 다음과 같은 말에 납득이 갔다.

"새로운 언어를 배우기 시작한 초보자는 항상 외국어를 일

김남주 평전

단 모국어로 번역하지만 그가 새로운 언어의 정신에 동화되고 그래서 그 언어로 자신을 자유롭게 표현할 수 있게 되는 것은 새로운 언어를 떠올리는 데 모국어를 떠올림이 없이 그 언어 속에서 나름대로의 길을 찾고 새로운 언어를 사용하는 데 있어서 자신의 모국어를 망각하는 경우일 뿐이다."

그러나 무엇보다도 그들이 나에게 준 위대한 교훈은 인류에게 유익하고 감동적인 작품을 쓰기 위해서는 작가 자신이 진실된 삶을 살아야 하고, 자기 시대의 중대한 문제를 해결하는 데 있어서 착취와 억압에 저항하는 불굴의 전사가 되어야 한다는 것이었다. 여기서 내가 전사라고 한 것은 꼭 무기를 들고 거리에 나서거나 산에 들어간다는 뜻만은 아니다. 싸우는 사람은 그 싸움의 형태에 관계없이 전사인 것이다.[291]

「노동자 문화통신」에 발표한 시

―

1987년 6월항쟁은 한국사회의 다양한 분야에서 민주화에 기여하였다. 6월항쟁에는 특히 노동자들의 참여가 두드러졌다. 6월항쟁 이후 7월부터 9월까지 국내 전 지역과 업종에 걸쳐 폭발된 노동자들의 대규모 파업투쟁이 전개되었다. 6월항쟁으로 고양된 민주화 열기는 6·29선언 이후 노동자들의 생존권 확보 및 조직결성 움직임으로 분출되었다. 1987년 투쟁은 이후 전국노동조합협의회의 건설로 이어지는 자주적인 민주 노조운동의 새로운 흐름을 형성시키는 근원지가 되었으며, 이 과정에서 결성된 신규노조들은 민주노조운동의 물적 토대가 되었다.

「노동자 문화통신」은 이 같은 노동민주화의 열기 속에서 1990년 봄에 창간되었다. 노동자 문화예술운동연합이 기관지로 펴낸 것이다. 김정환 시인은 창간사에서 이렇게 주장하고 있다. "진정한 예술은 지금 이 시간, 국가 독점적이고 부패한, 왕성하게 죽어가는 제국주의의 신식민지, 어두운 파쇼조국 현실의 문제들을 스스로 해결하고 드높은 자기해방 사상을 이룸으로써 다른 계급과 계층의 해방을 동시에 이루는 물질운동, 생산과 투쟁의 주력인 노동자계급의 눈으로, 노동자계급의 과학적인 세계관으로 이 세상을 반영하고 해석하며 획득한다. 그것은 노동자계급의 생산과 투쟁에 의하여 직접, 혹은 예술가를 매개로 하여 간접적으로 이루어진다."[292]

「노동자 문화통신」 창간호에는 '노동해방문예'난을 신설하고 김남주의 신작시 3편을 실었다. 이 중 두 편을 소개한다.

비수

일제히 거울을 보기 시작한다
소스라치게 놀라 두 손으로
일제히 얼굴을 훔치기 시작한다
피묻은 손바닥을 겨드랑이에 쑤셔넣고
일제히 시치미를 떼기 시작한다
아무도
아무도
제 얼굴에 책임이 없다
그들은 들었던 것이다
[휴식없는 생산증대]
[밤낮없는 품질관리]
노동자의 등짝에 가해지는 자본가의 채찍소리를
그들은 들었던 것이다
[우리도 인간이다 휴식 좀 취하자]
[우리도 인간이다 먹고 좀 하자]
[우리도 인간이다 눈비 좀 피하자]
자본가의 채찍소리에 맞서는 노동자의 원시적인 절규를
그들은 보았던 것이다
추운 날

눈까지 와서 비까지 와서

얼어붙은 날

노동자의 등에 꽂힌 자본가의 비수를

노동자의 옆구리에 찔린 자본가의 쇠파이프를

노동자의 머리통을 가르는 자본가의 도끼를

일제히 거울을 보기 시작한다

소스라치게 놀라 두 손으로

일제히 얼굴을 훔치기 시작한다

피묻은 손바닥을 겨드랑이에 쑤셔놓고

일제히 시치미를 떼기 시작한다

아무도

아무도

제 얼굴에 책임이 없다[293]

법과 자유의 노래

밥 달라 벌린 입에

최루탄 멕이는 그런 사람이 없다면

경찰관 아저씨 같은 사람이 없다면

그때 우리나라 좋은 나라 될거야

자유 달라 벌린 입에

총알 멕이는 그런 사람이 없다면

군인 아저씨 같은 사람이 없다면

그때 우리나라 좋은 나라 될거야

그래 그런 사람이 없다면

부자들 재산을 지켜주느라 자유와 싸우는

경찰관 아저씨 같은 사람이 없다면

압제자의 권력을 지켜주느라 자유와 싸우는

군인 아저씨 같은 사람이 없다면

그때 우리나라 좋은 나라

집집마다 밥이 남아돌게 될거야

거리마다 자유가 넘쳐흐르게 될거야[294]

「노동문학」에 노동자의 문학 발표

—

「노동문학」은 "평범한 노동자를 위한 문예지"를 표방하면서
1989년 3월에 창간되었다. 노무현 의원과 김근태 민주운동
가, 박현채 경제학자 등 친노동계 인사들이 필진으로 참여하
였다. 5월호에는 갓 출감한 김남주의 '문학을 지망하는 청년,
학생, 노동자에게 보내는 편지'인 "문학하는 사람은 노래하
고 싸우는 사람입니다"가 권두에 실렸다. '편지'를 통해 김남

주는 자신의 문학관을 거듭 피력한다.

> 문학은 현실을 변혁하는 사상적 무기가 될 수 있다. 문학이
> 사상적 무기가 될 수 있기 위해서는 그것이 노동자, 농민 등
> 근로 대중의 삶을 궤적으로 담아 내야한다. 그리고 내 경험이
> 가르쳐 주는 바는 세계를 인간이 살기 좋은 곳으로 변혁시키
> 기 위한 노동과 투쟁에 작가가 몸소 참가함으로써 그것은 가
> 능하다.[295]

김남주의 문학관 특히 노동자와 농민 등 근로 대중에 대한
문학관은 투명하고 철저한 편이다.

> 되풀이해서 말씀드립니다만 문학의 토양은 노동자, 농민 등 근
> 로 대중의 구체적인 삶이고, 그것의 예술적 원천은 세계를 변
> 혁시키려는 인간의 투쟁과 노동에 있습니다. 그래서 제가 문학
> 을 하고자 하는 청년, 학생, 노동자들에게 드리고 싶은 유일한
> 말은 "세계를 변혁시키는 노동과 투쟁 그 한가운데에 너 자신
> 을 전면적으로 참가시키라." 이것입니다. 그러면 좋은 문학 작
> 품이 그 가운데서 저절로 나오게 될 것이라 확신합니다.[296]

김남주의 노동현실에 대한 인식은 어떤 사회과학자나 정

치인보다 분석적이고 예리하다. 그만큼 이 분야에 애정과 전문성을 보였던 것이다.

지금 우리가 몸을 담고 있는 세계는 어떤 곳입니까? 달포 전에 저는 현대그룹 서울 본사 건물 앞마당에서 농성하고 있는 울산 현대중공업 노동자들을 찾아간 적이 있습니다. 그곳에서는 오백 명에 이르는 노동자들이 시멘트 바닥에 천막을 쳐 놓고 먹고 자고하며 민주노조의 설립과 생존권 보장을 요구하고 있습니다. 그들 노동자들에게는 먹을 물이 없었습니다. 대소변을 볼 화장실도 없었습니다. 그래서 그들은 지하철 화장실로 가서 똥도 누고 오줌도 싸고, 거기서 나오는 물을 떠 가지고 와서 밥을 해먹고 있었습니다. 노동자들이 물을 못쓰도록, 대소변을 보지 못하도록 자본가 쪽에서 건물을 원천봉쇄하고 있었기 때문이었습니다.

저는 노동자들이 농성하면서 밥 해먹으라고 쌀 서너 말을 가지고 갔는데 그것을 농성 대표자에게 전해 주고 노동자들이 자본가의 담벼락에 붙여 놓은 유인물과 포스터를 하나씩 하나씩 읽어 보았습니다. 그 중에는 다음과 같은 것이 있었습니다.

우리도 인간이다
식수 좀 사용하자

우리도 인간이다

화장실 좀 사용하자

우리도 인간이다

비 좀 피하자

그리고 또 담벼락에는 "보라! 이 살인 폭력 테러의 처참한 현상을"이라고 크게 제목을 붙인 포스터가 있었습니다.[297)]

　김남주는 한국적인 말기자본주의의 모순과 자본가들의 탐욕, 이로 인한 빈부격차와 날로 악화되는 극소수의 독점 문제를 신랄하게 비판한다.

우리가 사는 세상은 나 혼자만 잘 먹고 잘 살면 되는 그런 세상입니다. 이웃도 좀 돌보면서 아픔이 있으면 함께 아파하고 함께 잘 사는 세상을 꿈꾸거나 언행을 하면 좌경용공으로 몰려 투옥되거나 살해되는 세상입니다. 저기 저만큼에 맛있는 것, 아름다운 것, 값나가는 것이 있으면 너도 나도 죽기 아니면 살기로 다투어 가서 내 것으로 독점해 버리는 것이 우리 사회입니다. 뒤에 처지는 사람은 저만 불쌍하고 그 불쌍한 사람의 불행을 딛고 행복해지는 것이 우리 사회입니다.

　김남주 평전

우리 사회에서는 가장 고되게 일하는 사람에게는, 노동자들에게는 집이 없습니다. 토지에 노동을 가해 우리 인간에게 없어서는 아니 될 곡식을 제공해 주는 농민은 장가를 들지 못합니다. 그 대신 몇 안 되는 자본가에게는 나라가 온통 제 것이고 여기저기 대궐 같은 집이 있고 언제고 맘대로 사용할 수 있는 수천 수만 개의 호텔 방이 있습니다. 그들 자본가들은 수백 수천 만 노동자 농민의 딸들을 언제고 생각만 나면 쾌락의 도구로 즐길 수 있습니다.[298]

김남주는 함께 노동문학을 하고자 하는 후배들에게 "노동을 사랑하고 노동의 적대자를 증오하며 싸우는 해방전사로서 자기존재를 규정하고 실천하는 사람"이 되기를 기원하면서 당부한다.

노동자, 농민 등 근로 대중의 삶을 토대로 하여 세계를 변혁시키려는 이 노동, 이 싸움에 작가가 동참할 때 위대한 문학작품은 창조되는 것입니다. 이 토대, 노동과 투쟁이 벌어지고 있는 이 토대에서 문학이 멀어지면 그 문학은 아무런 힘도 발휘하지 못합니다. 그것은 마치 힘센 장사가 제 발이 땅에서 떨어지면 아무런 힘을 못 쓰는 경우와 같습니다.[299]

18장

마지막 열정과 죽음

「시와 시인」 창간호에 발표한 글

—

무크지 「시와 시인」이 1990년 하반기에 창간호를 냈다. '억압으로부터의 물꼬트기'란 제목의 창간사를 읽어보면 이 잡지의 지향성을 알 수 있다. "'보수'란 가상의 '적'을 전제로 하여 자신들의 존재를 유지하는 것이고 보면, '수구'하기 위해 보수주의자들은 끊임없이 적대의 상대를 찾아야 하는데 사회주의권에서의 도도한 변혁의 물결은 '보수'의 입장에서 보자면, 전통적인 '적대의식'의 근거가 크게 흔들리게 된 셈이다. 보수주의자들은, 동구 민중들의 탈 – (허위) 이데올로기적 노력을 자신들의 보수주의 이데올로기로 그럴싸하게 포장하여, 그것을 광고한다. 이는 그들이 불가피한 이데올로그들일 수밖에 없음을 반증하는 것이다."[300]

　「시와 시인」은 '집중 수록 시인' 난에 김남주의 시 10편과 "내 시를 읽는 독자들에게"를 싣는 친절함을 보였다. 실린 시에는 옥중시와 신작시가 섞여 있다. 거기 실린 시는 〈예술지상주의〉, 〈철창에 기대어〉, 〈나그네〉, 〈안부〉, 〈시인은 모름지기〉, 〈단식〉, 〈한 마리 검은 말이 되어〉, 〈법 좋아하네〉, 〈행복한 돼지의 잠〉, 〈거머리와 진드기〉 등이다. 몇 편을 소개한다.

예술지상주의

예술지상주의 그것은 애초에

이승은 떠남의 세계였고 현실은 네미 씹이었다

그에게는 예술지상주의자에게는

문명은 파괴되어야 할 적이었고

자학과 광기와 절망이 삶의 전부였다

그에게는 나이도 없었다

예술이라면 제 애비도 몰라보는 후레자식이 예술지상주의였다

염병할! 그놈의 사후의 명성이란 것도

그에게는 부질없는 무덤이었다

예술이라면 예술 아닌 모든 것이

저주해야 할 대상이었다 쓰레기였다

부르주아 새끼들의 위선이 거만이 구역질나서 보들레르는

자본의 시궁창 빠리 한복판에 악의 꽃을 키웠다

랭보는 꼬뮌 전사의 패배에 절망하여

문명의 절정 빠리를 떠났다

시에다 똥이나 싸라 침을 뱉고

대한민국의 순수파들 절망도 없이

광기도 자학도 없이 예술지상주의를 한다

수석과 분재로 예술지상주의를 한다

학식과 덕망의 국회의원으로 예술지상주의를 한다
자르르 교양미 넘치는 입술로
자본가의 접시에 군침을 흘리면서 예술지상주의를 한다
에끼 숭악한 사기꾼들
죽으면 개도 안 물어가겠다
그렇게 순수해가지고서야 어디 씹을 맛이 나겠느냐[301]

나그네

조상 대대로 토지 없는 농사꾼이었다가
꼴머슴에서 상머슴까지
열살 스무살까지 남의 집 머슴살이였다가
한때는 또 뜬세상 구름이었다가
에헤라 바다에서 또 십년 배 없는 뱃놈이었다가
도시의 굴뚝 청소부였다가
공장의 시다였다가 현장의 인부였다가
이제는 돌아와 고향에
황토산 그늘에 쉬어 앉은 나그네여
나는 안다 그대 젊은 시절의 꿈을
그것은 아주 작은 것이었으니
보습 대일 서너마지기 논배미였다

어기여차 노 저어 바다의 고기 낚으러 가자
통통배 한 척이었고
풍만한 가슴에 푸짐한 엉덩판
싸리울 너머 이웃집 처녀의 넉넉한 웃음이었다
그것으로 그대는 족했다
그것으로 그대는 행복했다

십년 만에 고향에 돌아와서도
선뜻 강 건너 마을로 들어서지 못하고
바위산 그늘에 쉬어 앉은 나그네여[302]

시인은 모름지기

공원이나 학교나 교회
도시의 네거리 같은 데서
흔해빠진 것이 동상이다
역사를 배우기 시작하고 나 이날 이때까지
왕이라든가 순교자라든가 선비라든가
또 무슨무슨 장군이라든가 하는 것들의
수염 앞에서
칼 앞에서

책 앞에서

가던 길 멈추고 눈을 내리깐 적 없고

고개 들어 우러러본 적 없다

그들이 잘나고 못나고 해서가 아니다

내가 오만해서도 아니다

시인은 그따위 권위 앞에서

머리를 수그린다거나 허리를 굽혀서는 안되는 것이다

모름지기 시인이 다소곳해야 할 것은

삶인 것이다

파란만장한 삶

산전수전 다 겪고

이제는 돌아와 마을 어귀 같은 데에

늙은 상수리나무로 서 있는

주름살과 상처 자국투성이의 기구한 삶 앞에서

다소곳하게 서서 귀를 기울여야 하는 것이다

그것이 비록 도둑놈의 삶일지라도

그것이 비록 패배한 전사의 삶일지라도[303]

한 마리 검은 말이 되어

분단의 벽을
걷어차고 뛰어넘고 무찌르고
한라에서 백두까지
단숨에
단숨에
내달리고 치달리자

가서
삼팔선 육백리에 가서
평화의 꽃 만발하게 하자
가서
앞강물 뒷강물에 가서
해방의 춤 일렁이게 하자
가서 가서
삼천리 금수강산에
통일의 꽃 흐드러지게 하자[304]

앞에서 소개한 대로 「시와 시인」은 김남주의 시를 집중수
록하고, "내 시를 읽는 독자들에게"라는 공간을 마련하였다.

이 공간을 통해 김남주 시인은 "나는 소박하고 단순한 사람들을 위해 시를 쓰고 싶다. 생활의 가장 기본적인 요소들, 배를 채울 밥과 입을 옷과 안심하고 잠자리에 들 수 있는 집을 갖고 싶어 하는 그런 사람들을 위해 나는 시를 쓰고 싶은 것이다"라며 시를 쓸 수밖에 없는 이유를 설명한다.

> 그런데 현실에는 이런 단순하고 소박한 사람들의 작은 소망을 무참하게 짓밟아 버리는 족속들이 있다. 가난한 사람들의 노고를 희생으로 하여 거재를 쌓아올린 날치기 부자들이 그들이다. 그들은 필요 이상의 밥과 옷과 집을 갖고 있다.
> 그들은 교활한 수법으로 재산을 모으고 그런 재산을 지키기 위해 못된 권력과 손을 잡고 끊임없이 음모를 꾸미고 있다. 나는 이 따위 족속들을 증오하는 시를 쓰고 싶다. 독점재벌들, 사기꾼들, 땅투기꾼들 이런 족속들은 집 없어 서러운 가난뱅이들한테는 불구대천의 원수인 것이다.[305]

김남주의 불로소득 계층에 대한 증오심은 출감 이후에도 달라지지 않았다. 그리고 피압박민중을 향한 동정심은 더욱 짙어 보였다. 그는 "나는 나의 시가 가난한 이들의 동무가 될 수 있다면 그것으로 만족한다"[306]라고 하였다.

고향 해남으로 떠난 '문학기행'
—

우리나라처럼 정치인(과 지망생)과 시인이 많은 나라도 흔치 않을 것이다. 하지만 정치인의 책은 안 팔리는 쪽이지만 시집은 제법 팔리는 편에 속한다. 일제강점기와 군사독재시대에는 소설가보다 시인이 조국 해방투쟁과 민주화운동에 기여한 사람이 훨씬 많았다. 그래서인지 우리나라는 시인을 존경하는 사람이 많다.

유신·5공 시대를 통과해 오는 동안 일관되게 신념을 지키며 투쟁한 문인 중에는 문익환, 고은, 김남주, 박노해 등이 꼽힌다. 그 중에서도 김남주는 가장 심한 박해를 받은 시인이다. 이와 관련한 한 평론가의 질문이다.

"어찌하여 아이처럼 맑고 여린 심성의 소유자가 정제되지 않은 폭력이 난무하던 지난 연대에 어느 누구보다 완강한 싸움꾼으로 설 수 있었는가? 어찌하여 우리는 이 시인을 한 시대를 대변하는 투사로 만들었는가? 아니 우리 시대 과격한 투사로 부각되었지만 실은 지극히 비폭력적인 이 인물은 도대체 누구인가?"[307]

김남주의 여러 지인들이 말해주듯이 그는 대단히 여리면서 예리하고, 또한 순박한 인물이었다. 행동은 다소 어리숙하고 굼뜬 편이지만 의식은 얼음같이 냉철하고 의욕은 불같이 뜨거웠다. 그가 대단히 부지런하고 실천적인 사람인 것은 여러 사람이 증언한다.

"나무는 조용히 서 있고 싶어도 바람이 놔두지 않는다"는 말이 있다. 언론매체들은 석방된 김남주를 가만 두지 않았다. 언론의 센세이널리즘의 속성이기도 하지만, 혹한 속에서도 그만큼 청정함을 유지해 온 그의 본체를, 그 목소리를 그리워했던 사람이 많았던 까닭이다.

출옥 후 김남주는 여러 민주화, 통일운동의 현장 속으로 직접 투신할 기회를 가졌다. 그는 마치 신화처럼 민족사적 현실과 과제 앞에서 즉흥적으로 노래 부르는 역할을 떠맡았다. 그렇게 긴 세월에 걸쳐 편지로만 이어져왔던 연인 박광숙 씨와의 결혼생활도 이런 그의 투지를 막지는 못했다.

주변에서는 그에게 좀더 적게 쓰고 더 많이 쉴 것을 권유했지만 날이 갈수록 아파하는 사람이 늘어만 가는 현실은 그를 그냥 놔두지 않았다.[308]

그는 많은 시를 발표하고 각종 문학활동에 참여하면서 10년 동안 정지된 시간을 보충하고자 하였다. 독자들의 반응은 뜨거웠고 각종 행사장에는 청중이 몰려들었다.

김남주는 45세인 1991년, 광주항쟁 시선집인 《학살》을 한마당에서 출간하였다. 그리고 1992년 12월까지 민족문학작가회의 민족문학연구소장을 맡았다. 1991년에는 제5시집 《사상의 거리》를 창작과비평사에서 출간하고, 시선집《함께 가자 우리 이 길을》을 미래사에서, 산문집《시와 혁명》을 나루에서, 하이네 정치 풍자집《아타 트롤》을 창작과비평사에서 각각 번역, 출간하였다. 놀라울 정도로 정력적이고 활동적이었다. 이 해에 김남주 시인은 제9회 신동엽창작기금을 받았다. 지금도 꾸준히 읽히는 번역시집《아침 저녁으로 읽기 위하여》는 1994년 푸른숲에서 나왔다.

1992년에는 제6시집《이 좋은 세상에》를 한길사에서, 옥중시선집《저 창살에 햇살이》1, 2를 창작과비평사에서 출간했는데, 이 해에는 제6회 단재상 문학부분을 수상하기도 했다. 신동엽창작기금과 단재상에는 소정의 부상이 있어서 신접살림에 보탬이 되기도 했다. 저술 활동에 바쁜 상황 속에서도 김남주는 반핵평화운동연합의 공동의장까지 맡게 된다.

이처럼 몰아치는 일은 10년 징역꾼으로는 실로 감당하기 어려운 격무였다. 김남주는 밤을 새워 시와 산문을 쓰고 번역을 하였다.

또한 김남주는 1990년 한길사가 개설한 한길문학학교 창작주간반을 맡아 문학지망생들을 지도하기도 했다. 그의 명성을 들은 많은 문학청춘들이 이 창작주간반으로 모여들었다. 창작반에는 정희성, 이시영, 고정희, 박몽구, 김사인 시인

등이 출강하였다. 국외로는 동구권의 이데올로기적인 변혁과 국내적으로는 노태우, 김영삼, 김종필의 3당 야합으로 거대한 보수 세력이 결집되고 있는 시점이었다.

1991년 6월 9일 고정희 시인이 지리산 등반 도중 실족으로 타계 이후 김남주 시인이 시창작 주간반을 전담케 되었다. 자동적으로 빈번히 만나게 된 우리는 격변의 역사 앞에서 아연했다. 90년대는 동유럽과 소련의 사회주의가 분해되던 시점이라 우리들은 세계사적인 대변혁 앞에서 새로운 진로 모색에 여념이 없었다. 그때 김남주는 혁명시의 방향전환과 함께 드라마에 흥미를 갖고 거기서 새 출구를 암중모색 중이었다.[309]

김남주는 한길문학 학교일을 보는 한편 「한길문학」의 창간을 계기로 시작된 '문학기행'에도 열심히 참여하였다. 첫 기행지는 자신의 고향인 해남이었다.

작가, 문학연구자, 독자가 함께 우리 문학예술의 새로운 가능성을 탐구하고자 기획하는 문학기행 - 그 첫 번째 행사인 이번의 '김남주 문학기행'에는 3백여 명의 참가희망자가 쇄도했다고 한다. 3월 3일 시인 김남주와 함께 50여 명이 한 차에 실리어 서울을 탈출했다. 서울로부터의 해방, 아니 하방(下

放)-전라도의 평야지대 그 농민세상으로의 귀환 - 김남주 문학 그 민중세계로 입성하고자 하는 우리시대 문학의 낯선 행렬이었다. 문학이야말로 우리시대 모든 사람들의 희망의 뿌리이며 그 최후의 보루이지 않으면 아니 된다. 이번 기행은 한 시인의 생가를 찾는 것이 아니라 바로 이처럼 이 시대에의 환향을 문학의 이름으로 더듬어 들어가는 일이 되었다.[310]

생존문인의 생가를 찾는 '문학기행'은 당시에는 보기 드문 행사였다. 더욱이 첫 기행지로 그의 생가가 선택될 만큼 김남주는 작가나 문학연구자 그리고 독자들의 화두였다.

시인 김남주가 태어나 자란 곳, 그리고 지금도 노모(73)와 노총각인 남동생(38)이 20마지기의 논과 1천 5백 평의 밭을 근거삼아 농사를 부치고 있는 '시인의 고향마을'. "이 마을 생긴 이래 바깥사람들, 그리고 서울 손님이 이처럼 한꺼번에 떼거리로 들이닥친 일은 처음이며, 또한 아마도 마지막일 것"이라고 직수굿하니 서 있던 시인의 친척 노인 한 사람이 말한다.[311]

이때 김남주의 노모와 아우는 얼마나 감격했을 것이며, 자신은 또 얼마나 벅찼을까. 긴 세월 중죄인처럼 신문과 방송에서 매도하는 바람에 마치 죄인의 가족처럼 움츠려 살아야 했던 세월이었다. 그런데 이제 한 시대의 대표적인 저항시인이 되어, 서울 손님 50여 명이 그의 생가를 찾는 '문학기행'이라니, 그의 가족들이 어찌 감격해 하지 않겠는가. 지하에 있는 부친도 반겼을 것이다.

> 1백 50평 정도의 너른 마당에 둘러싸인 '시인의 집'에서는 이미 손님맞이 준비를 해놓고 있었다. 간짓대를 걸어놓은 서답 줄(빨랫줄)에는 전구를 매달아 어둠을 내몰고, 또 마당 한 가운데에 장작들을 쌓아 모닥불을 지폈으며 덕석 여섯 장을 주루니 펴서 여덟 개의 큰상차림을 벌여놓고 있었다. 수발들러 온 마을사람 20여 명에, '남주가 내려온다더라' 소식으로 마실에 원정차 찾아온 시인의 고향동무들 30여 명 등, 순식간에 1백여 명 사람들이 북새를 치는 잔치마당이 한판 벌어졌다.[312]

김남주 생가의 문학기행은 한판 걸판진 잔치판이었다. 온갖 남도음식과 막걸리가 양동이째 준비되고 인근 마을에서까지 구경꾼이 몰려와 흥겨운 풍물놀이가 벌어졌다

> 얼쑤얼쑤, 판이 어우러져 서울 것들과 '해남풋것'들이 진도아리랑이니 강강수월래니 하는 가락과 운동권 가요에 따라 한

마당을 벌였는데 상쇠잡이로 나선 곱상한 젊은 여성(외국상사 근무)이 이런 말을 슬쩍 들려주었다. "김남주 시인을 체험하고 싶어서 휴가 몫까지 빼먹어 참가했는데요…"(아이구 저런 말본새) "그 왜 〈죽창가〉 있잖아요? 김남주 시에 곡을 붙인 것 말예요. 그 노래를 온몸으로 끌어들이는 느낌이에요."[313]

해남 문학기행의 소식은 「한길문학」 창간호(1990. 5)에 "시인과 농부의 순결한 대지"(박태순), "김남주의 전투적 애국주의를 옹호함"(정형주)에 소상하게 기록되었다.

「한길문학」에 '정치범들' 기고
—

문학기행은 이튿날 생가를 떠나 인근 대흥사 요사채로 옮겨 김남주의 '나의 문학과 나의 삶'을 주제로 하는 강연을 듣고 미황사와 땅끝 마을의 답사로 이어졌다. 김남주에게는 두 번 다시 오지 않을 행복한 시간이었다.

김남주는 「한길문학」 1991년 겨울호에 〈부처님 오신 날〉, 〈하늘도 나와 같이〉, 〈정치범들〉을 발표하였다. 그 중 감옥에서 썼던 〈정치범들〉의 2, 3연을 소개한다.

정치범들

2

광주민중항쟁 7주년인 오늘
한꺼번에 스물네명의 사람들이 들어왔다 그들 속에는
이랑처럼 수심이 깊은 늙은 농부의 얼굴이 섞여 있었고
팔뚝이 무쇠처럼 완강한 철공소의 직공도 끼여 있었다
철문을 따는 소리와 함께 그들이 사동의 문턱을 넘어
하나씩 하나씩 지정된 방으로 들어갈 때마다
정체불명의 박수 소리가 그들을 어리둥절하게 한다
그것은 먼저 투옥된 사람들이 감방에서 보내는 환영의 인사다
철창에 어둠이 깃들고 간수들의 순시가 뜸할 시간이다
여기저기서 자기를 소개하는 중구난방의 질문과 대답이 오간다
간수 몰래 바깥소식이 벽을 타고 방에서 방으로 전달되는가
하면
식구통과 식구통으로 팔을 뻗어 빵과 우유와 책을 주고받는다
그리고 감옥의 밤에 취침나팔 소리가 울려퍼지면
어떤 사람은 담요를 깔고 요가를 하기 시작하고
어떤 사람은 철창에 기대서서 하늘의 별을 헤아리고
어떤 사람은 이불을 책상 삼아 독서를 한다

3

그들에게 있어서 감옥은 감옥이 아니다

인간의 소리를 차단하는 벽도 아니고

자유의 목을 졸라매는 밧줄도 아니고

누군가 노리고 있는 공포와 죽음의 집도 아니다

감옥은 팔과 머리의 긴장이 잠시 쉬었다 가는 휴식처이고

세상에서 가장 완벽한 독서실이고 정신의 연병장이다.[314]

하지만 김남주는 가정을 꾸리고 바쁘게 활동을 하는 중에
도 마음 한가운데 몽우리진 깊은 공허감을 떨치기 어려웠다.
출감 다음 해에 일어난 천안문 사태, 동구권 변혁, 소련 몰락
그리고 사회주의권 국가들의 부정적 실태를 보고, 자본주의
의 대안으로 생각했던 현실 사회주의에 실망과 좌절을 갖게
된 것이었다.

여기에 사회주의권의 몰락이 자본주의의 승리인 것처럼
자만하면서 더욱 거세게 치부와 탐욕에 빠져드는 부유층의
행태가 겹치면서 그의 고민은 한층 깊어져갔다. 상대적으로
짙어가는 노동자, 농민, 실업자들의 한숨소리는 견디기 어려
웠다.

출감 4년만인 1993년, 드디어 김남주에 대한 사면복권이
이루어졌다. 법적으로 이제 그는 완전히 자유인이 되었다. 그

런데 노태우 정권의 폭압통치로 명지대생 강경대 군이 시위 도중 경찰에 맞아 사망하고 많은 노동자들이 구속되는 등 정권의 폭력성은 여전했다. 학생, 노동자들의 잇따른 '분신정국'에서, 어느 저명한 저항시인이 허물어지는 모습을 지켜보면서 환멸도 느꼈을 것이다.

대체적으로 젊은 시절의 이상주의는 연륜의 타성에 밀려 보수적으로 되기 쉽다. 그러나 모진 세월의 풍상과 시대의 질곡에서도 초지로 일관하는 아름다운 영혼들도 적지 않다. 김남주는 그런 유형의 시인으로 자기만의 길을 묵묵히 걸어갔다. 그는 여전히 사람 좋은 모습으로 시를 쓰고 강연을 하며 노동자들의 곁에서 숨 쉬며 함께 살았다. 이 시기 그를 만났던 한 작가의 기록이다.

김남주를 직접 만난다는 설렘으로 앉아 있는데, 정작 내 앞에 나타난 사나이는 사십대 중반의 참으로 허수룩한 보통 인간에 불과한 것이 아닌가. 부스스한 배추머리, 두꺼운 안경테 너머의 선량하고 쌍꺼풀진 눈, 약간 가무잡잡한 얼굴에 웃을 때마다 유난히 하얗게 드러나는 치아, 작달막한 키에 약간 뒤뚱거리는 듯한 걸음걸이, 형사 콜롬보가 입고 다니던 그런 다 구겨진 바바리 코트….

누가 뭐라 하면, 빙긋이 웃으면서 해남 사투리로 "그려"하고 느릿하게 말하는 투도 참 오래간만에 보는 영락없는 논두렁 밭두렁 촌놈의 그것이 아닌가. 그는 한마디로 폼이라고는 하나도 잡을 줄 모르는 그런 인간이었던 것이었다. 말하자면 그의 고향 전라남도 해남 들녘처럼 넉넉한 모습의 그런 인간이었다.[315]

열혈의 전사이고 치열한 저항시인이고, 혁명을 꿈꾸는 아나키스트의 격정적인 인상과는 딴판의, 지극히 허수룩한 모습의 정형이다. 그랬던 그이지만, 공적인 자리에 서면 달라진다. 김영현 씨의 묘사를 더 들어보자.

비록 사석에서는 그렇게 부담 없고 허술해 보이는 그였지만 일단 공식 석상에 나타나 대중 앞에 마이크를 잡는 순간 그는 다시 우리 시대를 상징하는 혁명시인으로 변하였고 사자와 같고, 성난 파도와 같은 목소리를 가진 전사로 변하였다.

나는 그를 따라 여러 차례 공연을 다녀보았는데 정말이지 그가 나타날 때마다 사람들이 일제히 기립하여 귀가 먹먹할 정도로 박수를 치곤하는 모습을 보았다. 느릿하지만 강력한 그의 시낭송 솜씨도 일품이었다. 어디 그게 솜씨이겠는가. 가슴속에 들끓는 열정 없이 그렇게 빛나게 시를 낭송할 수 있겠는가.[316]

김남주 평전

'천도론'과 '욥의 질문'에 관한 의문

김남주는 1993년 사면복권에 이어 제3회 윤상원문화상을 받았다. 민족문학작가회의 상임이사에 선출되고, 한국 민족예술인총연합회 이사로 추대되기도 했다. 그리고 12월 23일 여의도 여성백인회관에서 '김남주 문학의 밤'이 개최되어 수많은 문인, 청중들을 상대로 자신의 문학론을 열강하는 기회를 갖기도 했다. 그러나 그의 공식적인 활동은 여기까지다.

"출옥 이후 김남주는 역사와 민중의 소명에 열심히 부응하다가 역사 이래 세계사적인 전환기를 맞았고, 그 출구를 위한 모색의 결과가《사상의 거처》(창작과비평사 1991)였다.

그는 어려운 시기의 김수영처럼 번역작업을 본격 가동하는 한편 진지하게 드라마에 관심을 가질 참이었는데, 아마 그건 브레히트에게 암시를 받았을 것이다. 1993년 하반기부터 소화가 잘 안된다며 투덜거리더니 점차 악화일로로 치닫다가 …. 브레히트의 번득이는 드라마의 명장면을 구상했던 그의 모든 꿈이 종막을 내린 순간이었다. 출옥 후 그의 삶은 너무 팍팍했고 짧았다."[317]

동양에서는 오래 전부터 '천도론(天道論)'이 널리, 깊게 인식되어 왔다. 천도시야비야(天道是耶非耶), 하늘은 과연 옳은가 그른가를 묻는다. 그리고 하늘은 공명정대함으로 인식된다《노자》제70장에는 "하늘의 도는 친함이 없지만 항상 착한 사람과 함께 한다"(天道無親 常與善人)고 하였다. 아무리 악당과 악행이 판을 치는 세상사라 해도 진정한 승리는 하늘이 항상 선한 사람들의 손을 들어준다고 믿는다.

사마천의 《사기》 중 가장 빛나는 부분은 "백이열전(伯夷列傳)"이다. 자신도 궁형을 당했던 태사공은, 가장 청렴하고 의리를 중시했던 백이와 숙제가 모두 수양산에서 굶어 죽고 말았다고 소개하면서 하늘에 과연 정도가 있느냐고 물었다.

성서의 구약에는 '욥의 질문'이 있다. 세상에서 왜 선한 자가 고난을 받고 악한 자가 성하는가 하는 질문을 말한다. 우스 땅에 욥이라는 사람이 있었다. 그 사람은 온전하고 정직하여 하나님을 경외하고 악에서는 멀리 떠난 자였다. 그런데 그에게 여러 자식이 죽고 키우던 가축이 잇따라 죽는 가혹한 시련이 내렸다.

욥은 사탄의 시험을 받아 갖은 고난을 겪으면서 묻는다. "하나님, 나에게 왜 이런 시련을 주시나이까?" 이른바 '욥의 질문'이다. 왜 욥은 시련을 받았고, 왜 공자의 제자 중 가장 바르고 똑똑했던 안연은 굶어죽어야 했는가. 왜 친일파와 그 후손들은 권부를 손에 쥐고 떵떵거리며 살고, 독립운동가 후손들은 가난과 병마에 시달리는가. 왜 독재자와 그 하수인들은 재물이 넘치고, 민주화운동가들은 가난하고 어렵게 살아야 하는가?

　김남주가 병원을 찾았을 때 이미 병마는 그의 육신을 깊숙이 갉아먹고 있었다. 췌장암 말기라고 했다. 출감 후 과도한 일 때문이라는 측면도 있지만, 10년 동안의 무지막지한 옥살이와 부실한 음식 그리고 한반도와 국민, 민중이 처한 고통에 대한 심적 작용도 컸을 것이다.

　김남주는 일찍이 옥중에서 〈죽음을 대하고〉란 시를 지은 바 있다. 시는 달관한 듯한 그의 사생관을 보여준다.

　죽음을 대하고 (부분)

　나는 죽을 준비가 되어있네 언제라도

　지금이라도 나는 벗이여 사십 년이라는 내 삶의

　뒤안길을 머뭇거리며 돌아보지 않고

　의연하게 먼 산을 바라보며 저승의 사자를 맞이할 것 같네

　그것이 어떤 이름의 죽음일지라도 상관없이

　(중략)

　마지못해 영위되는 삶은 인간의 삶이 아니네

　억지로 가는 길은 노예의 길이네

　그러나 다만 억울한 것은 벗이여 (그대는 믿어주겠지)

사랑의 팔로 여인의 육체를 단 한번도 안아보지 못하고 가는

가 하는 것이라네

소위 저세상으로 말이네

다만 억울한 벗이여 (그대는 고개를 끄덕여주겠지)

세상의 모든 죄악의 뿌리

사유재산의 뿌리를 뽑아버리지 못하고 가는가 하는 것이라네

그러니 벗이여 내가 죽거들랑 속삭여주게

바람에 날려 대지 위를 굴러가는 가랑잎의 귀에 대고

남주에게도 여인이 있었다고 혼신의 힘으로 사랑했던

그녀가 나를 사랑했는지 사랑했다면 어떻게 사랑했는지

이제 와서 알 수도 없거니와 내 알바도 아니지만

나는 그녀를 사랑했다고 손익계산의 척도로

사랑의 눈금을 재지는 않았다고[318]

(후략)

49세로 접은 파란의 삶

김남주는 옥중에 있을 때 뿐 아니라 출감해서도 건강에 대해
관심이 많았다. 참된 민주주의를 일궈 평등한 사회를 만들기

김남주 평전

위해서는, 일꾼들의 건강이 중요하다고 역설하였다. 남민전
동지인 박석률 씨가 1989년 4월 옥중 시, 서간을 묶어《저 푸
른 하늘을 향하여》를 간행한 적이 있다. 이때 김남주는 "박석
률 동지의 삶과 사회적 실천을 돌이켜보며"라는 추천사에서
박석률과 함께 했던 일들을 돌이키면서, 이어서 건강문제를
거론한다.

> 그의 육체는 항상 지쳐 있었고 나는 그런 육체에서 어떤 위기
> 를 감지하고는 했다. 그 위기란 "저 친구 저러다가 쓰러지는
> 것은 아닐까. 좋은 일을 해야 할 사람이 저러면 안 되는데…"
> 였다. 그래서 나는 그의 건강에 개입하게 되었는데 그런 과정
> 에서 박석률 동지와 나는 다음과 같은 점에서 일치를 보았다.
> "물질적인 것이 정신적인 것의 기초이다. 인간의 육체도 물
> 질의 한 형태로서 정신의 토대를 이룬다. 그 토대가 단단해야
> 정신도 단단하게 되지 않겠는가." 이런 전제에서 우리는 세계
> 를 변혁하기 위해서 사회적인 실천을 하는 사람은 제 건강을
> 소홀히 해서는 안 된다는 결론에 도달했다. 제 건강을 소홀하
> 게 하는 그 행위는 변혁의 대상에게는 해로운 행위라 규정하
> 기까지 했다.[319]

  동지의 건강에 대해 이같이 '이데올로기적'으로 중요시했

던 김남주였는데, 막상 자신의 건강에는 소홀했던 것인지, 아니면 '욥의 질문'대로였는지, 그도 아니면 '운명'이었는지, 그는 덜컥 돌이키기 어려운 췌장암이란 진단을 받고 말았다.

김남주가 목동에 있는 자신의 20층 아파트 꼭대기의 20여 평 집에서 투병 중일 때 문인들이 병문안을 갔다. 그때 보여준 그의 모습은 의연했다.

> 남주형이 조용한 목소리로 말했다. "처음엔 나도 두렵고 몹시 힘들더라. 심리적인 흔들림도 많았구. 하지만 시간이 조금 흘러가니까 마음도 가라앉더라. 사람은 언젠가는 한 번은 다 죽게 돼 하는 기분이… 들더라. 사람답게 살다 죽으면 되지, 뭐." 그렇게 말하는 남주형은 의외로 의연한 표정이었다.[320]

1994년 2월 13일 새벽, 김남주는 부인 박광숙과 한 점 혈육인 다섯 살짜리 토일이를 남기고 조용히 눈을 감았다.

> 그때도 흰 눈은 쏟아졌다. 저 먼 우주공간으로부터 이곳 지구와는 별 위로 세상은 고요했고 대낮에 버려둔 깡통도, 한낮에 내버린 모든 오물들도 흰 눈에 목이 잠겨 영원한 침묵 속으로 가라앉았다.

세상의 시인 김남주가 눈을 감던 순간 그 곁에선 그의 동지,

대지의 벗 박광숙이 오열하고 있었다. 가지 말라고, 살아서 사람 사는 세상 만들어야 하지 않느냐고 울부짖으며.[321]

김남주의 운명을 지켜보았던 동지 박석률의 증언이다.

운명하기 몇 시간 전, 가래를 뱉어내고 호흡을 길게 고르자 그대가 토해낸 말!
"…아름다운 세상, 깨끗한 세상, 정의로운 세상을 만들려고 하다가 … 내가 이렇게 빨리 가게 되다니…."[322]

김남주의 마지막 가는 길은 그러나 외롭지 않았다. 많은 선후배와 동지, 민주인사들이 문병하여 그의 쾌유를 빌었고 그가 이뤄 놓은 업적을 평가하였다.

재야인사 한 팀이 문병을 다녀간 후 얼마 있다 백낙청, 염무웅, 이시영 선생이 병실로 들어왔다. 백 교수는 환한 얼굴로 웃으며 "우리 남주!" 하면서 시인의 두 손을 잡았다. 시인도 비로소 환하게 웃었는데 그 웃음은 이런 자리에서 믿어지지 않을 만큼 환했다. 그리고 그는 그 특유의 허허로운 표정으로 말했다. "세상에 뭔가 좀 베풀다가 가야 하는데 아무것도 한 게 없어서…." "무슨 말이야, 남주가 얼마나 큰 것을 베풀었는

데!" 백 교수가 꾸짖듯이 말했다.[323]

김남주의 영결식은 "민족시인 고 김남주 선생 민주사회장"
으로 경기대 교정에서 엄숙하게 치러졌다. 그를 실은 영구차
는 1천리 길을 달렸고, 그는 눈덮힌 광주 망월동 5·18묘역에
안장되었다.

영결식장이나, 장지에서 여러 지인들은 정성어린 추념사를
하면서 애통해 하였다. 하지만 누구보다 애통하고 절통한 사
람은 연인으로서 10년, 부부로서 5년을 함께 하고, 다섯 살짜
리 아들을 둔 부인 박광숙 여사였을 것이다.

> 내게 목숨 하나 던져놓고는 훨훨, 어디로 그렇게 급히, 가야
> 할 길이 그렇게도 바빴더란 말입니까. 알 수가 없습니다. 믿을
> 수가 없습니다. 내 입으로 이 세상을 하직하려는 당신에게 잘
> 가라고 말해놓고도, 내 손으로 당신의 감기지 않는 눈을 감겨
> 주고, 닫히지 않는 입을 다물리고 수의를 입혀주고, 내 손으로
> 당신의 묶인 몸 위에 검은 흙을 덮어주었건만 이건 분명 현실
> 이 아닙니다.
> 내 안에 가득한 당신, 당신 아들의 살과 뼈와 눈동자와 어깨
> 에, 손가락 마디마디에 가득한 당신, 그 당신이 바로 죽음이었
> 습니까? 숨이 떠난 주검, 주검이 돼버린 그 당신이 뜨거운 숨

김남주 평전

을 쉬던 바로 그 당신이었습니까. 뜨거운 숨결로 속삭이고, 노
래하고, 이야기했는데, 그런 당신이 이 세상 사람이 아니라니
요. 주검이 돼 버리다니요.[324]

평가와 추모

—

김남주가 세상을 떠난 후 그를 기리고 그의 문학을 평가하는
많은 평론이 나왔다. 몇 편을 요약해 싣는다.

"비극적 시대를 살다 간 그는 자신이 꿈꾸던 정치적 민주화
가 만개한 시절을 살아보지 못한 채 험난한 투쟁으로 점철된
인생을 거둬들였다. 역설적으로 이야기해서, 어쩌면 지금 우
리가 마주하고 있는 천박한 민주화의 양상을 보지 않고 떠날
수 있었던 것은 비극적 삶으로 시종한 그가 누릴 수 있었던
드문 행운이었을지도 모른다.

역사적 전환과 권력의 부침이란 파고를 겪으며 민주화운
동의 경력이 값싸게 거래된, 그 공과가 허술하게 재단되기에
이른 작금의 상황에서 생전에 그 어떤 영광도 누리지 못하고
서둘러 삶에 종지부를 찍은 그의 운명은 착잡한 감회를 불러
일으킨다."[325]

"김남주의 죽음은 그러므로 무엇을 의미하는지! 그 죽음에서 우리는 무엇을 찾아내야 하는지? 이제 우리는 생각해야 한다. 첫 번째 '위엄 있는 인간'이 죽었다. 인간답게 살자는 소망이 죽은 것이다. 그리고 그는 '고목'으로 우뚝 서 있다.

대지에 뿌리를 내리고

해를 향해 사방팔방으로 팔을 뻗고 있는 저 나무를 보라

주름살투성이 얼굴과

상처 자국으로 벌집이 된 몸의 이곳저곳을 보라

나도 저러고 싶다 한 오백년

쉽게 살고 싶지는 않다 저 나무처럼

길손의 그늘이라도 되어주고 싶다

_〈고목〉

두 번째 진정한 통일꾼이 죽었다. 많은 고통과 슬픔이 분단이라는 현실구조에서 파생된다. 한 때 그것의 철폐를 가장 뜨겁게 소망했던 사람이 죽은 것이다."[326]

"돌이켜 보건대 그는 끝내 어떤 타협주의나 거짓된 해답에 기울지 않았다. 그의 생애도 문학도 미완의 것으로 남긴 채 떠난 것처럼 보이지만, 바로 그 미완성에 의해 그가 최대의

진정함을 쟁취했다는 것, 그럼으로써 늘 새로운 영감의 원천이 되고 있다는 것이야말로 그가 여전히 우리 곁에 살아 있는 이유다."[327]

"만약 김남주 시인이 우리 곁에 좀 더 머물렀다면 어떠했을까. 그랬다면 우리는 높지만 그만큼 핍진한 '사상의 거처'에서 조금은 더 구체적인 실존과 갈등으로 풍요로운 '지상의 거처'로 내려온 김남주를 만날 수 있지 않았을까. 자본과 제국주의에 대한 거대 서사와 물러설 틈 없는 긴장과 적대로 가득한 《나의 칼 나의 피》를 비롯한 혁명의 시뿐만 아니라, 네루다의 《소박한 것들에 바치는 송가》처럼 나날이 새로워지는 생명의 가치들로 충만한 시의 대지 또한 갖게 되지 않았을까."[328]

"그의 삶과 문학이 이제는 살아 있는 우리들의 소중한 역사가 되어 있다는 것을 부인할 사람은 아무도 없을 것이다. 누가 김남주를 거론하지 않고 우리 민족문학사를 이야기할 수 있겠는가. 그리고 언젠가는 이 음탕하고 술 취한 듯 비틀거리는 반동기가 끝나고 다시 역사의 전진이 시작되는 날이 오지 않겠는가."[329]

"김남주가 사상과 조직을 만들고 전사이자 투사가 되기를 결의했던 시기는 헌법으로 보장된 기본권을 국가가 유신이란 이름으로 무력화시킨 때였다. '총구가 나의 머리 숲을 헤치는 순간'에 대한 고백으로 시작하는 〈진혼가〉의 한 구절처럼 폭력과 죽음의 두려움에 맞서 스스로를 새로운 인간으로 만들기 위해 안간힘을 쓰던 결단의 시점이었다. '무기가 될 수 있는 모든 것'을 가지고 김남주, 그는 유신에 맞섰던 것이다.

　하지만 잊혀져 갔던 김남주와 전사들은 반유신에 머무르지 않았다. 이들은 1980년 광주를 거치며 근본적인 사상과 운동을 실천하기 시작한 1980년대를 이어주는 징검다리였다. 김남주 20주기, 그가 마지막까지 놓치려 하지 않았던 '사상의 거처'에 대해 다시 생각하는 것은 유신과 신군부란 폭력에 맞섰던 '사상에 대한 예의'일 것이다."[330]

　"김남주는 대중의 고통에 영감의 뿌리를 내리고 시대의 맨 척후에서 이름 없는 자들의 이름으로 노래했다. 대지는 그의 악보였고 독재권력과 자본은 그에게 악의 뮤즈였다. 그 시와 삶이 오늘을 부르고 있다. 순치된 적 없는 그 끓는 몸짓이야말로 시대의 겨울을 녹일 수 있는 열정에 찬 지혜인 까닭이리라. 봄과 새벽을 여는 정의의 적자로서 김남주는 시를 닮은 혁명을 거침없이 꿈꾸었다. 시와 민주주의가 일치를 향해 내닫던 목소리, 그 김남주를 다시 읽는다. 한시도 종으로 살지 않기 위하여 김남주 뿐이랴. 이 땅에는 고난을 기꺼이 앞서 헤쳐간 뼈저리도록 거룩한 인간 교과서들이 있다. 인간보다

　　　　　　　　　　　　　　　　　김남주 평전

정확한 노선은 없다."[331]

"언젠가 냉장고를 수리하러 왔던 젊은이가 벽에 걸어놓은 아이 아빠의 시를 보고 이거 김남주 시인이 직접 쓴 시냐고 묻더군요. 저는 그 시인을 아느냐고 되물었습니다. 그러나 이 집이 시인의 가족이 사는 집이라는 걸 말하지 않았습니다.

수리공이 자기가 아는 시인들의 이름들을 한참 주워섬기며 자기가 어떤 영향을 받았는지를 자랑스럽게 이야기하는 것을 보며 새삼 놀란 적이 있었습니다. 이런 시골구석에서 더욱이 책을 가까이 할 것 같아 보이지 않는 한 젊은이의 입에서 듣는 그의 이름과 그가 열거하는 시들을 들으며 저는 지식인의 역할 같은 것을 생각했습니다."[332]

'얼은 불의 사람' 김남주 선생의 헌사

김남주 선생은 췌장암 진단을 받기 얼마 전 '노래를 찾는 사람들'의 공연에서 자기를 비유해 스스로 개똥벌레와 같은 존재라고 말했다. 개똥벌레는 딱정벌레과에 속한 곤충으로, 복부 뒤쪽에 발광기가 있어 반딧불을 내지만 열이 없다. 보통 1분 동안에 70~80회 정도 반짝거린다. 어둔 밤에 작은 빛을 발하고 자취 없이 사라지는 개똥벌레.

6월항쟁 후 '10년 옥고'면 그 세계에서는 대단한 '훈장'이랄 수 있다. 정치권의 영입 0순위이고, 민주, 진보 단체의 수장급이다. 그런데 김남주 선생은 스스로 하잘 것 없는 한 마리 개똥벌레로 치부하고 그처럼 활동했다. 그는 여전히 겸손했고 투박한 언술로 시를 쓰고 강연을 하였다. 그의 말과 행동은 순박하기 그지없었다. 이 무렵에 지은 〈개똥벌레 하나〉는 바로 그런 그의 '자화상'이다.

개똥벌레 하나

빈 들에 어둠이 가득하다
물 흐르는 소리 내 귀에서 맑고
개똥벌레 하나 풀섶에서
자지 않고 깨어나 일어나
깜박깜박 빛을 내고 있다

그래 자지 마라 개똥벌레야
너마저 이 밤에 빛을 잃고 말면
나는 누구와 동무하여
이 어둠의 시절을 보내란 말이냐

김남주 평전

밤은 깊어가고

이윽고

동편 하늘이 밝아온다

개똥벌레는 온데간데없고

나만 남아 나만 남아

어둠의 끝에서 밝아오는 아침을 맞이한다

풀잎에 연 이슬이 아침 햇살에 곱다

개똥벌레야 나는 네가 이슬로 환생했다고

노래하는 시인으로 살련다

먼 훗날 하늘나라에 가서[333]

우리 시대 가장 치열하고 가장 격렬하고 가장 순수했던 시인, 누구보다 심장이 뜨겁고 영혼이 맑았던 아나키스트, 세속에 살면서도 속기라고는 없었던 무사기(無邪氣)했던 시인 혁명가, 저항이라는 용어도 모자라 김남주라는 일반명사로 존재하게 된 '자유와 해방'의 시인 전사.

나는 김남주 선생의 생애를 정리하면서 중국의 혁명작가 루쉰의 '불얼음(火的水)'이란 글을 자주 떠올렸다. 그의 내면은 뜨거운 불이고 외면은 차가운 얼음이었다. 아니 불과 얼음의 혼합체 그것이었다.

움직이는 불, 그것은 녹아버린 산호(珊瑚)인가? 한 가운데는 푸른 흰 빛, 산호의 심장 같고, 온몸은 붉은 빛이라 산호의 고기 같으며, 바깥쪽은 약간 검은 빛을 띠어서 산호초라네. 그런 건 그런데, 잡으려면 손을 데인다지. 아직 못할 찬 것을 만나 불은 곧바로 얼음이 되어버렸지. 한 가운데는 푸르른 흰 빛, 산호의 심장 같고, 온몸은 붉은 빛이라 산호의 살점 같으며, 바깥쪽은 약간 검은 빛이라 산호초라네. 그런 건 그런데, 잡으려면 뜨거운 국물 같은 얼음에 손을 데인다지. 불, 얼어버린 불이여, 사람들도 어쩔 수 없고, 스스로도 고통스럽겠지? 아아, 얼어버린 불이여. 아, 아아, 얼은 불의 사람이여.

'얼은 불의 사람'이 바로 김남주 선생이다. 49년의 짧은 생애가 그렇고 500여 편의 작품이 또한 그러하다. 불의와 압제가 극심하던 시대에 그는 지식인이 어떻게 살아야 하는가를 보여주었고, "사람은 질 줄 알면서도 싸워야 할 때는 싸워야 한다"(바이런)는 민주주의의 시민정신을 실천하였다.

그의 삶과 죽음이 헛되지 않았음은 양식 있게 살아 온 산 자들의 추모에서 드러난다. 10주기 때 「실천문학」이 특별기획으로 "우리는 그의 이름을 김남주라 부른다"를, 2014년 봄호에서는 "김남주 20주기"를 특집으로 꾸며 13명의 지인과 필자가 참여하였다. 창비에서는 20주기를 맞아《김남주 문학의 세계》와《김남주 시전집》을 꾸며 화보와 그동안 밝혀진 모든 시를 모아 '정본(正本)'을 제작하였다.

2004년 2월에는 서울, 광주, 해남에서 민족문학작가회의 주최로 10주기 추모문화제 "이 두메는 날라와 더불어"를 개최하고, 12월에는 민족문학작가회의 주최로 10주기 추모 심포지엄을 열기도 했다. 2006년 3월 노무현 정부에서 김남주는 민주화운동 관련자로 인정받았다.

2010년 6월에는 전남대학교에서 명예졸업장과 동문명예대상을 받고, 2014년 20주기에는 실천문학사 주최로 기념 심포지엄 "꽃 속에 피가 흐른다"와 기념행사 "김남주를 생각하는 밤"(한국작가회의 주최)이 개최되었다. 그리고 2015년 2월에 《김남주 산문 전집》이 간행되었다.

10주기, 20주기에 이처럼 추모 집회와 심포지엄, 시 전집과 비평서가 나오기란 쉬운 일이 아니다. 항일문학인들의 경우는 다르지만 저항문인, 반체제 문인들의 경우는 처음이 아닌가 싶다. 이런 의미에서도 김남주 선생의 삶과 문학은 후인들의 전범이고 소중한 유산이라 하지 않을 수 없다.

김남주 선생의 평전을 마무리하면서, 필리핀의 독립운동에 참여했다가 젊은 나이에 제국주의 세력에 의해 처형당한 호세 리잘의 유언을 삼가 그의 영전에 바친다.

묘목 하나 비석 하나없는 나의 무덤

찾는 이 없을 때

농부의 쟁기가 떠엎고

삽으로 파헤치어

내 '재'가 그대의 산이나

들이나 골에 날리우면

오, 나의 나라여 그대 나

잊어도 슬프지 않으리

　김남주 선생 사후 20년이 되는 2014년 여름과 가을 한국 사회를 뜨겁게 달군 두 사람이 있었다. 박근혜 정부가 세월호 참사와 수준도 상식도 이하인 인사 참사를 되풀이 하는 실정을 하는 동안 노동자, 농민들의 삶이 더욱 피폐해지면서, 양식과 사회정의가 실종되고 있을 때 프란체스코 교황과, 프랑스의 경제학자 토마 피케티 두 사람이 한국을 찾아왔다. 이들은 약속이나 한 듯이 경제적 불평등이 민주주의의 가장 큰 해악이라는 주장을 펼쳤다. 이 말은 이미 20년 30년 전에 김남주 선생이 토했던 말이 아니던가.

　"죽은 사람이 우리에게 경고하고 있다."

　_로자 룩셈부르크의 묘비

연보

1946년   10월 16일 전남 해남군 삼산면 봉학리 535번지에서 아버지 김봉수, 어머니 문일님 사이에 둘째 아들로 태어남.

1960년   15세 삼산초등학교 졸업.

1963년   18세 해남중학교 졸업.

1964년   19세 광주일고 입학, 획일적인 입시위주 교육에 반대하여 이듬해 자퇴.

1969년   24세 대입검정고시를 거쳐 전남대 문리대 영문학과 입학. 대학 1학년 때부터 3선개헌 반대운동과 교련반대운동에 주도적으로 참여, 반독재민주화투쟁에 앞장섬.

1972년   27세 박정희 정권이 장기집권을 획책하기 위해 유신헌법을 선포하자 전남대 법대에 재학중이던 친구 이강과 함께 전국 최초의 반유신투쟁 지하신문 「함성」지를 제작, 전남대·조선대 및 광주 시내 5개 고등학교에 이를 배포함.

1973년   28세 2월, 전국적인 반유신투쟁을 전개하고자 이강과 함께 지하신문 「고발」지 제작. 3월에 이 사건으로 박석무·이강 등 15명이 체포, 구속됨. 국가보안법·반공법 위반혐의로 제1심에서 징역 10년, 항소심에서 징역 2년 집행유예 3년 선고받고 12월 28일, 투옥 8개월 만에 석방. 이후 전남대에서 제적됨.

1974년   29세 고향에 내려가 농사를 지으며 농민문제에 깊은 관심을 쏟음. 계간 〈창작과비평〉 여름호에 〈진혼가〉, 〈잿더미〉 등 8편의 시를 발표하면서 작품 활동을 시작함.

1975년   30세 광주 최초의 사회과학전문서점 '카프카'를 개설하여, 광주의 사회문화운동 구심점 역할을 수행함.

1977년   32세 재차 귀향하여 농민들과 함께 이후 한국기독교농민회의 모체가 되는 '해남농민회'를 결성. 그해 말 다시 광주로 나와 황석영, 최권행 등 광주지역활동가들과 '민중문화연구소' 개설, 초대회장을 역임함.

1978년   33세 '민중문화연구소' 활동 일환으로 일어판 '파리꼬뮌' 강독중 중앙정보부 급습으로 피신, 상경함. 이후 서울에서 남조선민족해방전선 준비위원회에 가입하여 전위대 전사로 활동. 수배 중 알제리 해방운동의 기수 프란츠 파농의 명저《자기 땅에서 유배당한 자들》번역 출간(청사출판사).

1979년   34세 10월 4일, '남민전' 조직원으로 서울에서 활동 중 약 80명의 동지와 함께 체포, 구속되어 60여일의 장기구금과 혹독한 고문수사 끝에 투옥됨.

1980년   35세 12월 23일, 대법원에서 남민전 사건으로 징역 15년 실형 확정, 광주교도소에 수감됨.

1984년   39세 첫 시집《진혼가》출간(청사출판사). 12월 22일 자유실천문인협의회·민중문화운동협의회·민중문화연구회·전남민주청년운동협의회 공동주최로 석방촉구출판기념회 개최.

1985년   40세 자유실천문인협의회·민주언론운동협의회·민중문화운동협의·민중문화연구회 공동명의로 석방촉구성명서 채택. 4월 27일, '김남주 석방대책위' 발기.

김남주 평전

1986년 41세 전주교도소로 이감. 독일 함부르크에서 개최된 국제 PEN대회에서 '김남주 시인 석방결의문' 채택.

1987년 42세 민족문학작가회의 창립총회(9월 17일)에서 석방촉구결의문 채택. 일본에서 시집《농부의 밤》출간. 일본 PEN클럽 명예회원으로 추대됨. 제2시집《나의 칼 나의 피》출간(인동출판사).

1988년 43세 문인 502명이 서명한 석방탄원서를 법무부장관 등에게 제출. PEN클럽세계본부·미국 PEN클럽, 정부 측에 석방촉구 공문발송. 미국 PEN클럽 명예회원으로 추대됨. 광주·서울·부산·전주에서 '김남주 문학의 밤' 개최, 석방촉구 성명서 및 결의문 채택. 제3시집《조국은 하나다》및 하이네·브레히트·네루다의 혁명시집《아침 저녁으로 읽기 위하여》출간(남풍 출판사). 12월 21일, 형집행정지로 '남민전' 사건 투옥 이후 만 9년 3개월 만에 전주교도소에서 석방.

1989년 44세 1월 29일, 광주 '문빈정사'에서 오랜 동지인 약혼자 박광숙 씨와 결혼. 옥중서한집《산이라면 넘어주고 강이라면 건너주고》(삼천리출판사), 시선집《사랑의 무기》출간(창작과비평). 제4시집《솔직히 말하자》(풀빛출판사) 등을 출간.

1990년 45세 광주항쟁시선집《학살》(한마당출판사) 출간. 1992년 12월까지 민족문학작가회의 민족문학연구소장을 역임함.

1991년 46세 한국대표시인 100인 선집 제87권으로 시선집《함께 가자 우리 이 길을》출간(미래사). 제5시집《사상의 거처》출간(창작과비평). 제9회 '신동엽창작기금'을 받음. 산문집《시와 혁명》(나루출판사) 출간. 하이네 정치풍자시집《아타 트롤》(창작과비평) 번역 출간.

1992년 47세 제6시집《이 좋은 세상에》(한길사) 출간. 옥중시전집《저 창

살에 햇살이 1·2》(창작과비평) 출간. 제6회 '단재상' 문학부문 수상. 반핵평화운동연합 공동의장

1993년 48세 사면 복권됨. 제3회 '윤상원 문화상' 수상, 제2시집《나의 칼 나의 피》, 제3시집《조국은 하나다》(실천문학사) 재출간. 민족문학작가회의 상임이사. 한국민족예술인 총연합 이사. 12월 23일, 여의도 여성백인회관 강당에서 '김남주 문학의 밤' 개최.

1994년 49세 2월 13일 새벽 2시 30분 고려병원에서 췌장암으로 투병하다가 별세. 15일, 경기대 민주광장에서 고 김남주 시인 추모의 밤 '만인을 위해 일할 때 나는 자유' 개최. 16일, '민족시인 고 김남주 선생 민주사회장' 영결식, 전남대 5월 광장에서 노제 후 광주 5·18묘역에 안장. 2월 19일 제4회 '민족예술상' 수상. 유족으로 부인 박광숙 여사와 아들 토일 군이 있음.

1999년 시선집《옛 마을을 지나며》(문학동네) 출간.

2000년 김남주의 시에 곡을 붙인 안치환의 헌정앨범 'Remember' 발매. 5월 20일 광주중외공원에 김남주 시비 건립.

2004년 2월 서울광주 해남에서 민족문학작가회의 주최로 10주기 추모 문화제 '이 두메는 날라와 더불어' 개최.《시선집 꽃 속에 피가 흐른다》출간(창작과비평). 12월 민족문학 작가회의 주최로 10주기 추모 심포지엄 개최.

2006년 3월 민주화운동 관련자로 인정받음.

2010년 6월 전남대학교 명예졸업장 및 동문영예대상 수여.

2012년 김남주 헌정시집《어디에 있는가, 나의 날개, 나의 노래는》(백무산 외 57인, 삶이 보이는 창) 출간.

김남주 평전

2014년   20주기 기념심포지엄 '꽃 속에 피가 흐른다'(실천문학사 주최), 기념 행사 '김남주를 생각하는 밤'(한국작가회의 주최) 개최.《김남주 시선집》,《김남주 문학의 세계》(창작과비평) 출간.

2015년   《김남주 산문 전집》(푸른사상) 출간.

주

1 염무웅, 임홍배 엮음,《김남주 시전집》, 627쪽, 창작과비평, 2014.

2 앞의 책, 880쪽.

3 앞의 책, 116-117쪽.

4 앞의 책, 370쪽.

5 앞의 책, 22-23쪽.

6 김남주,《김남주 문학 에세이, 불씨 하나가 광야를 태우리라》, 시와사회
   사, 1994. (이후《김남주 문학 에세이》로 표기)

7 앞의 책, 50-51쪽.

8 앞의 책, 52쪽.

9 앞과 같음.

10 앞의 책, 54쪽.

11 앞의 책, 269쪽.

12 김남주, 〈편지 1〉 중에서,《김남주의 삶과 문학 – 피여 꽃이여 이름이
   여》, 32쪽, 시와사회사, 1994, (이후《김남주의 삶과 문학》으로 표기)

13 성찬성, "그 사람 김남주",「월간 사회문화 리뷰」2, 71쪽, 1997.

14 앞의 책, 71-72쪽.

15 앞의 책, 72쪽.

16 앞의 책, 72-73쪽.

17 《김남주 문학에세이》, 55쪽, "이야기" 중에서.

18 성찬성, 앞의 책. 75쪽. 인용문 중 000표기는 필자.

19 손동우, "옥중시인 김남주 누구인가"「월간경향」, 1988년 5월호, 536쪽.

20 《김남주 문학에세이》, 19쪽.

21 앞과 같음.

22 신동우, 앞의 책, 537쪽.

23 성찬성, 앞의 책, 74-75쪽.

24 앞의 책, 25쪽.

25 앞의 책, 25-27쪽, 발췌.

26 《김남주 시전집》, 523-524쪽.

27 《김남주 문학에세이》, 22쪽.

28 앞의 책, 23쪽.

29 앞의 책, 41쪽, XXX는 필자.

30 앞의 책, 41-42쪽.

31 앞의 책, 75쪽.

33 《김남주 시전집》, 64쪽.

34 《김남주 문학에세이》, 44쪽.

35 앞의 책, 44쪽.

36 《김남주 시전집》, 453-454쪽.

37 앞의 책, 451-452쪽.

38 앞의 책, 450쪽.

39 앞의 책, 76-78쪽.

40 이강, "함성에서 남민전 까지", 김준태 외《김남주론》, 123쪽, 도서출판 광주, 1988.

41 앞의 책, 125쪽.

42 앞의 책, 125-126쪽.

43 앞의 책, 126쪽.

44 앞의 책, 126쪽.

45 《김남주 문학에세이》, 361쪽.

46 앞의 책, 364쪽.

47 앞의 책, 363쪽.

48 앞의 책, 364쪽.

49 앞의 책, 365쪽.

50 박석무, "김남주 시인의 데뷔 무렵" 김준태 외,《김남주론》, 154쪽.

51 성찬성, 앞의 책, 77쪽.

52 민주화운동기념사업회 편,《한국민주화운동사(연표)》, 239쪽, 2006.

53 《김남주 시전집》, 44쪽.

54 앞의 책, 39-40쪽.

55 앞의 책, 42-43쪽.

56 김준태, "김남주론", 김준태 · 이강 외《김남주론》, 68쪽.

57 염무웅, "사회인식과 시적표현의 변증법 – 김남주 시집을 읽고", 김준태 외, 《김남주론》, 99쪽.

58 《김남주 시전집》, 29-31쪽.

59 염무웅, "역사에 바쳐진 시혼 : 김남주를 다시 읽으며", 「실천문학」, 2014년 봄호, 15쪽.

60 《김남주 시전집》, 22-26쪽.

61 김남주, 〈시와 혁명〉, 《김남주 문학에세이》, 358-359쪽.

62 《김남주 시전집》, 525-526쪽.

63 염무웅, 앞의 책, 99쪽.

64 박석무, 앞의 책, 157쪽.

65 이강, 앞의 책, 130쪽.

66 이강, 앞의 책, 130쪽.

67 황석영, "우리들의 십년", 《피여 꽃이며 이름이여》, 59쪽.

68 《김남주 시전집》, 68-69쪽.

69 황석영, 앞의 책, 59쪽.

70 김남주, 《김남주 문학에세이》, 323쪽.

71 이강, 앞의 책, 130-131쪽.

72 앞의 책, 325쪽.

73 앞과 같음.

74 박석무, 앞의 책, 157쪽.

75 이강, 앞의 책, 129쪽.

76 앞의 책, 131쪽.

77 《김남주 문학에세이》, 326-327쪽.

79 앞의 책, 393~394쪽.

80 앞의 책, 403쪽.

81 김남주 역, 《자기의 땅에서 유배당한 자들》, 2쪽, 청사, 1978.

82 《김남주 문학에세이》, 46쪽, 재인용.

83 가지무라 히데키(梶村秀樹), "한국 현대사에서의 '남민전'", 김준태 외, 《김남주론》, 215쪽.

84 안병용, "남민전", 「역사비평」, 1990년 가을호, 250쪽.

85 앞의 책, 254쪽.

86 앞의 책, 278쪽, 재인용

87 앞의 책, 268쪽.

88 가지무라 히데키, 앞이 책, 209쪽

89 경찰청,《해방이후 좌익운동 변천사》, 101쪽, 경찰청 보안국, 1992.

90 안병용, 앞의 책, 279쪽, 재인용.

91 "남민전 사건 김남주 공소장", 대검찰 공안부 편,《좌익사건 실록》, 1981.

92 《김남주 문학에세이》, 122쪽.

93 가지무라 히데키, 앞의 책, 211쪽, 재인용.

94 검찰청, "남민전 사건 김남주공소장".

95 대검찰청, 공안부 편,《좌익사건 실록》.

96 앞과 같음.

97 《김남주 시전집》, 86쪽.

98 김삼웅,《넓은 하늘아래 나는 걸었네》, 71쪽, 동방미디어, 2000.

99 경찰청 보안국, 앞의 책, 100-101쪽.

100 안병용, 앞의 책, 277쪽.

101 가지무라 히데키, 앞의 책, 213-214쪽.

102 "남민전 사건 가족이 보는 남민전", 앞의 책, 206-208쪽.(발췌)

103 네루다 〈커다란 기쁨〉, 장석준,《혁명을 꿈꾼 시대》, 179쪽, 살림, 2007.

104 《김남주 문학에세이》, 67-68쪽.

105 앞의 책, 68쪽.

106 《김남주 시전집》, 103-104쪽.

107 《김남주 문학에세이》, 68-69쪽.

108 앞의 책, 71쪽.

109 《김남주 시전집》, 173-174쪽.

110 《김남주 문학에세이》, 130쪽.

111 앞의 책, 131쪽.

112 앞의 책, 131-132쪽.

113 앞의 책, 132쪽.

114 김삼웅,《박열 평전》, 216쪽, 가람기획, 1996.

115 앞의 책, 220쪽.

116 《김남주 문학에세이》, 134쪽.

117 "내가 드리는 사랑의 시", 《김남주 옥중연서》, 67-68쪽, 삼천리, 1989.

118 《김남주 문학에세이》, 75쪽.

119 《김남주 시전집》, 811쪽.

120 "철창에 기대어", 《김남주 문학에세이》, 101-102쪽.

121 앞의 책, 102쪽.

122 《김남주 옥중시전집, 저 창살에 햇살이(1)》, 4쪽, 창작과비평, 1992.

123 김경윤, "자유와 해방의 시인 김남주", 「실천문학」, 2014년 봄호, 170쪽.

124 《김남주 시전집》, 259쪽.

125 앞의 책, 225쪽.

126 앞의 책, 226-227쪽.

127 앞의 책, 228쪽.

128 앞의 책, 230쪽. (김남주의 시집, 《조국은 하나다》에는 〈학살〉로 수록돼 있다).

129 김경윤, 앞의 책과 같음.

130 《김남주 옥중연시》, 18-19쪽, 삼천리, 1989.

131 앞의 책, 20쪽.

132 앞의 책, 23-24쪽.

133 앞의 책, 21-22쪽.

134 염무웅, "역사에 바쳐진 시혼", 「실천문학」, 2014년 봄호, 14쪽.

135 김진경, "예언정신과 선언정신", 김준태 외 《김남주론》, 120쪽.

136 위기철, "단호함의 시정신", 김준태 외 앞의 책, 85쪽.

137 《김남주 시전집》, 100-101쪽.

138 앞의 책, 245쪽.

139 황인찬, "모두 나쁜 시대에 나쁘게 쓰기", 「실천문학」, 2014년 봄호, 207쪽.

140 《김남주 시전집》, 255-256쪽.

141 김남주, "시인의 일, 시의 일", 《김남주 문학에세이》, 319쪽.

142 《김남주 시전집》, 867쪽.

143 앞의 책, 350-351쪽.

144 나까무라 후꾸지(中村福法, 일본 리쭈메이깐대 교수), "1980년대-김남주, 민중을 향한 시적투혼", 「역사비평」 1995년 겨울호, 215쪽.

145 《김남주 시진집》, 601-603쪽.

146 박병규 역, 《파블로 네루다 자서전》, 391쪽, 민음사, 2008.

147 《김남주 시전집》, 610쪽.

148 앞의 책, 270쪽.

149 앞의 책, 267쪽.

150 앞의 책, 268쪽

151 염무웅, "남주를 기다리며", 《조국은 하나다》, 356쪽, 남풍, 1988.

152 《김남주 시전집》, 375쪽, 《조국은 하나다》 초판에는 〈때가 되면 일어나〉로 수록되었다.

153 앞의 책, 53-54쪽.

154 임헌영, "김남주의 시세계", 《피여 꽃이여 이름이여》, 226-227쪽.

155 앞의 책, 374쪽.

156 염무웅, 앞의 책, 104쪽.

157 앞의 책, 51쪽.

158 《김남주 시전집》, 513쪽.

159 염무웅, "사회인식과 시적 표현의 변증법. 김남주 시집을 읽고", 「창작과 비평」, 1988년 여름호, 113쪽.

160 《김남주 문학에세이》, 98쪽.

161 《김남주 시전집》, 409-410쪽.

162 《김남주 문학에세이》, 99쪽.

163 《김남주 시전집》, 165쪽.

164 김남주, "시인은 현실을 변혁하려는 사람의 곁에 있어야 한다", 김준태 외, 《김남주론》, 183-184쪽 .

165 앞의 책, 184쪽.

166 앞의 책, 185쪽.

167 앞의 책, 174-175쪽.

168 앞의 책, 175쪽.

169 앞의 책, 175쪽.

170 앞의 책, 176쪽.

171 헨리 데이비드 소로,《시민 정부에 대한 저항》, 앤드루 샤오 외, 김은영
　　역,《저항자들의 책》, 120-121쪽, 샘앤파커스, 2012.

172 앞의 책, 257쪽.

173 쥘리앙 프룅,《정치란 무엇인가》, 133쪽, 프랑수아 스티론 지음,《인간
　　과 권력》, 16쪽, 재인용.

174 《김남주 시전집》, 191쪽.

175 김준태 외,《김남주론》, 188-189쪽.

176 앞의 책, 189쪽.

177 《김남주 문학에세이》, 238쪽.

178 앞의 책, 100쪽.

179 앞의 책, 72-73쪽.

180 김준태 외,《김남주론》, 190쪽.(발췌)

181 앞의 책, 191-192쪽.

182 김준태 외,《김남주론》, "머리글".

183 앞과 같음.

184 앞의 책, 161-162쪽.

185 앞의 책, 163-164쪽.

186 《나의 칼 나의 피》, 26쪽, 인동출판사, 1987.

187 앞의 책, "서문"

188 앞과 같음.

189 《김남주 문학에세이》, 124쪽.

190 앞의 책, 124-125쪽.

191 앞의 책, 125쪽.

192 앞의 책, 127-128쪽.

193 앞의 책, 128쪽.

194 《녹두꽃1》, 146쪽, 도서출판 녹두, 1988.

195 앞의 책, 147쪽.

196 에릭 홉스봄, 김정한 외 역,《혁명가 역사의 전복자들》, 앞표지, 도서출
　　판 길, 2008.

197 앞의 책, 147-148쪽.

198 앞의 책, 148-149쪽.

199 앞의 책, 149쪽.

200 《조국은 하나다》, 367쪽.

201 앞의 책, 3/3쪽.

202 앞의 책, 101-102쪽.

203 앞의 책, 365-366쪽.

204 이동순, "김남주의 시와 '구체적 싸움'의 진정성",「오늘의 시」창간호, 286쪽, 현암사. 1989.

205 《김남주 시전집》, 504-505쪽.

206 이동순, 앞의 책, 277쪽.

207 《조국은 하나다》, 356-357쪽.

208 이동순, 앞의 책, 282쪽.

209 《조국은 하나다》, 130쪽.

210 《김남주 시전집》, 321쪽.

211 앞의 책, 294쪽.

212 앞의 책, 331쪽.

213 앞의 책, 243쪽.

214 앞의 책, 235쪽.

215 임헌영, "김남주의 시세계",《피여 꽃이여 이름이여》, 231쪽.

216 앞의 책, 158-159쪽.

217 이동순, 앞의 책, 275쪽.

218 《김남주 시전집》, 208-209쪽, 1992.

219 《김남주 문학에세이》, "소설《고요한 돈강》을 읽고", 162-163쪽.

220 앞의 책, 163-164쪽.

221 앞의 책, 198쪽.

222 앞의 책, "철창에 기대어", 104쪽.

223 앞의 책, 104-105쪽.

224 김준태 외,《김남주론》, 192쪽.

225 앞의 책, 193쪽.

226 앞의 책, 194쪽

227 손동우, "옥중시인 김남주",「월간경향」, 1988년 5월호, 546-547쪽.

228 김준태 외,《김남주론》, 196쪽. (발췌)

229 앞의 책, 197쪽.

230 앞의 책, 198-199쪽.

231 앞의 책, 201쪽.

232 김남주, "나의 창작습관과 창작태도",《김남주 문학에세이》, 224쪽.

233 하승우,《아나키즘》, 뒤표지, 책세상, 2003.

234 서경하 역,《브레히트의 리얼리즘론》, 166쪽, 남녘, 1989.

235 김남주, "암울한 현실에 비춘 시적 충격",《김남주 문학에세이》, 16쪽.

236 브레히트,〈후손들에게〉, 부분.

237 김남주,〈황토현에 부치는 노래〉, 부분.

238 정지창, "김남주의 옥중시와 브레이트의 망명시",《김남주 문학의 세계》, 313쪽.

239 김길웅, "시와혁명-김남주와 브레히트의 경우",《김남주의 문학세계》, 329쪽.

240 《김남주 시전집》, 370쪽.

241 《김남주 시전집》, 386쪽.

242 《김남주 시전집》, 550쪽.

243 《김남주 시전집》, 895쪽.

244 《김남주 시전집》, 738쪽.

245 《김남주 시전집》, 568쪽.

246 《김남주 시전집》, 563쪽.

247 《김남주 시전집》, 434쪽.

248 《김남주 시전집》, 383쪽.

249 《김남주 시전집》, 381쪽.

250 《김남주 시전집》, 371쪽.

251 《김남주 시전집》, 133쪽.

252 《김남주 시전집》, 382쪽.

253 《김남주 시전집》, 399쪽.

254 김경윤, "자유와 해방의 시인 김남주",「실천문학」, 2014년 봄호, 171쪽.

255 《김남주 시전집》, 162쪽

256 《김남주 시전집》, 215쪽.

257 《김남주 시전집》, 387쪽.

258 《김남주 연서》, 24쪽, 도서출판 이룸, 1999.

259 앞의 책, 49쪽.

260 앞의 책, 54쪽.

261 앞의 책, 60쪽.

262 《김남주 시전집》, 220쪽.

263 김삼웅, 장 주네,《넓은 하늘 아래 나는 걸었네》, 309쪽, 동방미디어, 2000.

264 임규한, "'이 좋은 세상'을 향한 사랑과 증오의 문학", 염무웅 외,《김남주 문학의 세계》73쪽, 창작과비평, 2014.

265 《김남주 시전집》, 64쪽.

266 염무웅, "역사에 바쳐진 시혼-김남주를 다시 읽으며", 앞의 책, 30-31쪽.

267 정지창, "김남주의 옥중시와 브레히트의 망명시",《김남주 문학의 세계》, 310쪽.

268 최원식, "이념적인 것과 현실적인 것", 「사상문예운동」, 1989년 겨울호, 196쪽.

269 《김남주 시전집》, 680-681쪽.

270 앞의 책, 116-117쪽.

271 「사상운동」, 창간호, 1989년 2월, "창간호를 내면서", 한마당.

272 《김남주 시전집》, 731쪽.

273 《김남주 시전집》, 778-779쪽.

274 《김남주 시전집》, 530쪽.

275 김남주, "시와 혁명",《문예운동의 현단계》, 128쪽. 풀빛, 1989.

276 앞의 책, 129-130쪽.

277 「실천문학」, 1989년 가을호, 148-149쪽.

278 앞의 책, 157쪽.

279 염무웅, 앞의 책, 105-106쪽.

280 「실천문학」, 1990년 가을호, 32-63쪽(발췌).

281 「문학예술운동」, 1989년 봄호, 318-319쪽, 풀빛.

282 앞의 책, 311-312쪽.

283 앞의 책, 317쪽.

284 이영진, "출옥 직후의 근황", 《피여 꽃이여 이름이여》 206-207쪽. (발췌)

285 박광숙, 《빈들에 나무를 심다》, 푸른숲, 1999.

286 박태순, "시인과 농부의 순결한 대지", 《피여 꽃이여 이름이여》, 278쪽.

287 김명인, "돌아온 두 민중시인-김남주와 박노해", 「한겨레신문」, 1989년 3월 28일.

288 앞과 같음.

289 김남주, 《산이라면 넘어주고 강이라면 건너주고》, 머리말.

290 「사상문예운동」 제2호, 1989년 겨울호, 366-369쪽.

291 앞의 책, 372-373쪽.

292 「노동자 문화통신」, 창간사.

293 앞의 책, 66-67쪽.

294 앞의 책, 64쪽.

295 「노동문학」, 1989년 5월호, 15쪽.

296 앞의 책, 15-16쪽.

297 앞의 책, 16쪽.

298 앞의 책, 17쪽.

299 앞의 책, 18쪽.

300 「시와 시인」, 1990년 하반기 "창간호를 내면서", 도서출판 정민.

301 앞의 책, 51-52쪽.

302 앞의 책, 53쪽.

303 앞의 책, 54-55쪽.

304 앞의 책, 58-59쪽.

306 앞의 책, 65쪽.

307 윤지관, "낡은 옷, 붉은 영혼-출옥 후 김남주의 시", 「실천문학」, 1994년 여름호, 323쪽.

308 임헌영, "김남주의 시세계", 《피여 꽃이여 이름이여》, 232쪽.

309 임헌영, "출옥 후의 김남주", 《김남주 문학의 세계》, 61쪽.

310 박태순, "시인과 농부의 순결한 대지", 《피여 꽃이여 이름이여》, 271-272쪽.

311 앞의 책, 274쪽.

312 앞의 책, 275쪽.

313 앞의 책, 276쪽.

314 「한길문학」, 1991년 겨울호, 113-114쪽.

315 김영현, "김남주 그 의연한 또 하나의 싸움", 월간 「말」, 1994년 1월호, 227쪽.

316 앞의 책, 227~228쪽.

317 임헌영, 앞의 책, 61쪽. (…)은 필자.

318 《김남주 시전집》, 144-145쪽.

319 박석률, 《저 푸른 하늘을 향하여》, 16쪽, 풀빛, 1989.

320 김영현, "김남주, 그 의연한 또 하나의 싸움", 「말」, 1994년 1월호.

321 김영현, "대지의 삶 대지의 노래", 《피여 꽃이여 이름이여》, 369쪽.

322 박석률, "전사 김남주를 말한다", 《피여 꽃이여 이름이여》, 402쪽.

323 황지우, "그대, 뇌성 번개치는 사랑의 이 적막한 뒤끝", 「실천문학」, 1994년 봄호, 124-125쪽.

324 박광숙, "지수화풍(地水火風)이 된 당신", 「실천문학」, 1994년 여름호, 314쪽.

325 남진우, "혁명의 길 전사의 길", 《김남주 문학의 세계》, 188쪽.

326 강형철, 앞의 책, 376-378쪽, 발췌.

327 염무웅, 앞의 책, 106쪽.

328 송경동, "진정한 근대의 인간들", 《김남주 문학의 세계》, 373쪽.

329 김영현, 앞의 책, 229쪽.

330 김원, "'전사' 김남주의 '사상의 거처'는 사라졌는가", 「경향신문」 2014년 2월 15일.

331 서해성, "다시 김남주", 「한겨레」, 2014년 2월 15일치.

332 박광숙, 《빈들에 나무를 심다》, 192쪽.

333 《김남주 시전집》, 832쪽.